文治
© wénzhì books

更好的阅读

怪屋谜案 2

变な家2 11の間取り図

[日] 雨穴·著
烨伊·译

台海出版社

那一天，我带着十一份资料，朝设计师朋友的公寓走去。

两年前，我写了一本名叫《怪屋谜案》的书。

那是一本纪实小说。我和设计师朋友得到一张神秘的户型图，调查了那座房屋建造的缘由和发生在房子里的可怕故事。

幸运的是，《怪屋谜案》的反响很好，得到大量读者的垂青。与此同时，与房屋有关的种种信息纷至沓来。

"我读了您的书。其实我家的布局也很奇怪。"
"小时候，我去奶奶家玩，曾听到无人的房间里传来奇怪的声响。"
"我在以前住的民宿里，发现过一根可怕的柱子。"

我这才知道，日本的"怪屋"数量远超我的想象。

这本新书从许许多多的"怪屋"中挑出了十一栋，收录了相关的调查资料。

乍看上去，每份资料之间似乎并无关联。但仔细阅读，你会渐渐地从中发现一条线索。

阅读时，请务必留心推理。

目 录

资料 ①　被封死的走廊 / 1

资料 ②　孕育黑暗的家 / 30

资料 ③　林中的水车小屋 / 55

资料 ④　捕鼠器之家 / 68

资料 ⑤　凶宅就在眼前 / 88

资料 ⑥　重生之馆 / 115

资料 ⑦　叔叔的家 / 132

资料 ⑧　连通房间的土电话 / 141

资料 ⑨　通往杀人现场的脚步声 / 161

资料 ⑩　无法逃脱的公寓 / 178

资料 ⑪　仅出现一次的房间 / 194

栗原的推理 / 221

资料①　被封死的走廊

2022 年 6 月 10 日、17 日
采访根岸弥生并进行调查的记录

那天，我来到富山县的一家咖啡厅。一位女性隔着桌子，坐在我的对面。

她名叫根岸弥生，是一位三十多岁的小时工，住在该县。我们在这里见面的起因，与她的小孩有关。

根岸的儿子和树马上就七岁了。据说他有一天从小学的图书馆借来了一本《怪屋谜案》，封面上的户型图似乎引起了他的兴趣。

但和树还不怎么识字，看大人的书有些困难，便让母亲读给他听。根岸与儿子约好，每天读一次，在睡前读十分钟，每个晚上在床前给儿子读书。

她说，随着每天的朗读，自己孩提时的记忆逐渐苏醒。那是一段被她封印在心底的、令人不悦，甚至有些恐怖的回忆。

根岸　我老家的房子有一个地方不同寻常。
　　　　但那个地方很久之前就被拆掉了，我也忙于当下的生活，没时间回忆这些……或者说，我是刻意想忘记。但读您的书时，那栋房子和母亲的事逐渐浮上心头……

说到"母亲的事"时，根岸的神色明显暗淡下去。

根岸　从那以后，无论是做家务还是在外面打工，我满脑子都

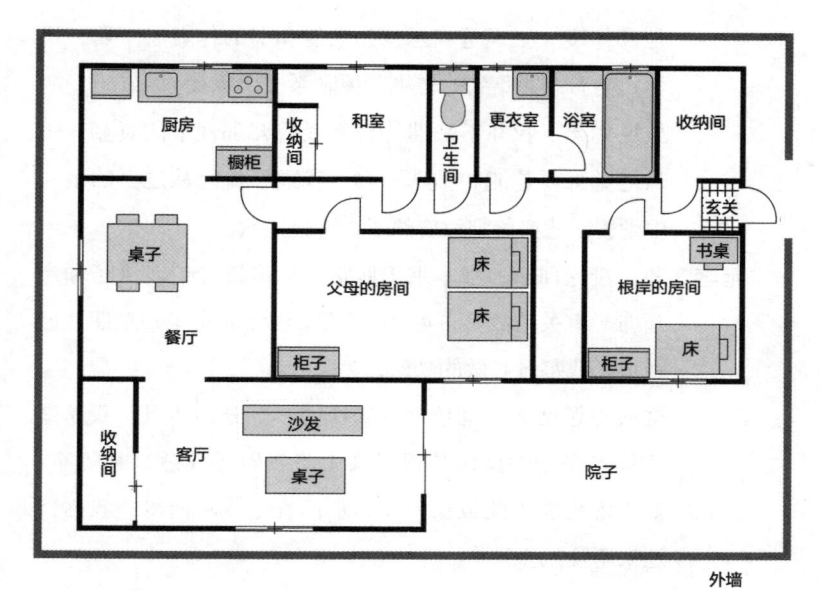

※ 笔者以根岸的户型图为基础整理而成

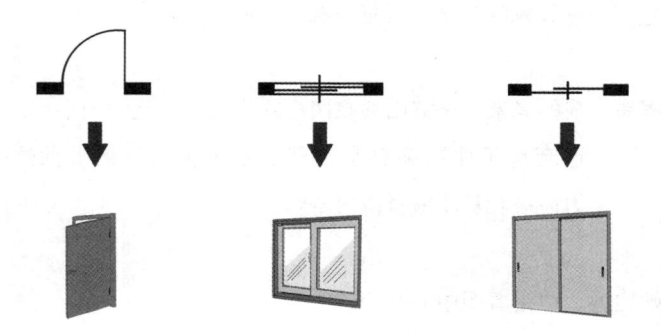

　　　　是那件事……于是我想，如果能和书的作者聊一聊，说不定会有意想不到的转机，便联系了出版社。
　　　　虽说如此，我并不是期待您帮我揭开那件事的真相……只是觉得要是能和谁聊一聊，我或许就能从过去的诅咒中解脱。想必给您添麻烦了，十分抱歉。
笔者　不，没这回事。那本书出版后，很多读者给我讲了和房屋布局有关的故事。如今，"收集古怪的房屋户型图"已经成了我每日必做的功课。
　　　　这次与您见面，也是每日功课的一部分。所以，我丝毫不觉得辛苦，反倒是根岸女士陪我做了我感兴趣的事。如果您也能因此放松一些，那简直是一举两得，我高兴还来不及呢。
根岸　您能这样说，我就轻松多了。

根岸从手包中拿出笔记本，在桌上摊开。上面有一幅用铅笔手绘的户型图，能看出几处橡皮擦拭留下的痕迹。她说这幅图是她一点点挖掘有些模糊的记忆，反复修改画成的。

根岸　我的老家位于富山县高冈市的住宅区，是一间平房。
　　　　这套房子住起来倒是没什么不方便的，但唯独这个地方……我从小就觉得很奇怪。

她边说，边指着图中的一处。

根岸　您不觉得这条走廊没必要存在吗？
笔者　没必要存在……？

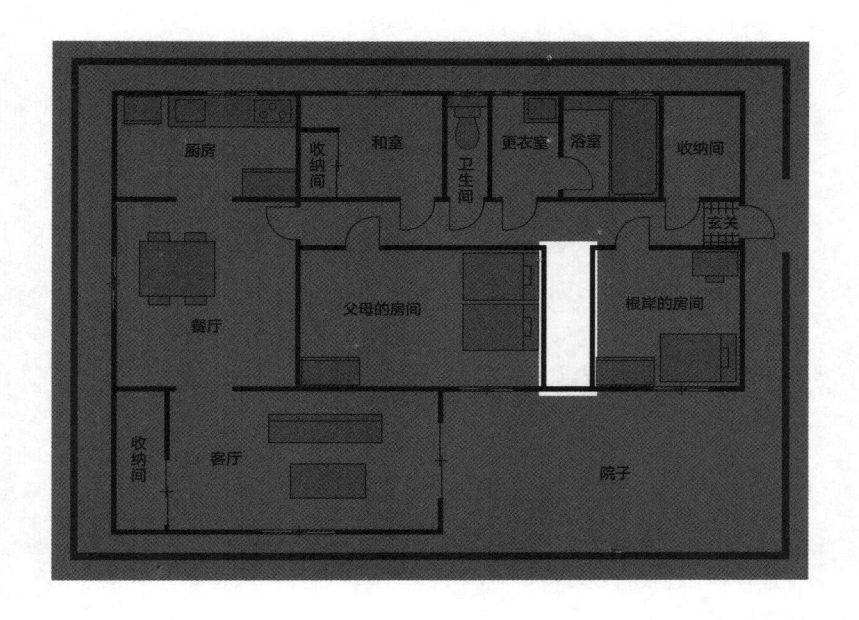

> **根岸** 因为它是条死胡同啊。沿着这条走廊,走不到任何地方。如果没有它,我和父母的房间都可以建得更宽敞。小时候我一直很奇怪,为什么家里要隔出这样一块没用的空间。

听她这样一说,我才意识到这块空间很有意思。若是用来收纳杂物未免太窄,两侧也没有门窗。

"一条死胡同"……只能这样称呼它。

> **根岸** 我以前问过父亲一次:"这条走廊是干什么用的?"
> 不知道为什么,父亲当时似乎很着急,强行转移了话题。
> 我不甘于自己的提问被忽视,于是有点儿撒娇似的缠着他问:"这条走廊到底是干吗的?"
> 父亲很宠我,若是放在平时,早就告诉我了,可唯独那次,

直到最后他也没有告诉我任何原因。

笔者 有关这条走廊,令尊是否有什么不方便说与人听的隐情?

根岸 我觉得是有的。这栋房子的户型图好像是父母和建筑公司的人商量设计的,所以父亲不可能对此一无所知。然而他却不肯告诉我……我怀疑他也许有事瞒着我。

笔者 顺便问一下,令堂对此是怎么说的?

根岸 我没问过母亲。也许应该说,是我问不出口……我和母亲的关系没有亲近到能轻松地向她提问的地步。

说到母亲,根岸的脸上立时蒙上了一层愁云。

根据我的经验,认识一栋房子不能只通过房屋户型图,还应该对住在房子里的人有较深的了解。直觉告诉我,根岸的母亲是解开房屋谜团的关键。

笔者 能和我讲一讲令堂吗?挑您方便说的内容就行。

根岸 ……好的。

在邻居和父亲面前,母亲是个开朗的人,却唯独对我十分严厉,几乎从没夸奖过我,还动辄因为一点小事对我怒吼。如果只是这样,或许还可以用"严厉的母亲"来概括她的为人,可有时候,她看我的眼神就像在看什么可怕的东西……

我觉得,母亲似乎很怕我……或者有意躲着我。总之,她对我的态度绝不一般。

笔者 您和令堂关系不好,有什么具体的理由吗?

根岸 我不清楚。从我记事起,我们的关系好像一直如此,所以我理所当然地认为母亲讨厌我。

但如今回忆起来，事情似乎没那么简单。因为除了对我严厉，母亲还表现出对我的过度保护。

我是早产儿，小时候身体弱，因此母亲每天都会问我："你有没有哪里不舒服？""身上有没有哪里痛？"或者"你没到大马路上去吧？"

笔者　大马路？

根岸　对了，这一点也得和您说明一下。

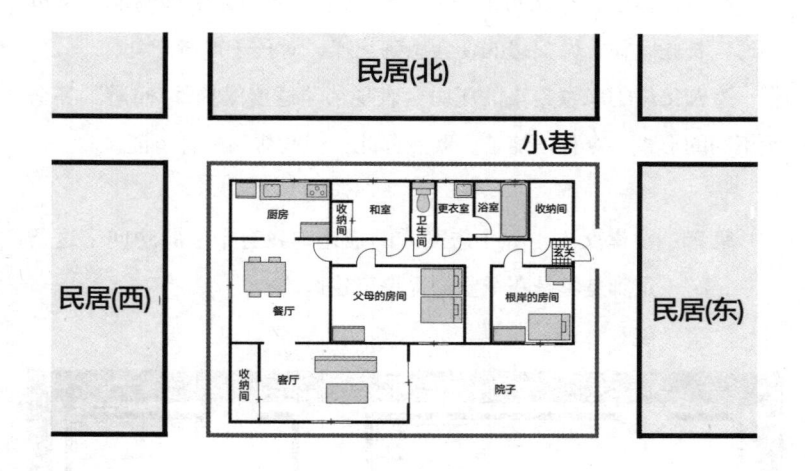

```
                    民居(北)
                     小巷
      ┌─────────────────────────┐
      │ 厨房 │收纳│和室│更衣│浴室│收纳│
民居(西)│     │间  │   │室  │   │间  │ 民居(东)
      │     │                  │玄关│
      │ 餐厅│ 父母的房间 │根岸的房间│
      │收纳 │                   │
      │间   │ 客厅        院子  │
      └─────────────────────────┘
                   大马路(南)
```

根岸　老家的南边是一条大马路。东、西、北侧建有民居，每座房子之间由狭窄的小巷连通。

母亲对我说："无论如何都不许到那条大马路上去，出门时要走小巷。"大马路的人行道很窄，说危险确实是危险的。可我家住在乡下，马路上的车也不是很多，我总觉得母亲有些担心过度了。但是坏了规矩就会挨骂，所以，

　　　　我一向都听她的话。

　　一方面严厉训斥女儿，一方面对女儿过度保护……这样的态度让我产生了一种猜测。根岸的母亲，是不是不知道应该如何疼爱女儿？

　　世上有一类父母不懂得如何爱孩子。他们很认真，只是认真过了头，固执地认为"必须履行为人父母的职责"，尽全力守护孩子。

　　然而，孩子会被父母的紧张情绪感染，从而无法顺畅地与父母沟通。长此以往，做父母的便会感到焦躁，对孩子退避三舍。

　　为人父母的职责带来的压力会表现为"过度保护""回避"等全然不同的形式，令孩子痛苦。既然如此……我想到一种可能。

笔者　根岸女士，听了您刚才的描述，我有个问题想问：这条
　　　　走廊是不是在令堂的提议下建造的？

　　走廊位于父母和根岸的房间之间。换个角度，也可以说这条走廊将两个房间分割开来。莫非这正是走廊的作用？

　　出于过度保护，母亲想让女儿在自己身边，同时又希望保持一

定距离。这条走廊的作用是否和墙壁相似,是母亲矛盾心理的体现呢?

为了不伤害到根岸,我尽量用温柔的语言向她说明了这一看法。但她听完我的话,缓缓地摇了摇头。

根岸 其实我以前也这样想过——母亲是不是想疏远我。但这么想就更不对劲了。这座房子是一九九〇年九月建成的……在我出生半年后。

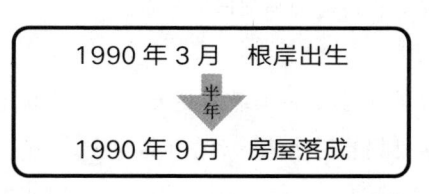

```
1990 年 3 月    根岸出生
       ↓ 半年
1990 年 9 月    房屋落成
```

根岸 一栋房子从设计到落成,就算再快也不止半年吧。也就是说,这张户型图肯定是我出生前就有了。
我想……再怎么说,母亲也不至于从那时起就想疏远我吧……

此话不假。无论怎样也不会有孩子还未出生就想与之保持距离的父母。

根岸 不好意思,这话我应该早点儿告诉您。
笔者 没有的事。不过,您出生半年后房屋落成这一点,恐怕会成为重要的提示。
根岸 是吗?
笔者 从时间上看,恐怕是因为怀上孩子,您的父母才打算建

9

这座房子的吧？

那么在某种意义上，我觉得这栋房子也是为根岸女士您建的。既然如此，这条走廊或许和您的出生有某种关联。虽然在现阶段，我也无从得知更多的信息……

根岸 早知如此……我还是应该跟父母问个清楚啊。

笔者 多有冒犯……您的父母现在……？

根岸 两人都已去世多年了。

接着，根岸对我讲起她与父母的分别。

根岸 那是我上小学三年级的冬天。一家三口吃饭的时候，母亲突然说自己头痛，倒在了饭桌上。

我们匆忙打了急救电话，但由于当时正值年关，救护车运力不足，耽误了很久才将母亲送到医院治疗。

根岸的母亲被诊断为脑梗。

由于治疗延误，她的母亲浑身都留下了后遗症，自那以后便卧床不起。她的父亲辞去工作看护母亲，余下的时间打了好几份短工。根岸尽力帮忙料理家务，但一个小学生能做到的事情毕竟有限。父亲忙得没时间睡觉，在过度劳累中日渐憔悴。

这样的日子持续了两年。根岸十一岁那年，母亲因肺炎离世。那之后没多久，父亲也像追随母亲一般病逝。也许是两年的看护生活和失去妻子的痛苦令他再也无法承受了，根岸说。

根岸 后来，我被远房亲戚收养。老家的房子被拿去变卖却没人愿意买，听说几年后因公寓占地而被拆毁。

根岸喝了一口咖啡,"咔嚓"一声将咖啡杯放回碟子里。

根岸　……父母去世后,我在整理遗物时,有两样意想不到的发现。一个是钱,母亲的抽屉里有个信封,里面装着六十八张一万元纸钞。这大概就是所谓的私房钱吧。

笔者　六十八万日元啊……一笔不小的数目呢。

根岸　母亲身体健康的时候在便当店打工,如果有意积攒,这个数目肯定不难达到。但我一直以为她是个没什么物欲的人,所以有些意外。如果只是这样也就罢了……

笔者　另一样东西是什么?

根岸　……人偶。和室的壁橱里有一只用报纸包着的木雕人偶。不知道这东西是父亲的还是母亲的……

诡异的地方在于,那是一只……被折断一条手臂和一条腿的人偶……

笔者　欸……?

根岸　我心里硌硬,就把它扔了。但直到今天,我都不知道那人偶是用来干什么的,也不知道是什么人、为了什么折断了它的肢体。

　　神秘的走廊、母亲的态度、六十八万日元、折断了手臂和腿的人偶……这些完全无法拼凑的信息碎片,在我的脑海中一圈圈地打转。

　　"咔嚓咔嚓咔嚓咔嚓。"耳边突然传来的声音令我回过神来。原来,根岸拿着咖啡杯的手微微发抖,杯子和碟子摩擦,发出声响。

笔者 您还好吗?

根岸 啊……对不起。我好像突然紧张了。

笔者 紧张?

根岸 其实……接下来的内容才是我今天真正想告诉您的。

※※※

根岸凝视着自己仍有些打战的指尖,小声开口。

根岸 父母去世后,我一直在想:那座房子里究竟有什么秘密?我好奇得不行,只好阅读建筑相关的书籍,把自己的发现记录在笔记本里,然后花很长时间,不停地思考这个问题。

直到有一天,我得到了一个答案。

笔者 答案……也就是说,谜题已经解开了?

根岸 ……是的。不过,这答案没有根据,最关键的是……如果事实真是如此,那对我来说是非常可怕和悲伤的……于是我决定放弃这个答案。我想把它忘掉。

可是……我做不到。无论过去多久,即使长大成人、结婚生子,我还是常常想起那个答案,不寒而栗。现在也一样。仅仅是打算告诉您这件事,就让我如此紧张……真想逃开它的束缚。

根岸在谈话的开头说过:"要是能和谁聊一聊,我或许就能从过去的诅咒中解脱。"这"过去的诅咒",或许就是那个答案吧。

她想通过向我诉说得到解脱。

笔者　想必您一直都活在痛苦之中。老实说，我也不确定自己能不能准确地判断您的答案是否正确。

不过，哪怕只是找个人聊一聊，您的心情肯定也能轻松一些。您别着急，我洗耳恭听。

根岸　谢谢您。

她轻咳一声，开始讲述。

根岸　一开始，我只顾着琢磨家中为何要建一条"死胡同"。然而有一天，我忽然对此产生了怀疑：说不定我的思路原本就有问题。

也许那并不是"一条死胡同"，而是"被封死的走廊"。

根岸拿出圆珠笔，在户型图上画上记号。

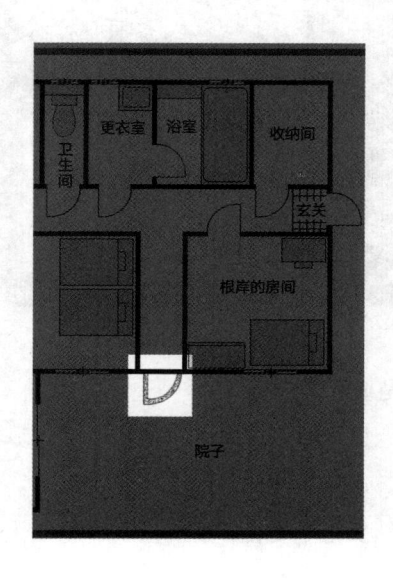

笔者　通往院子的门？

根岸　起初我是这样想的——这里最开始也许打算安一扇门。但客厅也有门，从玄关处也能通向院子，没必要特意在这里做个出入口。

　　　　而且连走廊都建了，唯独把门撤掉也很奇怪。于是我有了新的想法。

她又拿起圆珠笔。

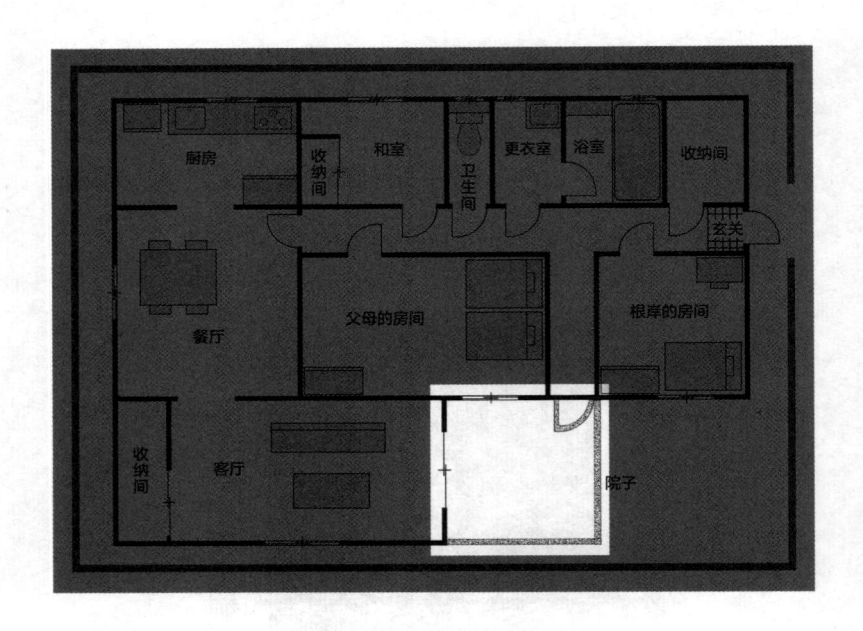

笔者　难道是要建"房间"吗……

根岸　没错。设计布局的时候，他们原本打算在这里再建一个房间。这条走廊便是通到那个房间的。但临到施工的时候突然发生了变化，房间被从户型图上拿掉了。结果就只剩下一条走廊。

笔者　但拿掉一个房间，可是一个大动作呢。

根岸　是的。所以当时一定发生了什么让人非这样做不可的大事。比方说……家里少了一个人……之类的。

笔者　欸……？

这个房间原本是给某个人住的。

祖父、祖母、伯父、伯母或其他亲戚……不知究竟是哪一位。在动工前，这个人不见了。

笔者　可即便如此，也没必要连整间屋子都撤掉吧……

根岸　一般来说不会这样做吧。没错。一般来说，这样做是不可能的。这说明"这个人"对父母来说并不一般，是个特殊的存在。

那么这个人到底是谁呢？思来想去，我忽然发觉一件怪事。

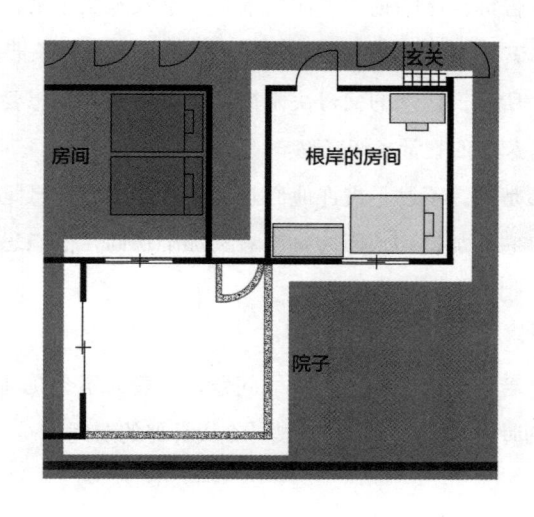

根岸　这个房间似乎和我的房间很像——面积几乎一样，还都面向院子。就像……一对双胞胎似的。

听到这句话，我感到一阵莫名的心慌。

根岸　刚刚也说过，我是早产儿，比预产期提前两个月出生，而且是剖宫产。分娩时，大人和孩子一定都很危险。
　　　父母没和我仔细讲过当时的情况，但说不定……我曾有一个兄弟姐妹，而我们是双胞胎。
　　　怀孕时母亲的身体出了问题，紧急做了手术。其中一个孩子——也就是我被保住了，另一个孩子没能活下来。

笔者　也就是说，这个房间原本是给另一个即将出生的孩子准备的？

根岸　这就是我得出的"答案"。父母决定向我隐瞒另一个孩子的事……我如今也已为人父母，能够理解他们的做法。
　　　告诉自己的孩子"你原本有一个双胞胎手足，他一出生就死了"，对小孩来说是很可怕的，会给孩子带来阴影。

笔者　所以说，您的父母决定撤掉这个房间，是想要避免它引起您的察觉或怀疑吗？

根岸　是的。不过，或许他们想忘记这件事的意愿比对我隐瞒它更加迫切。因为每当看到那个房间，他们恐怕都会想起那个死掉的孩子吧。

的确，若不是出了相当严重的问题，一般人不会在马上要建一栋新房子的时候，临时下决心取消一个设计好的房间。

根岸　如果我的推测是真的，我也就能从一定程度上理解母亲对我的态度了。之所以过度保护，是因为她不愿再失去一个孩子。

　　　与此同时，母亲或许还对我心存恐惧。因为我是那个没能保住的孩子的手足。也许就连我的出生都会令母亲内心产生罪恶感。这样想想，我似乎也能理解壁橱里的那个人偶了——那个被折断一只手臂、一条腿的人偶，可能是为了表现她"失去另一个孩子的痛苦"。

根岸从手包中取出一张照片。

根岸　整理遗物时，我在父亲的抽屉里发现了一沓照片。

　　　这些照片都是房子在建过程中从远处拍摄的。父亲大概是想将房屋逐步落成的情景留存在记忆中吧。这是其中的一张。

照片中的房子还在搭框架的阶段，房梁上挂着一张写有"正在修建　House Maker 美崎"的幕布。"House Maker 美崎"应该是这套房子的建筑公司。

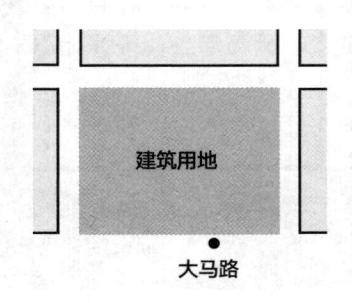

```
        ┃        ┃
        ┃        ┃
        ┗━━━━━━━━┛
        ┃        ┃
        ┃ 建筑用地 ┃
        ┃        ┃
        ┏━━━━━━━━┓
        ┃   ●    ┃
        ┃ 大马路  ┃
```

不过，照片中最吸引我的却是角落里的一个小小的红色物体。
那东西在画面右下角，就放在大马路的路边。
凝神细看，那竟是一朵插在玻璃瓶中的花。

根岸 我猜，父母或许是在用这种方式供奉另一个孩子的魂灵。

我感到事情蹊跷。
给早夭的孩子供奉鲜花这种行为自然可以理解，但一般来说不是应该供到在建的新居里吗？无论怎么想，供花的位置都很奇怪。与其说那花是供给自己家小孩的，不如说是……

※※※

根岸 从客观角度上，您觉得……我的推测怎么样？
笔者 这个嘛……您的推测很有条理，也有说服力。不过在我看来，确实也有几个疑点。

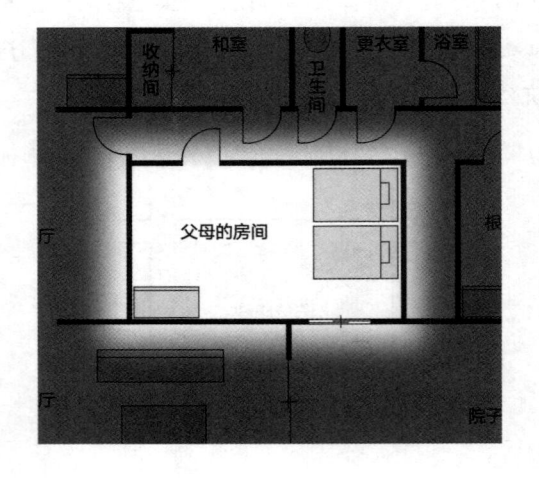

笔者　比方说，如果这里原本打算建房间，您父母的房间就不能安窗户了。因为那样一来，您父母的房间就没有朝向户外的墙了。

这张户型图，是您的父母和建筑公司的人一起商量着设计的吧？很难想象专业人士会同意住户这样设计。

根岸　您说的确实有道理……

笔者　另外我也怀疑，房屋施工前，是否还能对户型图做如此大的改动。屋顶的形状必须跟着变化，建材订购方面，恐怕也会因此耗费不少时间和金钱。建筑公司能不能同意都是个问题……

根岸　也对……

笔者　综合这几点考虑，您的推理恐怕是不现实的。

其实我真实的想法是：根岸的推理也不是毫无可能。但若贸然予以肯定，根岸今后仍会沉浸在痛苦中，会继续因为那个甚至不能确定是否存在过的手足的魂灵而恐惧。

既然如此，不如果断地否认她的推测，让她从过去的诅咒中脱身。她肯定也希望如此……我想。

然而和我的预期相反，根岸却不知为何露出了悲伤的神色。

根岸　谢谢您。得知自己的推测是不现实的，我感到轻松的同时，也觉得有些落寞。因为我现在才意识到，这其实正是我所希望的"答案"。

笔者　……此话怎讲？

根岸　我直到今天，还是讨厌母亲。

尽管她已经去世了这么久,我仍然丝毫没有"如今想来,她是个好妈妈"的想法。这一点让我很难受。

所以我大概是想通过那个答案来让自己相信"原来母亲那样对我也是无奈之举""原来母亲有不得不对我那样严厉的隐情"吧。

※※※

走出咖啡厅时,夕照十分强烈。我和根岸道别,朝车站走去。

"不愿一直讨厌母亲"……她的推理或许真的源于这个想法。

即便如此,我还是认为她应该忘记,不必因为早已不在人世的母亲而活得如此痛苦。我相信,自己否认她的"答案"并没有错。

只不过,有件事仍然令我介怀。

照片里的那朵红花,到底是怎么回事?那花到底是为谁供奉的?

根岸认为,那是她的父母供奉给早夭的孩子的。这不可能。

供奉的地方太奇怪了——那朵花被供在大马路上。

若从常识角度考虑,供在路旁的花应该是……

这时,我的脑海中灵光一闪。一种假说猝然成形。

不会吧……但若真如我想的那样,那条封闭的走廊便也有了合理的解释。

我用手机上的地图软件查了图书馆的位置。

从咖啡厅步行三十分钟,我来到市里的图书馆。这里存有历年的县内地方报纸。根岸的老家是一九九〇年落成的,于是我翻遍了那一年的报纸。

终于发现了这样一则新闻。

> **一九九〇年一月三十日　早报**
>
> 昨日下午（二十九日）四时许，富山县高冈市发生了一起致人死亡的车祸。死者是住在该市的小学生春日裕之介（八岁）。警方称，裕之介过马路时被一辆从建筑工地倒车出来的卡车撞倒。车祸发生时，涉事卡车正在运送建材。司机是一名男子，供述称"视野受限，没注意到那个小男孩"。该男子是 House Maker 美崎的员工……

报道刊登了案发现场的照片。那里就是根岸刚才给我看的照片上的位置。

果然不出我所料。那条封闭的走廊是因为这起事故诞生的。我急忙走出图书馆，给根岸打电话。

根岸　喂，您好。

笔者　根岸女士，有件事想拜托您。您能和 House Maker 美崎取得联系吗？就是建您老家房子的那家公司。您可以直接问那家公司的员工。

根岸　直接问……？不过，父母的房子已经是三十多年前建的了。房子建好后，我们家和建筑公司就再也没有联系过。那么多年前的客户，建筑公司肯定不会认真对待。而且，熟悉当时情况的人是否还在职都成问题……

笔者　我之前也这样想。不过，刚才我在图书馆查阅旧报纸，有一个重大发现。

您对 House Maker 美崎来说，一定很重要。

根岸　这话是什么意思……？

笔者　是这样的……

根岸随即与对方取得了联系。果不其然，公司的人还记得她。"我想和熟悉情况的人聊聊"——听说她提出要求后，对方还给她介绍了一名员工。员工名叫池田，似乎是House Maker美崎的人事部部长。

下个星期五，我们被请到公司总部，和池田见面。

※※※

星期五的午后，根岸和我来到House Maker美崎总部的会客室。

坐在我们对面的池田是个上了年纪的男人，看上去谦恭和蔼。他端详着根岸的面庞，感慨良多。

池田　哎呀……当时那位千金，已经长这么大啦。
笔者　池田先生，您见过根岸女士吗？
池田　嗯，她还在她妈妈肚子里的时候，我们就见过了。
　　　当时我负责在门店接待顾客，根岸女士的父母建房子的时候，我很荣幸地帮了不少忙。我记得您的父亲那时经常摸着夫人的肚子，高兴地对我说："是个女孩。"
　　　然而……您的父母好容易选中了敝社，我们却酿成了那样的事故。对敝社来说，这是无法磨灭的耻辱。
笔者　今天我们前来叨扰，就是想了解那起事故的相关情况。能否请您详细地和我们说一说呢？
池田　当然可以。事故发生在……地基勘察已经完成，马上要开始搭建框架的阶段。
　　　敝社的员工在建筑工地前的马路上，轧了一个小男孩。

笔者　那个男孩在这起车祸中去世了。
池田　是的，我们犯了绝不该发生的错误。

根岸拿出那张照片。

根岸　供花的人，是池田先生您吗？
池田　不只是我。房子竣工前，敝社员工每天轮流在事故现场上供。当然，我们不奢望这样做就能得到原谅。我们真心诚意地想对死者家属做出持续的赔偿。同样的，我们也对根岸女士的父母感到万分抱歉。
　　　由于敝社酿成的大错，您的家门口发生了这起死亡事故。
笔者　所以后来，你们修改户型图，改变了入户门的位置对吧？
池田　您真是明察秋毫。

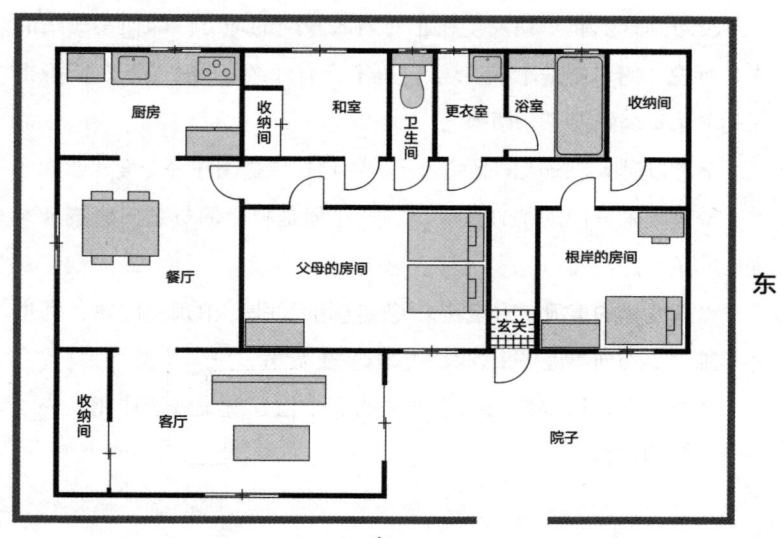

玄关

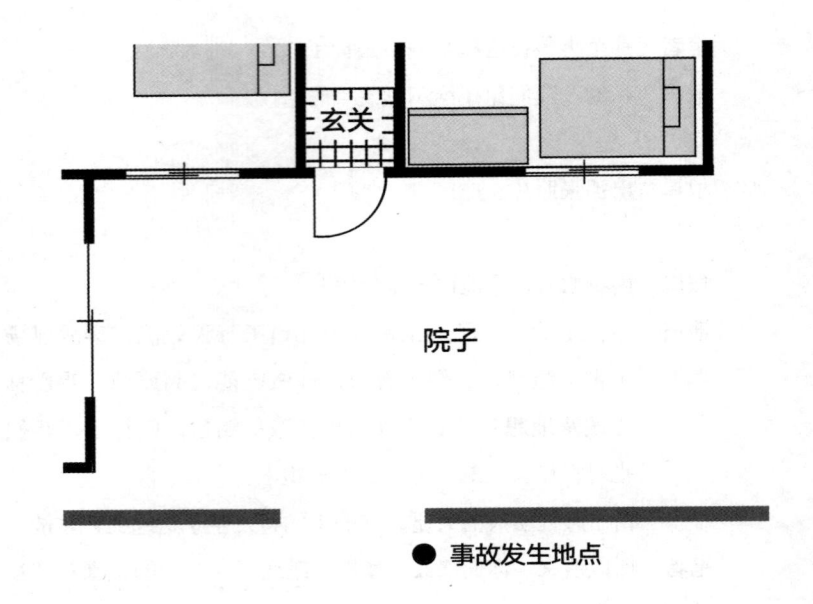

院子

● 事故发生地点

池田说，起初的户型图将入户门设在南侧。

没想到，那起车祸发生在正对着入户门的地方。即使不迷信的人，听说"门口就是车祸现场"，也不会有什么好的感觉吧。听说根岸的父亲对公司发了一顿脾气。

平息根岸父亲怒火的是她母亲。不过，她提出了一个要求。

希望把入户门的位置改一下——这便是根岸的母亲向建筑公司提出的条件。

母亲要求做改动的位置是一条走廊的尽头，把入户门建在那里并不难。公司便答应下来，没有收取变更费用。

这样一来，原本作为入户玄关的那个位置就失去了作用，成了一条封死的走廊。

25

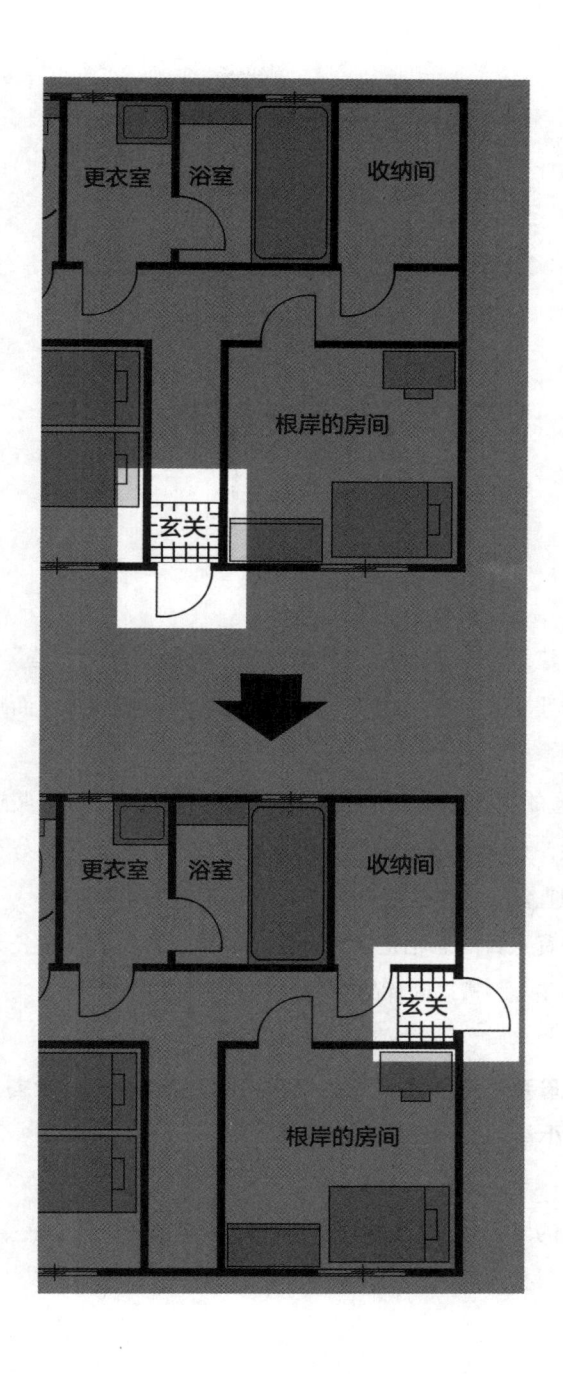

走廊

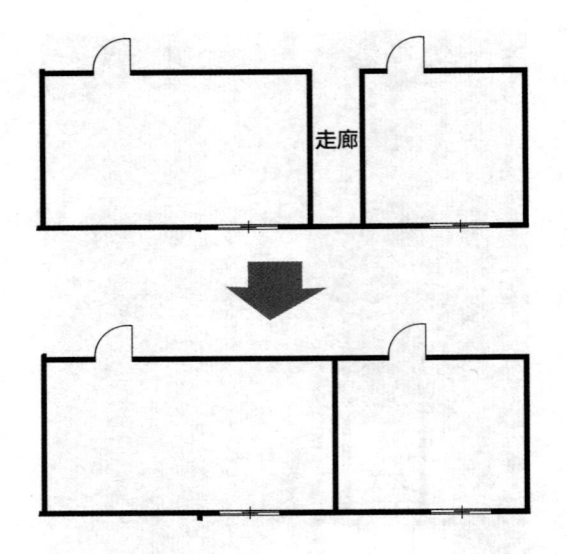

当时建筑公司也有过"去掉走廊,把房间做大一些"的提议,但最终似乎由于减少一堵墙会大大削弱房屋抗震效果,而放弃了这个方案。

"令堂的绝妙提议,实在令我佩服。"池田不住地夸奖道。这样一来,住户确实不必在家中看到事故现场,心理感受会好很多。但根据我的直觉,这不是根岸的母亲提出建议的真正目的。

她的真正目的恐怕是避免危险,不想让腹中的孩子长大后跑到门口的马路上,遭遇同样的悲剧。

> 母亲对我说:"无论如何都不许到那条大马路上去,出门时要走小巷。"

事故的发生令人难过。但得知"母亲生前是打从心底牵挂女儿"的事实,对根岸来说,或许是件好事。

我一直相信……根岸的母亲虽然不懂得如何与孩子打交道，也曾怒吼、拒绝过孩子，但她还是打从心底爱着女儿的。然而后来，我们却听到了一件令人费解的事。

※※※

讲完从前的事，池田似乎又想到了什么。

池田　对了，有件事我想问问根岸女士您。

根岸　什么事呢……？

池田　您知道令堂为何想把房屋改建成那样吗？

根岸　改建……什么改建……？

池田　啊，看来您也不知道啊。

其实，大概在这栋房子竣工五年后，令堂独自来过敝社。那时，她问了我一个不可思议的问题："能否请你们把东南角的房间拆掉？只拆这一个房间。"

根岸　拆掉……？

池田　我们也承接拆除房屋部分主体的"缩建工程"，但只拆掉一个房间的项目还是很少见的。我问她为何要这样做，她却什么也没有说。

不过，我从令堂的神情中看出，让她提出这一要求的事由并不简单，于是姑且为她做了一份报价。由于价格不低，令堂似乎放弃了这个打算。不知这到底是怎么一回事……

我想起放在根岸母亲的抽屉里那六十八万日元。

莫非她为了凑足改建费用，一直在暗中存钱？

笔者　话说这"东南角的房间",到底是哪一间呢?

池田　呃……就在玄关旁边……

根岸　是我的房间。

笔者　欸?!

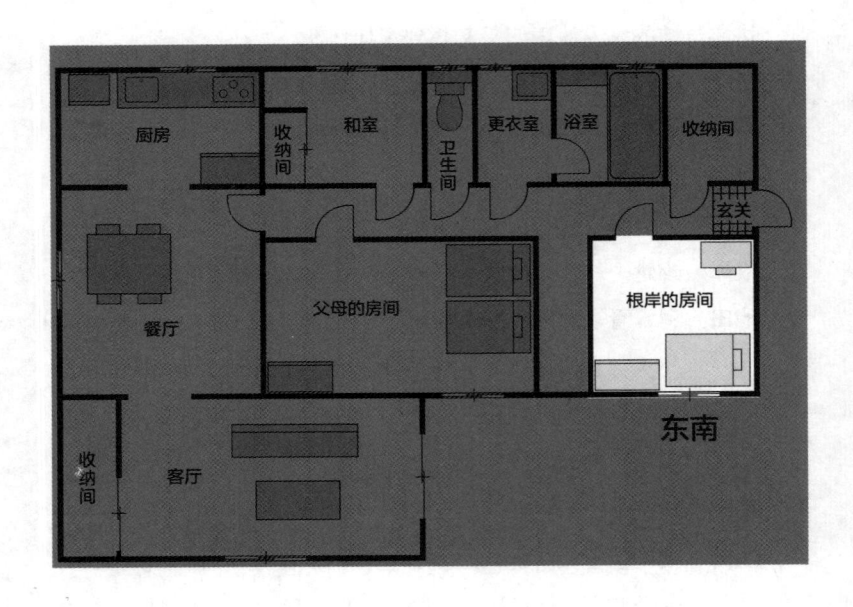

[平面图：厨房、收纳间、和室、卫生间、更衣室、浴室、收纳间、玄关、餐厅、父母的房间、根岸的房间、收纳间、客厅　东南]

东南角的房间……确实如此。可是……

根岸　母亲……果然讨厌我啊……

笔者　不,不可能的!您看,她那么担心您在大马路上遇到车祸……

根岸　那她究竟为什么……!

为什么要考虑拆掉女儿的房间呢?

我一时无言以对。

资料①《被封死的走廊》完

资料② 孕育黑暗的家

2020 年 11 月 6 日
饭村达之的采访记录

有一种叫作"特殊清扫"的职业。

工作内容是帮助清扫孤独死者或意外身亡者的房间。

一般来说，人死后会有家人朋友为其筹办葬礼，遗体会在几天内被火葬。但无依无靠者若是死在自己的家中，尸体可能会在无人知晓的情况下在屋子里放置几星期甚至几个月。尸身腐烂，污垢渗入地板。

特殊清扫者的使命，就是消除这种附在房屋上的"生命的痕迹"。

我这次的采访对象饭村达之，就是一位任职近十年的特殊清扫者。

他说自己原本是建筑工人，四十五岁之后才转行从事现在这份工作。

饭村 怎么说呢，主要是体力跟不上了吧。三十几岁的时候，不管做多辛苦的工作，只要喝了酒睡上一晚，第二天就又是一条好汉。人过四十，前一天的疲惫就没法一扫而空了。疲惫逐渐累积，不知不觉间就令人难堪重负了。一天早上醒来，我根本动弹不得，就这样直接住了院，然后就病来如山倒。力气也大不如前，没法再做回木工了。

话虽如此，一把年纪的我也不可能再去坐办公室，于是靠前辈的关系，进了现在的特殊清扫公司。

饭村往嘴里塞了一把毛豆，大口咽下啤酒。

饭村　所谓的特殊清扫啊，是一种把人从房子里解放出来的工作。很多人的想法和我相反，认为"房子被尸体弄脏了，所以要打扫干净"。

这种说法，好像把房子说得比人还尊贵呢。这怎么可能呢？先得有人住，才会建房子。无论什么时候，都是人更重要。这是做木工的时候，师傅对我的教诲。换工作后，这句话仍然是我工作的准则。

死者上天国或下地狱的时候，要是身体的一部分留在房子里，肯定会对尘世念念不忘吧？所以要由我们这些清扫者把房子打扫得干干净净的，帮助死者的魂灵从房子里逃走。我就是干这个的。是不是挺有意思？

……不好意思，我可以再要一瓶啤酒吗？

我是在朋友的介绍下认识饭村的。因为我发现，饭村很了解我需要的某个信息。于是我约他在他居住的静冈县一家居酒屋见面，并对他进行了采访。

虽然我对特殊清扫的内容很感兴趣，但再任他说下去，恐怕会离题甚远。所以在点完第二瓶啤酒后，我决定切入正题。

笔者　说起来，我听说饭村先生您曾经清扫过**津原家**的房子，可以和我讲讲那次经历吗？

饭村　啊，对对。抱歉，我跑题了。

※※※

二〇二〇年，静冈市葵区北部发生了一起十六岁少年杀害家人的案件。

除了案发时外出工作的父亲，一家人全部遇害……受害者是**津原少年的母亲、祖母、弟弟**三人。邻居听到津原母亲的惨叫后报警，警察赶到时三人已经死亡，津原少年没有反抗便被带上了警车。

凶器是一把菜刀。切到一半的蔬菜还放在厨房的案板上，少年像是从正在做饭的母亲手中夺过菜刀实施犯罪的。

案发当时，三名受害者的遗体状态如下：

母亲——倒在厨房。胸部有一处刀伤，衣服上有扭打的痕迹。

祖母——躺在自己房间的床铺上，闭着双眼。凶器透过盖在身上的毛毯造成了多处刀伤。祖母似乎腿脚不便，行动困难，死前没有任何抵抗。

弟弟——倒在厨房的入口处。腹部有刀伤，菜刀还留在腹部。

津原少年上半身也有多处伤口，在医院接受治疗后被捕。

据说他对警察供述，自己"一直焦躁不安""对未来不抱希望""母亲和祖母关系不好，我在家待不下去"等。"互联网一代的绝望""家庭内部缺乏交流"……就在舆论将案件贴上种种社会问题的标签、大肆讨论的时候，一个神秘的传闻不胫而走——

津原家的户型有问题。

传闻没有引发什么热度,很快就被人遗忘了。然而我当时正在写《怪屋谜案》,对户型图抱有强烈兴趣,实在无法对其视而不见。

我单枪匹马地调查此事,尽管用尽办法,得到的信息却少得可怜。别的先不说,我连津原家的户型图都没拿到。

就要放弃的时候,我忽然想起一件事。

特殊清扫公司通常会在警方完成现场调查后进入发生杀人案的房屋进行清扫。这意味着,给津原家做清扫的人一定了解房屋的布局。

这就是我下决心采访饭村的原委。

饭村 当时包括我在内,共有十人出动。一般来说,顶多八个人就足够做一次特殊清扫了,唯独那次不同。到底是发生了命案嘛。

笔者 工作难度很大吗?

饭村 是啊。尤其是老太太的房间到厨房的路上,简直是血流成河啊,不得不把整块地板都换掉,工程量大极了。唉,身体上的辛苦已经是家常便饭了……可那次搞得人连情绪都很崩溃啊。受害者当中还有小孩,你知道吧?

笔者 知道。是津原少年的弟弟吧。

饭村 厨房入口处有一小摊血,都是那个孩子的。

看到那摊血的时候,我可难受了。我跟我那离婚的老婆也有个小男孩啊。

笔者 这样啊……

饭村 ……抱歉,把气氛搞得这么凝重……对了,你想要津原家的户型图是吧?给你带来了。这东西好歹能顶一盘毛豆吧?

饭村说着，从兜里掏出一张叠起来的纸。

纸上印着一张户型图。

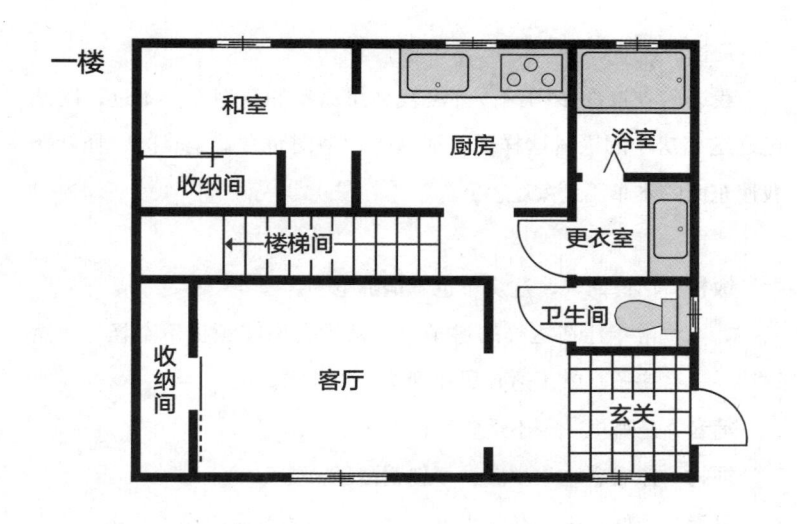

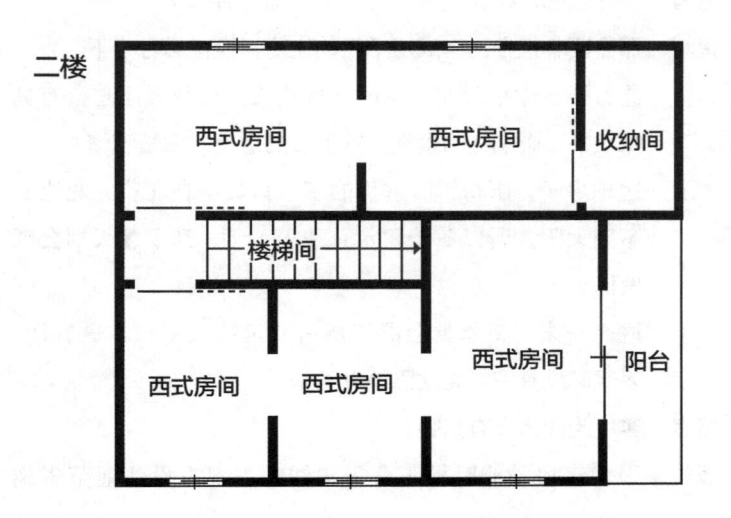

一楼

- 和室
- 厨房
- 浴室
- 收纳间
- 楼梯间
- 更衣室
- 卫生间
- 收纳间
- 客厅
- 玄关

二楼

- 西式房间
- 西式房间
- 收纳间
- 楼梯间
- 西式房间
- 西式房间
- 西式房间
- 阳台

饭村 这个就是津原家。

笔者 欸？您是怎么拿到这张户型图的？

饭村 这种东西网上有的是，我随意找来一份，就印出来了。

奇怪。

我之前查过许多网站，都没找到津原家的户型图。不过，既然进过这座房子的饭村这样说，那这张户型图想必就是真的。怪就怪我搜东西的本事不到家吧。

饭村 话说回来，这房子也真是够呛啊。

常年住在这样的房子里，精神会出问题也不奇怪——这房子真就不适宜居住到这个份儿上。

笔者 是哪里……不适宜居住呢……？

饭村 你看看这户型图，不就明白了？

笔者 不好意思，在我眼里，这就是一栋普通的房子啊……

饭村 那你试着把自己当成房子里的住户，换位思考一下。

比方说，你平时在一层的客厅吃饭。可是客厅总会有臭味飘来，影响你的食欲。这里面的道理，你懂不懂？

这栋房子，厨房、浴室里的下水口集中在北边。北边照不到太阳。所以冬天积水总是干不了，到了夏天则会蒸发掉。

这么一来，下水就会混着厕所的臭味从走廊飘进客厅。客厅又没有门，无法阻隔臭气。

笔者 客厅为什么没有门呢？

饭村 因为建房子的时候不舍得花钱呗，想方设法地节省施工费。

笔者 原来如此。

饭村 客厅不装门还有其他弊端。

假设吃饭的时候有人上门收订报纸的钱，或者是宗教团体的人上门劝人入教，会发生什么呢？没吃完的饭、一家人的模样全会被外人看到。隐私什么的，就完全没法要求了。

至少该在靠厨房的一侧做个出入口啊。大概是因为楼梯压缩了空间，没法做吧。

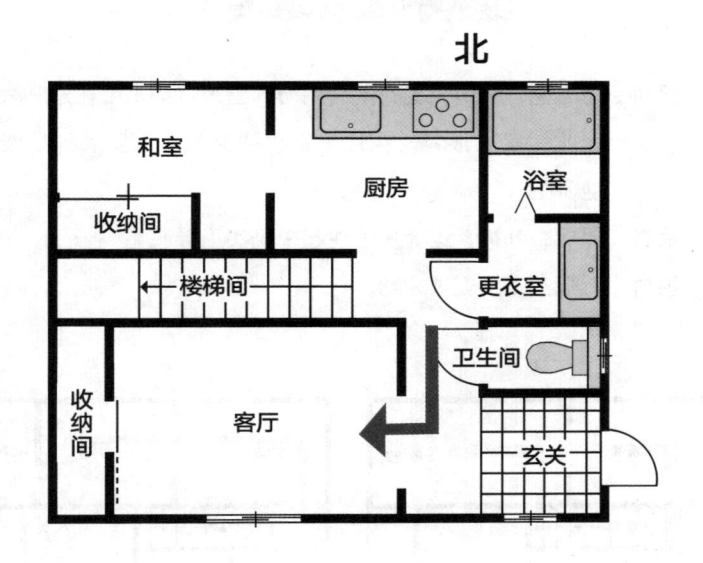

饭村 硬要在不够宽敞的空地上建房子，就会出这种不协调的问题。换句话说，日本的住宅本来就容易产生不协调。

不过，即使空间狭窄，优秀的设计师也能做出好的设计。可做这幅设计图的家伙明显水平不行啊。

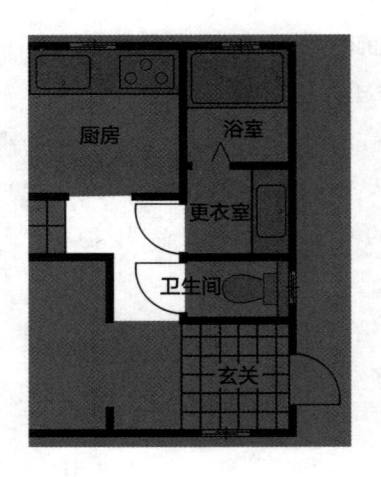

饭村 比方说，厨房、更衣室、厕所的出入口都集中在这一块。因此一家人很容易在这里发生冲突，甚至发展到吵架的地步吧。

笔者 照这么分析，这套房子住起来确实不舒服呢……

饭村 对吧？二楼更过分哟。

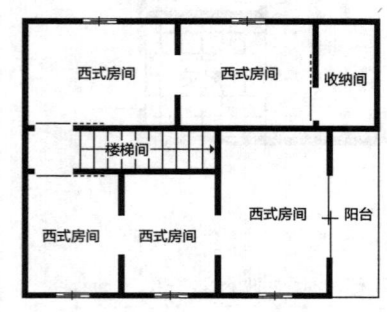

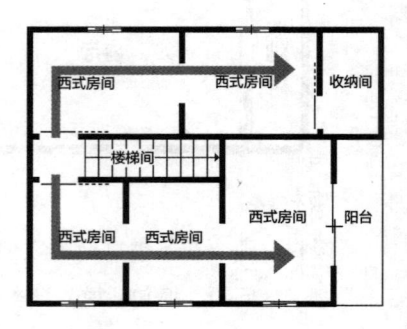

饭村 对于这样大小的房子而言，一般二楼建三四个房间是比较合适的。但这里竟然挤下了五个房间，这就导致楼上

没有了建走廊的空间。

由于没有走廊，想去里屋，就必须穿过外面的房间。也就是说，外面的房间兼有"通道"的作用。而且，二楼和一楼一样没有房门。

这套房子里，压根儿就没有所谓的"私人空间"。

笔者 这确实……令人不安呢。

饭村 阳台不朝南，也令人反感。洗好的衣服最好晾在南边，南风吹着，干得才快。

我感到自己的兴致逐渐变淡。饭村的分析确实有说服力。他以前当建筑工人时盖过许多房子，只消看一眼户型图，多半就能判断出一套房子的好坏。这套房子或许确实如他说，不适宜居住。

不过，"住在不宜居的房子里就会变成杀人犯"的说法，未免有些强词夺理了。饭村或许看穿了我的想法，轻咳一声，语气一变。

饭村 在这样的房子里住上一两天，确实没有任何问题。但若是连续住上五年、十年，琐碎的压力日积月累，难免情绪失控。你也许会认为我这话夸张了，但房子就是有这样的力量。

笔者 真会如此吗……

饭村 不过呢——

他忽然压低了音量。

饭村 我刚才那些话，顶多是个前提。重要的是津原一家住进这栋房子后，究竟发生了什么……你有小孩吗？

笔者　不，没有。

饭村　那请你想象一下，再回答我的问题：如果家里有一个两三岁的孩子在玩耍，你认为最重要的是什么？

笔者　呃……确保孩子的周围没有危险？

饭村　你说得没错，但还有更重要的。正确答案是"孩子能随时看到父母"。

当孩子成长到一定阶段时，会萌发独立意识，想要自己玩耍。但两三岁的孩子若是彻底脱离父母，便会感到不安，所以他们一般会在客厅玩耍，因为日本大多数住宅的厨房和客厅是连着的。母亲就在不远处的安全感和独自玩耍的自由——同时享受这两点，对孩子来说是最舒服的。

而这栋房子从客厅看不到厨房，也没有既能看到厨房，又可供孩子玩耍的房间。

津原少年小时候，也许一直活在不安之中吧。

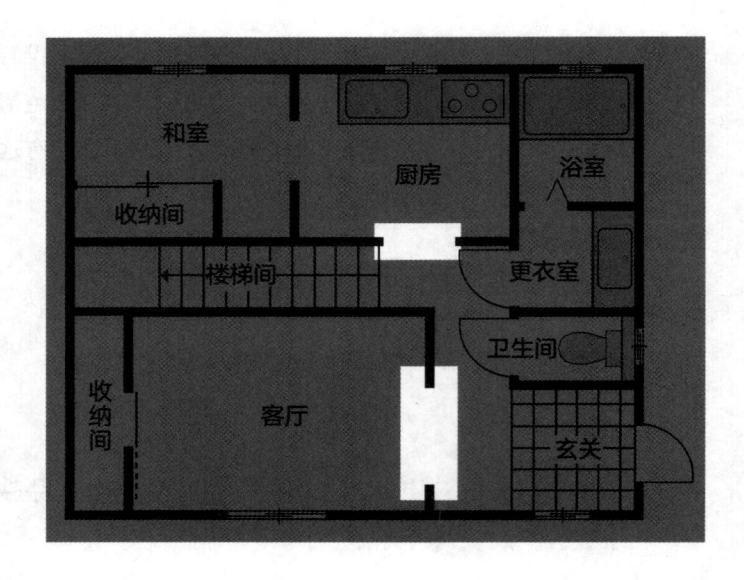

笔者　嗯？等一下。
　　　　厨房旁边有一间和室啊，这个房间不就是最合适的玩耍场所吗？
饭村　不，这是老太太的房间。

"老太太的房间"……听到这个词，我不禁脊背发凉。

> 　**母亲**——倒在厨房。胸部有一处刀伤，衣服上有扭打的痕迹。
> 　**祖母**——躺在自己房间的床铺上，闭着双眼。凶器透过盖在身上的毛毯造成了多处刀伤。
> 　**弟弟**——倒在厨房的入口处。腹部有刀伤，菜刀还留在腹部。

少年的祖母是在自己房间遇害的，而母亲和弟弟死在厨房。
命案发生在横向相邻的两个房间——即使不愿想象，也很有画面感。

饭村　津原家的老太太，是男主人的生母。
　　　　站在儿媳的角度上，这样的房间布局意味着自己在厨房干活的时候，婆婆总是待在旁边。即便是血脉相连的母女，长期如此也会令人喘不过气，更不要说婆媳了。
　　　　而且那老太太腿脚不便，几乎卧床不起。儿媳难免遇到饭做到一半却要伺候婆婆上厕所之类的事，恐怕心里一直很恼火吧。

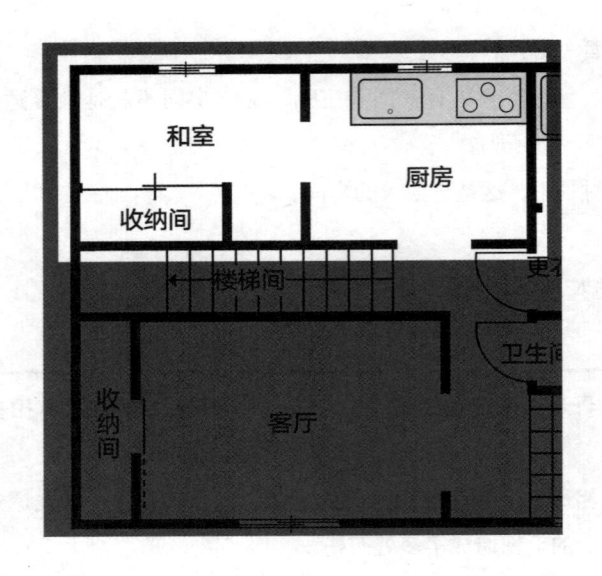

孩子能够敏感地体察父母的情绪。难以想象一个小孩能在母亲长时间神经紧绷的环境里玩得开心。然而，一个人在客厅玩又不踏实。

孩提时代，这个家里恐怕没有让津原少年安稳成长的地方。

少年确实向警方供述，"母亲和祖母关系不好，我在家待不下去"。

饭村 而孩子长大后，有了属于自己的房间。
这时候，问题又来了：津原少年的房间在这里。

饭村指着二楼的收纳间。

饭村 入户打扫的时候，我往里瞥了一眼。屋里摆着桌子、台灯和被褥。那孩子大概喜欢足球吧，墙上还贴着J联赛①的海报呢。

笔者　不过，他为什么住在收纳间里？

饭村　排除法嘛。刚才我也说了，二楼没有私人空间，对青春期的孩子来说，和地狱没什么两样。

这个收纳间是唯一安了门的、能让人放松的地方。津原少年不是喜欢把这里当作自己的房间，而是除了这里没有别的选择。

一个没有窗户、狭窄昏暗的房间。长时间住在这样的地方，恐怕谁都会情绪低落吧。

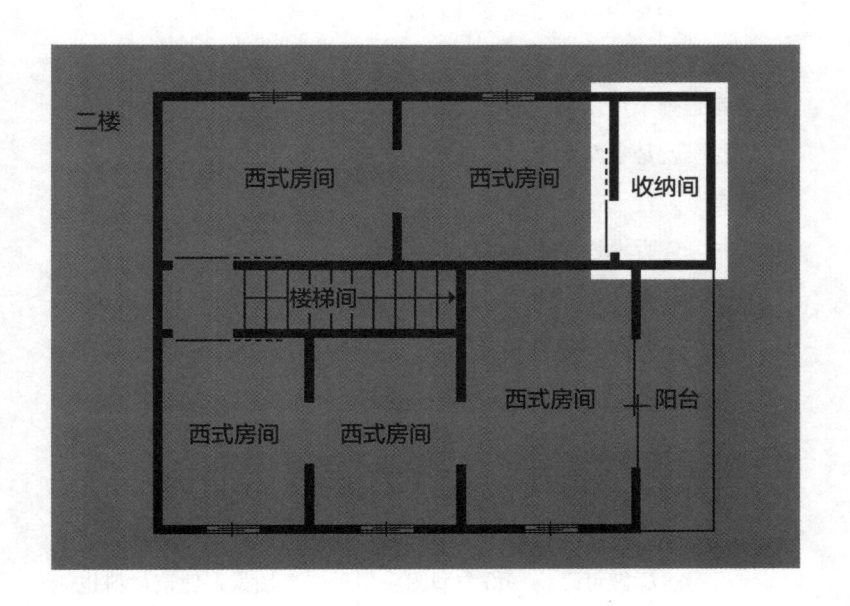

---

① J联赛：日本职业足球联赛的简称。——若无特殊说明，本书注释均为译者注

年幼时承受着不安与孤独，青春期又在狭窄昏暗的空间度过，再加上整套房屋的居住感不佳，津原少年的内心逐渐扭曲……是这样吗？

饭村　哦，当然不能说只要住在这套房子里，所有人都会变成罪犯。津原少年大概原本就有犯罪的潜质吧。

是这套房子放大了这部分潜质……孕育了他内心的黑暗。

笔者　如果他在其他房子中成长，悲剧就不会发生吗？

饭村　我是这样认为的……不过，其他地方说不定也会发生同样的事。

毕竟内心被黑暗笼罩的人不止津原少年一个，这样的房子也不止一套。

笔者　……什么叫"不止一套"？

饭村　就是字面意思。在日本，这样的房子至少有一百套。

笔者　欸？

饭村　你听说过"Hikura House"吗？

这是一家以中部地区为中心的建筑公司。在木工行业中，这家公司是臭名昭著的"无良商户"。他们就是做这种生意的。

首先是设计户型图。假定做出了一张三十坪[①]的户型图，那么这家公司就以中部地区为范围，尽可能多地买下三十坪的土地。然后像盖章似的，建起一模一样的房屋。

这样做可以将一份户型图应用于许多场景，建筑材料也能批量订购，从而节约成本。Hikura House 就能以低廉的价

---

① 坪：日本的面积计量单位。1坪约等于3.3平方米。

① 制作户型图

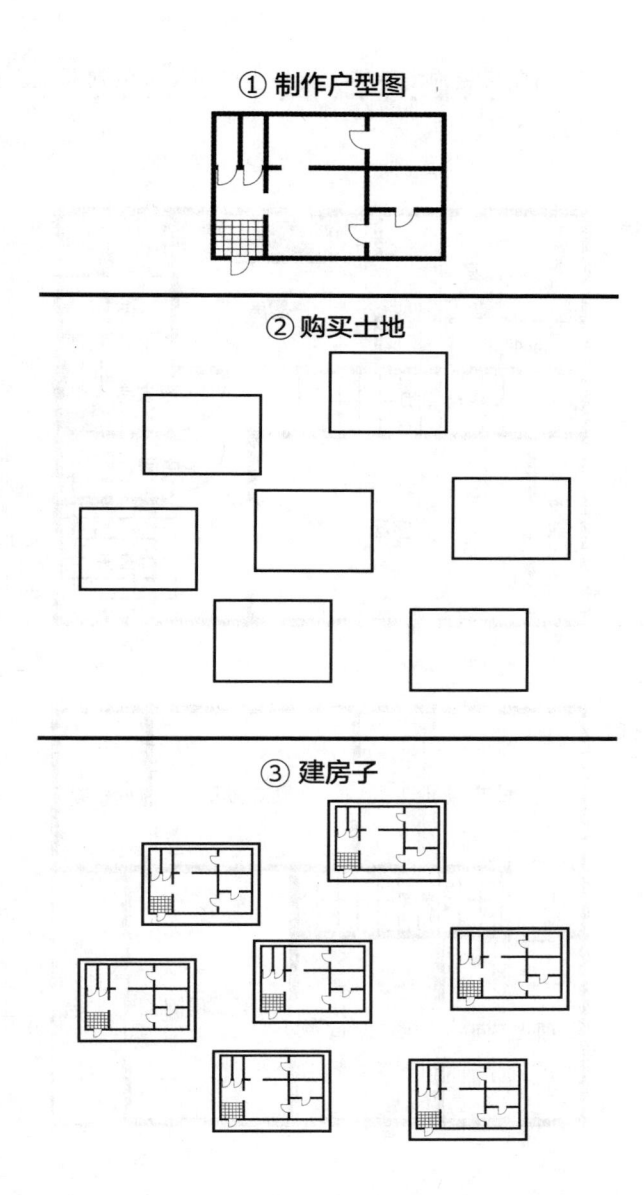

② 购买土地

③ 建房子

格将批量生产的房屋卖给客人。这就是所谓的"商品房"。任何一家建筑公司都会卖商品房，这本身无可厚非。问题出在房屋户型不好和批量生产质量差的房屋上。就和这套房子一样。

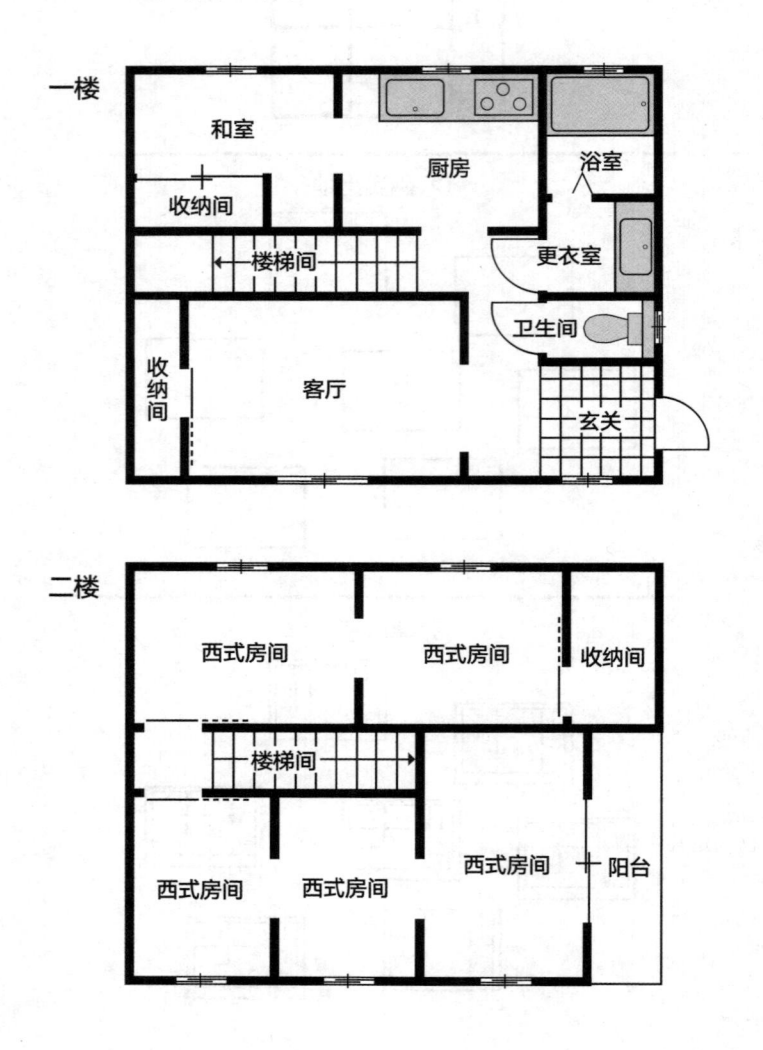

一楼

和室
厨房
浴室
收纳间
楼梯间
更衣室
卫生间
收纳间
客厅
玄关

二楼

西式房间
西式房间
收纳间
楼梯间
西式房间
西式房间
西式房间
阳台

笔者 那么，津原少年住的就是 Hikura House 批量生产的商品房吗？

饭村　没错。我在中部住了很长时间，见过好几次 Hikura House 的宣传单。除了户型图，上面还这样写道："一栋两层新房，六室一厅，只要一千五百万日元。"光看这份描述，可是很诱人呢。

　　一栋房子的市价约为三千万日元。Hikura House 的房子是市价的一半，而且除了客厅，还有六个房间。外行肯定觉得很值吧。然而，真相却是这样：为了让广告上的数字好看，建筑公司建了六个房间，将空间挤得满满当当的，十分憋屈；为了削减成本，又省去了房门。商家根本没考虑过住户的居住舒适度。

　　Hikura House 就是这样的公司——用花里胡哨的广告、强硬的营销手段将房子卖出去，却不管售后。

　　饭村一开始就说"这种东西网上有的是"，现在我终于明白他这句话的意思了。

　　他大概是从房地产信息网上下载的户型图吧。这说明，此时此刻，这样的房子仍然在许多地方出售。

　　如果今后又有一个津原少年那样性格的人住进这样的房子……想到这里，我不禁打了个寒战。

※※※

　　饭村喝光第二瓶啤酒，点了一份香草冰激凌。

饭村　不好意思啊，我一个人吃个不停。

笔者　不会，您提供的信息很宝贵。

……不过，Hikura House 干了那么多恶事，竟然一直没倒闭呢。

饭村　那帮家伙很擅长做推广，愿意花大价钱打广告。只要公司的形象好，大部分客人都会上钩。

笔者　原来如此……

饭村　不过，他们也不是一直如此。Hikura 开始重视媒体形象，是受一起案件的影响。

笔者　案件？

饭村　那时候……我还是个实习木工，所以那大概是二十世纪八十年代末的事吧。

Hikura 的社长不知怎的陷入舆论风波，有传闻称他"年轻时曾虐待幼女"。

虽然那消息最后好像被证明是假的，但当时的电视台、杂志社都对此津津乐道，传闻也引起了普通百姓的讨论。用今天的话来说，就是"翻车"吧。

口碑这东西是很可怕的，Hikura 的股价暴跌。在这一点上，只能说他们太惨了。

与此同时，Hikura 在中部地区的竞争对手、一家叫"House Maker 美崎"的建筑公司抓住了可乘之机，扩大了市场份额。那之后，Hikura 有十多年都没能翻盘。

这惨痛的经历大概让他们明白了一个道理：在媒体面前，事实往往苍白无力。

※※※

回到家，我试着在网上搜索"Hikura House"。

一系列搜索推荐词映入眼帘："Hikura House 过分""Hikura House 诈骗""Hikura House 宗教"，等等。粗略浏览一番，果然如饭村所说，这家公司似乎出售了不少劣质的住房，消费者对它的评价很糟糕。

接着，我打开 Hikura House 的主页。

"优质的住宅，实惠的价格"——紧跟这句文案的，是许多知名"网红"在装潢时尚的客厅里开家庭派对的照片。

页面上还引用了一段视频。点开一看，是人气女演员伴着著名作曲家的音乐，用动人的嗓音低语："Hikura House，圆你一场美梦。"

"在媒体面前，事实往往苍白无力。"我想起饭村的这句话。

曾因媒体报道栽过跟头的 Hikura House 总结经验，学会了反过来利用媒体的力量遮盖消费者的差评。

页面的角落有一个写有"经营者的问候"字样的按钮。我点进去，里面是两张照片。其中一张是 Hikura House 的会长——一个戴眼镜、长着鹰钩鼻子的老人，名叫绯仓正彦。另一张照片是一个短发的中年男子，职位是社长，名叫绯仓明永。

两个人长得很像，尤其那鹰钩鼻，简直如出一辙。他们多半是父子。

我关上电脑，目光又落在饭村给我的那张户型图上。

二〇二〇年，悲剧发生在这栋房子里。受害者是**津原少年的母亲、**

祖母和弟弟。

邻居听到津原母亲的惨叫报警,警方赶到时,三人已经死亡。凶器是一把菜刀。母亲做饭时,津原少年从她手中夺过菜刀,当作凶器。

母亲——倒在厨房。胸部有一处刀伤,衣服上有扭打的痕迹。

祖母——躺在自己房间的床铺上,闭着双眼。凶器透过盖在身上的毛毯造成了多处刀伤。

弟弟——倒在厨房的入口处。腹部有刀伤,菜刀还留在腹部。

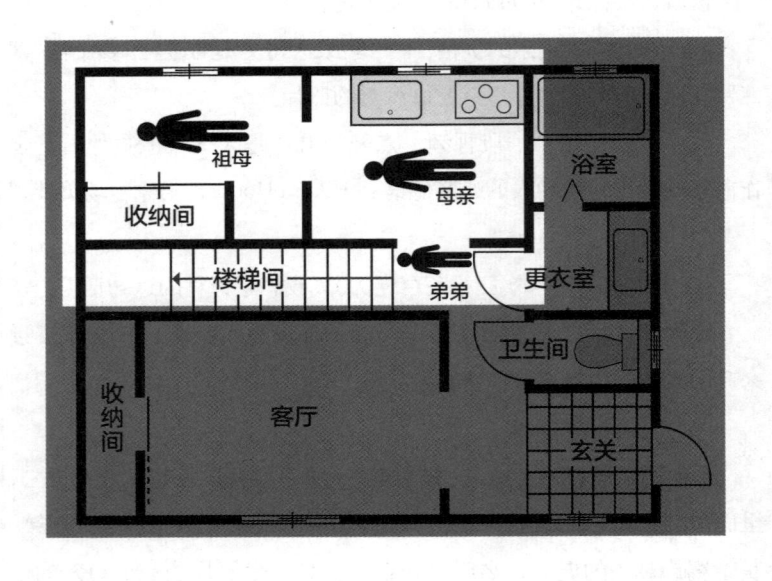

津原少年上半身也多处受伤,在医院接受治疗后被捕。

忽然间,我有了一个疑问。这三人遇害的顺序是怎样的?

既然弟弟的腹部有刀伤,菜刀还留在腹部,那么弟弟应该是最后一个遇害的。那另外两个人呢?我看着户型图,展开想象。

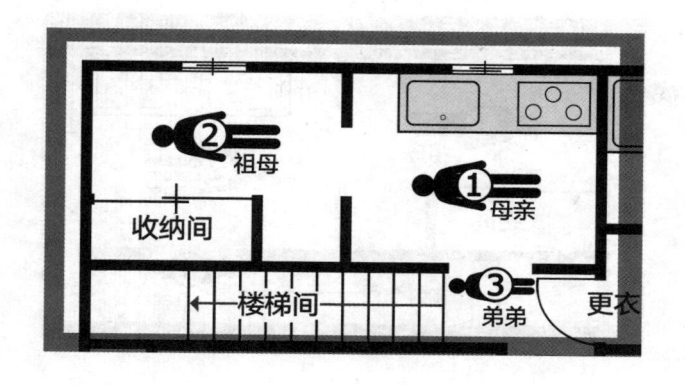

```
┌─────────────────────────────────┐
│            ┌──┐  ┌──────────┐   │
│    ②       │  │  │ 洗槽 灶台 │   │
│    祖母     │  │  │          │   │
│            │  │  ①           │   │
│   ┌────────┘  │  母亲         │   │
│   │收纳间      │               │   │
│   │          │  ③            │   │
│   │ ← 楼梯间  │  弟弟   更衣   │   │
└─────────────────────────────────┘
```

> 津原少年从正在做饭的母亲手中夺过菜刀，
> 一番扭打后，将母亲刺杀。
> ↓
> 少年径自来到和室，刺杀睡着的祖母。
> ↓
> 弟弟听到打斗声前来，被少年刺杀。

这个顺序看似自然，但仔细想来仍有蹊跷之处。祖母为什么没有醒？

津原母亲的叫声之大，可是让街坊四邻都听到了。

祖母就在隔壁，不可能不被吵醒。既然如此……

这就和"**祖母**——躺在自己房间的床铺上，闭着双眼"的信息相互矛盾。

那就是祖母先遇害的喽？

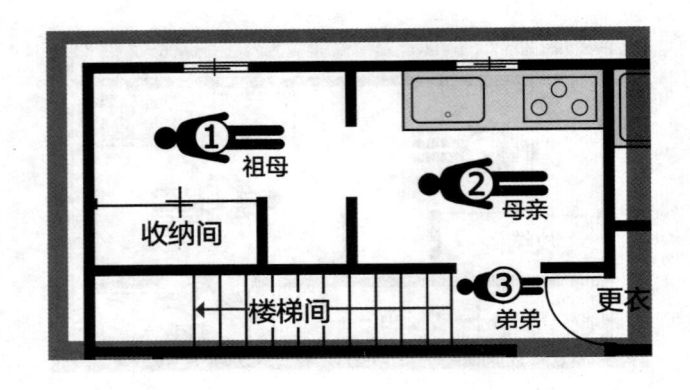

[平面图：收纳间、祖母①、厨房、母亲②、楼梯间、弟弟③、更衣]

> 津原少年从正在做饭的母亲手中夺过菜刀，
> 来到和室，刺杀祖母。
> ↓
> 母亲立即阻止，将少年从祖母身上拉开。
> 两人扭打着来到厨房，
> 母亲被少年刺中胸口死亡。
> ↓
> 少年刺杀听到打斗声前来的弟弟。

这样就可以解释祖母被警方发现时为何闭着双眼了。可与此同时，又有新的疑问产生：津原少年为什么会受伤？

若他在和室刺杀祖母后和母亲扭打起来，菜刀起初肯定在津原少年的手上。更何况他是个十六岁的男孩，和母亲相比，力气肯定占绝对优势。

然而，母亲身上除了胸部其他部位没有伤口，倒是少年的上半身多处受伤。

两人扭打时，手握菜刀的是母亲——如果是这样还比较能说通。

这样一来……就出现了一种颠覆我之前想象的恐怖可能。

刺杀祖母的莫非不是津原少年,而是他的母亲?

婆媳关系不睦、看护老人带来的疲惫、住房舒适度差。

这些压力日积月累,终于令母亲崩溃。她抄着手中的菜刀,向睡在隔壁房间的婆婆身上刺去。

津原少年偶然看到母亲行凶,跑到和室,试图阻止母亲。

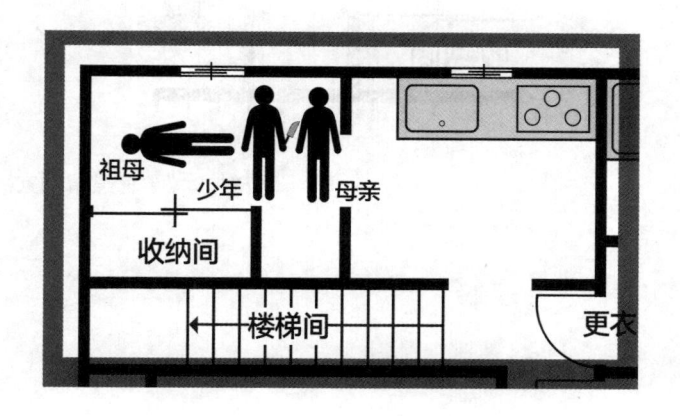

少年将母亲从祖母身上拉开,两人扭打着来到厨房。

其间,母亲手中的菜刀多次刺中少年的上半身。

"老太太的房间到厨房的路上,简直是血流成河啊"……这些血,说不定是津原少年的。

在激烈的扭打中,津原少年不慎刺中了母亲的胸口。

弟弟听到惨叫赶来。

"弟弟看到我杀了母亲"……惊慌失措的少年将菜刀捅向弟弟的腹部……

这些不过是我的想象。然而——

这座房子蕴藏的黑暗，或许不仅于此。

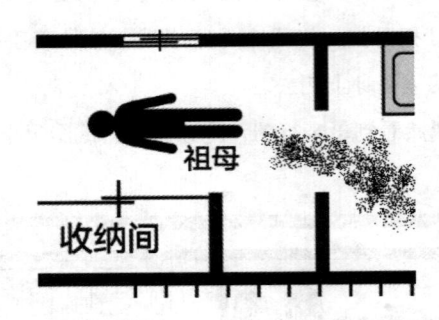

资料②《孕育黑暗的家》完

资料③ 林中的水车小屋

内容摘自旧书籍

有一本名叫《明眸逗留日记》的老书。

那是昭和①初期的一本游记集，收录了人们到地方旅行的往事。该书出版于一九四〇年，似乎很快就绝版了。不过，我有幸因某种情由得到了一本。

这次想向各位介绍的，是收录于书中的《饭伊地区的回忆》这篇文章。文章作者是一位名叫水无宇季的女子，写下文章那年二十一岁。水无家曾是撑起钢铁业半边天的大财团，宇季是家中的独生女。

《饭伊地区的回忆》讲述了宇季在叔父家小住避暑时发生的事。其中有一处情节，读来令人不寒而栗。

宇季在叔父家附近的林子里散步时，发现了一座神秘的水车小屋。笔者决定将这部分内容摘录下来。

另需说明的是，原文多用古文，笔者已将其改为现代文。且文中的示意图是笔者根据宇季的描述绘制的。

摘录自《明眸逗留日记》第十四章《饭伊地区的回忆》

作者：水无宇季

昭和十三年　八月二十三日

---

① 昭和：昭和时代（1926—1989），日本昭和天皇在位的时期。

下了三天的雨终于停了，我告诉叔母自己要去散散步，便走入了树林。地面湿滑，走路时要小心摔倒。不知不觉间，我眼前出现了一座木制的小屋。

这座小屋的墙上装置着一个大车轮。幼时，我去东北地区的亲戚家做客，曾见过类似的建筑，所以知道那是水车小屋（注）。

注：何为水车小屋？

※ 普通的水车小屋

指外墙装有水车的建筑。

利用河水等水力转动水车，在小屋中进行稻谷脱壳或机器织布等作业。

截止到1960年前后，多见于日本的各乡村。

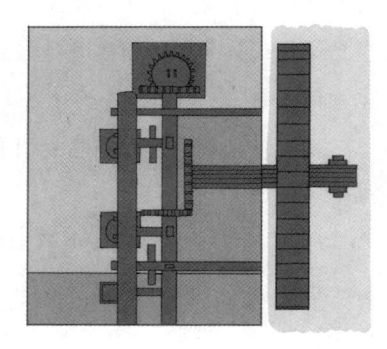

※ 水车小屋内部

我带着几分怀念观望了一阵，忽然意识到一件奇怪的事：水车周围没有水源。顾名思义，所谓的水车，就是以水力带动的车，因此必定会建在河水、池水等水源的附近。

但我把周围看了个遍，也没有发现水源一类的东西，甚至开始怀疑这建筑或许不是水车——难道这大家伙是个摆设？我抱着这个想法凑近小屋，发现水车左侧有一扇小小的格子窗。

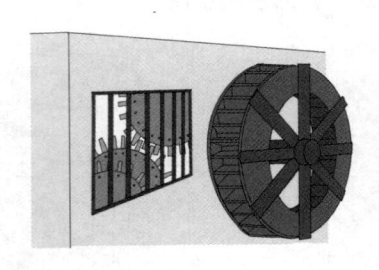

※ 根据描述绘制的示意图

我从窗口窥看，能看到屋内的模样：里面是一个横向的狭长房间。齿轮多到几欲令人眩晕，像艺术作品般复杂地组合在一起。

类似的情景，我在东北地区那座水车小屋里见过，只是那座小屋的齿轮或许不像眼前这座这般精致。既然如此，这架大水车肯定不是摆设吧。

我四下张望，看到小屋左侧有一个好像小祠的东西，便走过去细瞧。

那座小巧的小祠由漂亮的白色木头搭建而成，有三角形屋顶，看上去刚盖好不久。小祠里有一座石像，是一尊单手拿着圆形水果的女神像。

女神面向小屋而立。我双手合十，拜过神像后转到小屋的另一侧。

那里是小屋的入口。

木板做的朴素拉门敞开着。我明知不礼貌,却按捺不住好奇,兴冲冲地向屋里窥探:屋子约莫三叠①大,里面铺着木板。

从这一侧看不到刚才从格子窗看到的复杂啮合的齿轮,也许放齿轮的房间和这里是用墙隔开的。

除了入口的门,这个房间没有窗,没有家具,没有灯,也没有任何装饰。置身其中,就如同待在一个长方形的箱子里。屋里唯一的特征,是右侧墙上的一个大洞。

---

① 叠:榻榻米的尺寸,多用来计算日本房间的面积。一叠约为 1.62 平方米。

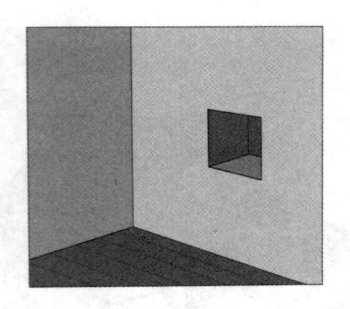

说是洞，其实并没有和外面贯通。因此用"凹槽"来形容它或许更加贴切。

如果我蜷缩身体，大概刚好能钻进这个在墙中间挖出的四方形凹槽中。这个装置是做什么用的呢？我思索了一阵。可以摆个花瓶，把花插在里面。但这空无一物的房间里只放一束鲜花，想来也有些突兀。

打量了这间屋子一阵，我渐渐产生一种奇异之感。从外面看到的小屋，和里面的构造不知哪里有些不协调。啊——我终于意识到，原来相对于小屋的外观，这间屋子实在有些小了。

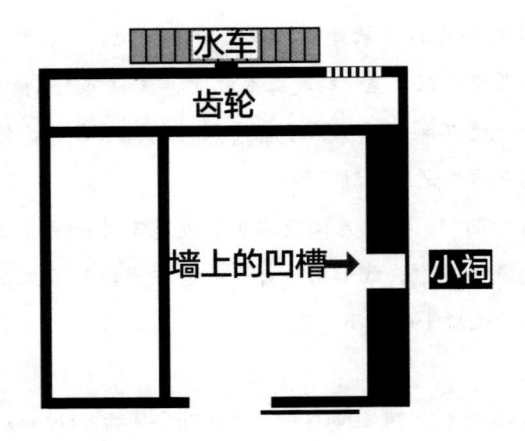

我所在的房间左侧,恐怕还有一个房间。但我怎么也找不到通往那个房间的门。也许屋外另有入口?我灵机一动,便研究起小屋的外墙来。

然而,我沿着外墙顺时针一路走回装置水车的地方,却始终没找到入口。绕着小屋转了一圈,我只能说,这座水车小屋真是奇怪极了。

没有水的水车,墙上的凹槽,打不开的房间……一切都像梦一般神奇。

继续待在这里,我怕是要疯掉了。于是我暂且将好奇心放在一旁,决定回叔父家。

想要抬脚时,我的脚却不知怎的抬不动。低头一看,脚下的土地被昨晚的雨淋得泥泞不堪,我的草鞋陷在了泥里。

我先从泥里抬起左脚,然后右腿猛地发力,只听"扑哧"一声,草鞋倒是被我从泥里拽出来了,可我用力过猛,失去平衡,眼看就要摔倒。

我的双手慌不择路地抓住眼前的水车,总算没有把衣服弄脏。

但我只放松了一瞬。伴着一阵猝然响起的、撕裂耳膜般的轰鸣,我的身子渐渐向前倒去。大概是双手撑在水车上的缘故,水车被我的体重带动了。

格子窗里的无数齿轮像一条条巨大的虫,姿态各异地蠕动起来。我赶忙松开双手,倚靠在小屋的外墙上。

我心脏狂跳,脉搏声很重,于是做了几个深呼吸,靠在墙上休息了一会儿。不知过了多久，随着情绪的平复，一个疑问在我心头浮现：刚才水车转了起来，齿轮也跟着旋动，可是它推动了什么呢？

我在东北的亲戚家看到的水车小屋可以通过齿轮的转动带动脱壳机。我还听说，有的水车小屋是用来带动织布机的。

而我只看到这座水车小屋的齿轮在转，却没发现任何被它带动的东西。这样一座没有实用性的水车小屋，究竟有什么意义呢？

回想起来，刚才水车转动的时候，发出了震耳欲聋的轰鸣。那声音不是水车发出的，也不是齿轮发出的，仿佛来自更远的地方。想到这里，我的脑海中忽然浮出一个画面。啊，莫非是这样？

我生怕摔倒，小心翼翼地扶着墙向前走。走过刚才看到的小祠，又来到小屋的另一面。

看到眼前的景象，我就知道自己没有想错。

入口左侧出现了一条刚刚没有的、很小的缝隙。不是门被拉得更靠外，而是墙移动了。

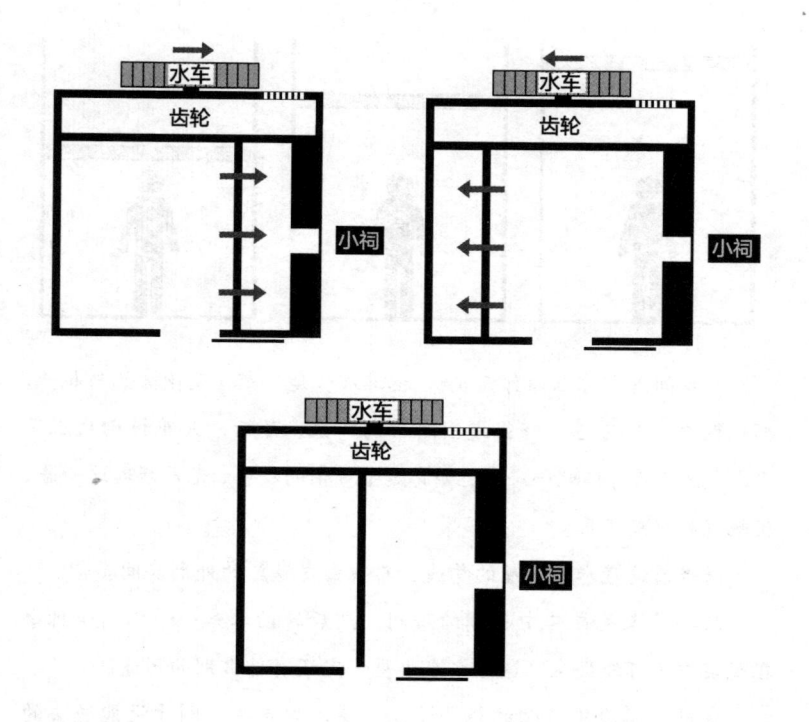

这大概是一个机关——水车旋转时，内墙就会朝水车旋转的方向移动。

刚才我不经意间推动了水车，那本以为打不开的左侧房间变得宽敞，入口就出现了。这机关究竟是做什么用的？

"移动的墙"，这个词令我联想到从前看过的书。那是一本名叫《白发鬼》的翻案小说。故事中男人的妻子被朋友夺走，男人因嫉妒而疯狂。为了报仇，男人将朋友骗到一间特意准备的狭窄房间，把朋友关了起来。那个房间的天花板是吊挂着的，可以上下活动。

在房间外部可以操作天花板，使其缓慢地下落。天花板越来越低，那位朋友无处可逃，吓得发出凄厉的叫喊。最后，天花板彻底压了下来，朋友的身体就……啊，那真是个可怕的故事，光是想起这一幕，我就直起鸡皮疙瘩。

而眼前这座水车小屋的构造，与《白发鬼》的处刑房间类似。

只要将人关在其中一侧的房间，然后转动水车……不，这种事在现实中不可能发生。这座水车小屋一定还有什么别的用途。

我甩开脑海中可怕的想法，朝小屋入口走去。刚才没能进去的左侧房间究竟是什么模样呢？我从缝隙里向内窥探。霎时，一股强烈的恶臭扑鼻而来。

那股令人作呕的恶臭像是食物腐烂的味道，还混着一股铁锈味儿。适应了屋内的昏暗光线后，我看到有个东西倒在地上。是一只白鹭。

那是一只死掉的雌性白鹭。肯定是有人恶作剧，将它关进来的。白鹭出不去，便饿死在这里。看样子，它已经死掉很久了。浑身羽毛脱落，一侧翅膀的前端缺失，身体腐烂，暗红色的液体浸渍到地板里。

我吓得逃掉了。

当天晚上，和叔父、叔母用过晚餐后，我打算向二位询问水车小屋的事。那小屋应该不是他们的财产，但既然它离叔父家不远，我想他们也许知道些什么。

可我刚要开口，小婴儿就在里屋哭了起来。叔父、叔母匆忙离开了饭桌。听说婴儿术后恢复得不好，左臂的根部化脓了。

那之后的几天，叔父和叔母都忙着照料住院的孩子。到头来，直到我回东京，也没机会问他们有关水车小屋的事。

（中略）

第二年，我结婚了，生下一个女儿。在饭伊地区小住的记忆，在一天天的忙碌中逐渐离我远去。唯有发生在那个雨后的日子里的事，我至今历历在目。

每次回忆起来，我都会这样想：

是谁将那只白鹭关在小屋里的呢？
那个人为何要做这样残忍的事？
那座水车小屋到底是做什么的？

前面两个问题，我仍然没有答案。但对于第三个问题——那座水车小屋的真正用途，我想到了一种可能。

那天，我看到那堵"移动的墙"时联想到《白发鬼》的故事，这故事听来荒唐，但未必是错的。

当然，我并不是认为那座小屋是什么行刑的地方。可直觉告诉我，它的用途，或许和刑场差不多。

我常常想起右侧房间墙上的那个四方形的凹槽。那东西是用来做什么的呢？

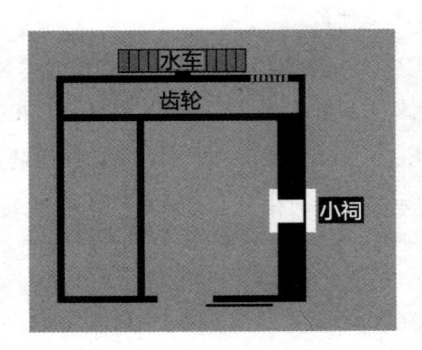

假定我们将人关在右侧的房间，转动水车。这样一来，随着墙壁的靠近，被关在房间里的人想必会害怕自己被挤成肉饼，瑟瑟发抖。这时，他（她）会怎么做呢？

为了免于不断靠近的墙壁的压迫，这个人多半会蜷缩身体，躲进那处凹槽里吧？

像端正跪坐那样屈起双腿，将头埋在两腿中间。简直和罪人谢罪的姿势一模一样。

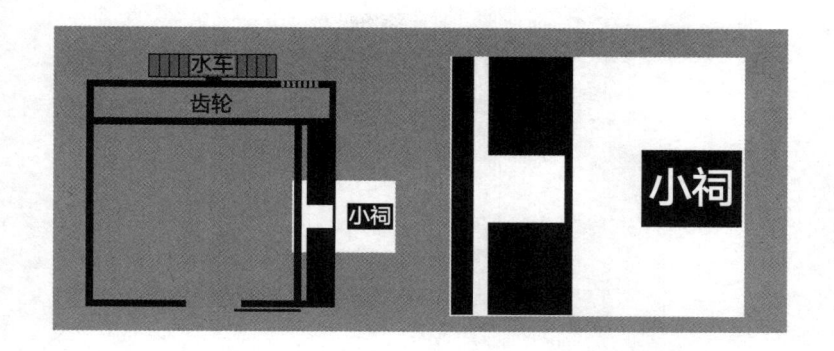

[图：水车小屋平面图，标示"水车"、"齿轮"、"小祠"]

而"罪人"跪拜的前方，正是小祠，那里供奉了神明的石像。为什么要在那个地方建小祠呢？一定是有某种特殊的目的吧？

我的猜测如下：

那座水车小屋，也许是为让罪人忏悔而建造的。

那或许是一座强迫犯了罪又不愿道歉悔改的人向神明谢罪的建筑。

也许是一群至信深厚的人，悄悄在林中打造了一座类似教堂忏悔室的小屋。

我对此深信不疑。

不过，这都是以前的事了。我的这些推测，也不过是空想而已。

资料③《林中的水车小屋》完

资料④　捕鼠器之家

2022 年 3 月 31 日

早坂诗织的采访记录

"也许，我内心的某处一直在等待讲出这个故事的这一天。"

早坂诗织站在宽敞的窗边，俯瞰东京都的中心。

三十三岁的早坂经营着一家公司，在六本木的高层办公间和十名员工一起做网络应用软件，每年能赚数亿日元。她有一头明丽的茶色长发，妆容一丝不苟，一身品牌套装与她十分相称，一派"有手腕的女社长"的形象。

那天是星期天，员工都不在，只有我和早坂两人对面而坐。促成这次采访的契机是某栋家宅，和发生在那里的死亡案件。

◆ ◆ ◆ ◆

早坂　我初中就读于群马县北部的一所私立女校。也就是所谓的贵族学校。

我的同学要么是地方企业的社长千金，要么是议员或地主[①]家的宝贝女儿，因此我总觉得很没面子。

早坂的父亲当时是一家汽车制造公司的部长。

部长也算拿得出手的头衔了，但早坂说，自己还是因家境而在学校默默承受着大家的歧视。

---

① 在日语中表示土地所有者。——编者注

69

早坂 虽然谁都不说，但学生之间还是有所谓的上下级关系。有钱人当中也会细分阶层，不同阶层的学生各自抱团。

我属于最底层的人群。"上班族的女儿"这一标签使我低人一等。同学们毫不在意地笑话我穿的鞋子不是高档品牌；修学旅行时，我邀请同桌和我一组，对方却以"没法跟早坂一起逛太好的店"为由拒绝了。

笔者 真是不留情面啊。

早坂 就是这样。父母为了让我读好学校付出了很大的努力，然而对我来说却添了不必要的麻烦。

想在贵族学校过得舒适，还需要超过学费数倍的钱财。无法用高档的物品武装自己、证明自身的地位，下场自然会很惨。

早坂从放在一旁的高档皮包中取出香烟。

"我可以吸烟吗？"征得我的同意后，她用一只金色的打火机点了烟。想必那打火机是用纯金打造的。

早坂 不过，当时有一个女孩，是我唯一的好朋友。

她叫Mitsuko。初一时，我们被分到同一个班级。Mitsuko是班里地位最高的孩子。

她是中部地区屈指可数的建筑公司"Hikura House"的社长千金。半长的黑发梳成双马尾，皮肤白皙，有一双水汪汪的大眼睛，是个可爱的女孩子。

一天，她突然在课间和我打招呼。我忘了聊天的主题，只记得我们两个聊得十分投缘。那之后，我们越来越亲近，经常一起闲聊，还会交换日记。

有一次，我说我喜欢少女漫画《胡椒女孩的阴谋》，偶然得知她也很喜欢那本漫画。

找到了我们的共同爱好，我非常开心。自那以后，我们聊的都是和漫画有关的话题。如今想来，当时几乎都是我在滔滔不绝地讲话，Mitsuko则总是带着淡淡的笑意，做我的倾听者。这样的日子大概持续了两个月，临近暑假时，Mitsuko向我提议道："暑假，我们去彼此家里住一住吧？"

感到高兴的同时，我有些为难。我家那栋房子很小，而且我的房间是六叠大的和室，虽然谈不上寒酸，但绝不是Mitsuko这样的千金小姐住得惯的地方。

我犹豫了很久，最后还是决定接受Mitsuko的提议。是《胡椒女孩的阴谋》使我下定了决心。我的房间里有一整套单行本，还有很多漫画周边。

虽然房间并不奢华，但看到这些东西，Mitsuko一定会开心的。我觉得，我们能高高兴兴地从晚上聊到天亮。既然是志趣相投的朋友，一定可以跨越身份的鸿沟⋯⋯我的想法格外天真。

早坂吐出一口烟，茫然地望了一阵窗外的风景。

早坂 我们猜拳决定了顺序。Mitsuko赢了，于是我先去她家住。我至今仍记得暑假的第一个星期六，我背着留宿的行李走出家门时的心情。那是我第一次在朋友家过夜，实在满怀期待。

然而，来到 Mitsuko 家门前的时候，我的期待一扫而空。我预想到 Mitsuko 家会很宽敞，可贫穷还是限制了我的想象。她的家大到恐怕能住下一百个人，院子是电影里的那种英式庭院。原来这才是所谓的"豪宅"啊……仿佛冥冥中有什么东西迫使我意识到了我和 Mitsuko 之间令人绝望的差距。

按下门铃后，一位穿衬衫打领带的帅气男士向我走来。我紧张地说明来意后，男人柔声说道："恭候您多时了。小姐在二楼的房间，我来给您带路。"随后，他像护卫般将我带到了二楼。

他肯定是用人吧，我茫然地想。家中雇了用人本该是件令人震惊的事，可那时的我仿佛已经接受了眼前的事实。这样的家里没有用人才奇怪……Mitsuko 就住在这样了不得的豪宅里。

早坂在笔记本上画了一份大致的户型图。

早坂 走进玄关，映入眼帘的是两部对称的楼梯。用人告诉我，一楼是会客室、用人房、厨房等，Mitsuko 的家人多数时间待在二楼。

笔者 "家人"是指 Mitsuko 和她的父母吗？

早坂 不。她的父母似乎出于工作关系住在另一栋稍远的宅子里。当时住在这栋房子里的是 Mitsuko 和她的祖母。
我听说，这栋房子是特意为她们两人建的。

二楼　　　　　　　　一楼

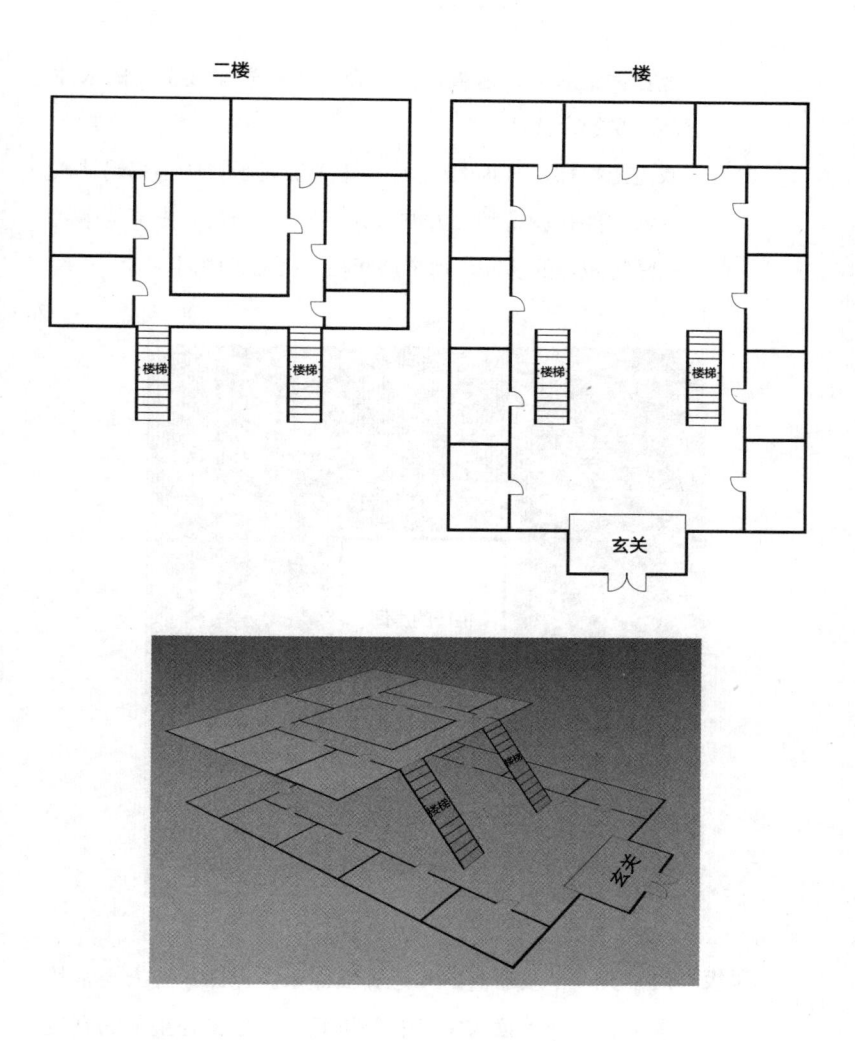

笔者　为两个人建这样一座豪宅？真厉害啊。

早坂　据说这栋房子是 Mitsuko 的父亲设计的。刚才也说过，Mitsuko 是建筑公司社长的千金。如果有位社长父亲，他就能亲自建房子给家人啊……我还记得自己当时单纯的感慨。

现在回忆起来，这或许是家在乡下经营家族企业的人才能享受的奢侈吧。

我走上楼梯，Mitsuko已经在走廊等我了。从小妈妈就教导我"要礼貌地和对方的家人问好"，于是我先请她带我去了她祖母的房间。那个房间在二楼的正中间。

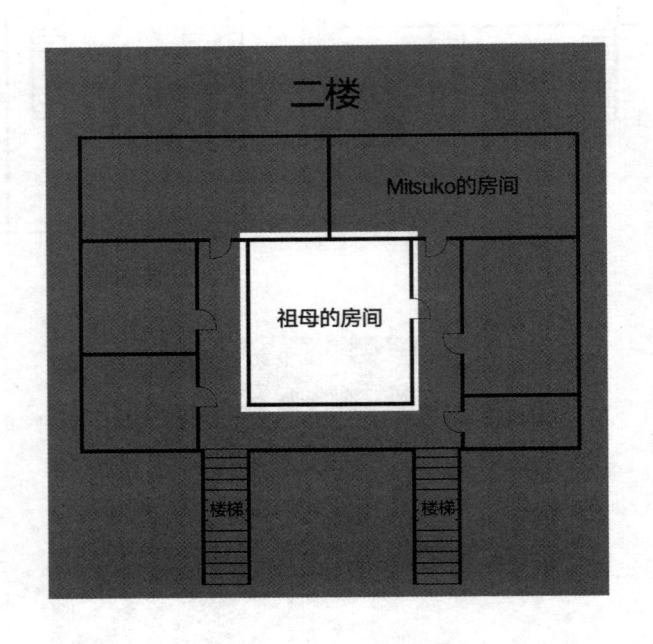

```
二楼
                    Mitsuko的房间

        祖母的房间


    楼梯         楼梯
```

早坂　门一开，一股甜甜的味道扑面而来。也许是有人经常焚香吧。房间里摆着家具和装饰画，一位年轻貌美的女性正坐在椅子上读书，这人正是Mitsuko的祖母。"祖母"这一称呼用在她身上直让人感到突兀。

她穿一条完全盖住双脚的长裙，裹一件带花纹的开襟衫，戴着一双白手套。眼前这有如图画般的情景令我看得出了神。这时，祖母莞尔一笑，对我说了句："欢迎你来。"

```
┌─────────────────────────┐
│      ┌──────────┐       │
│      │Mitsuko的房间│     │
│      └──┐    ┌──┘       │
│         │    │          │
│   的房间 │    │          │
│      ┌──┘    │          │
│      │       │          │
│      └──┐    │          │
│         │    │          │
│       ┌─┴────┘          │
│       │楼梯│             │
│       │▤▤▤│             │
│       └────┘            │
└─────────────────────────┘
```

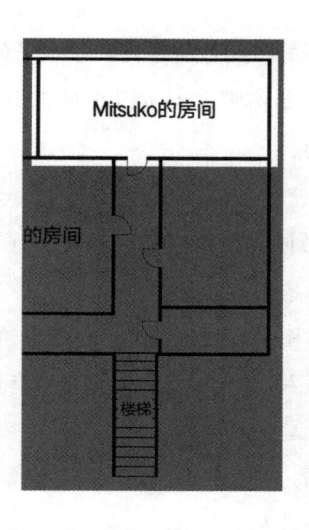

早坂　向 Mitsuko 的祖母问安后，我们去了 Mitsuko 的房间。虽然比不上祖母住的那个房间，那仍然是普通百姓一辈子都无法拥有的房间。首先吸引我视线的是靠里的那只大柜子。我家也有柜子，但相比眼前这只又大又上档次的柜子，家里的显得不像样子。接着，我们边吃点心边聊天，大概过了两个小时。

"我去趟卫生间哟。"说完，Mitsuko 走出了房间，剩下我一个人。没见过世面的我便开始东张西望地环顾整个房间。少见的玩具、国外的化妆品……在一众物件里，我最感兴趣的还是那只柜子。

凑近了细瞧，无论是门上的雕花，还是那柔和的光泽，这只柜子都不同于我家的任何一款家具……它的气派令我发出满足的喟叹。我记得自己看到柜门上的锁眼时不禁感叹：竟然可以上锁！可仔细想来，这明明是再正常不过的装置。我欣赏了一会儿，渐渐开始好奇柜子里到底有什么，明知这样不好,还是将手搭在了柜子的门把手上。我这样的做法很卑劣吧,大可以直接告诉 Mitsuko,让她展示给我看的。

手上稍微使力,柜门便无声地开了。里面装着许多书。原来这不是衣柜,而是书柜。

文学书、图鉴、外语词典……望着这些琳琅满目的书籍,我很佩服 Mitsuko:她竟能读这样有难度的书,有钱人家的孩子就是聪明啊。

然而,看过那一册册书脊,我发现一件不可思议的事:这里没有我和 Mitsuko 都喜欢的《胡椒女孩的阴谋》。不仅如此,这书柜上连一本漫画也没有。我正纳闷地端详着,听到走廊上传来脚步声。

糟了,Mitsuko 回来了。我赶忙合上柜门,回到刚才的位置。然后我们去餐厅吃了晚饭。Mitsuko 的祖母没来吃饭,我有些担心,Mitsuko 告诉我:"祖母总是在自己的房间吃饭。"

随后,我们在家庭影院看了约一小时的电影,洗了澡。换上睡衣后,两人一起躺倒在床上,为这快乐的一天即将结束而惋惜。我本想和 Mitsuko 聊一整晚的,可关灯后,眼皮一下子沉重不堪,不知不觉便睡着了。

不知睡了多久,醒来时,房间里仍然一片漆黑,Mitsuko 在我身旁发出沉沉的呼吸。我回忆着这一天发生的每一件事,像欣赏珍宝般地眷恋。每分每秒对我来说都像做梦一般。

只有一件事令我如鲠在喉，就是那个书柜。

Mitsuko 说她很喜欢《胡椒女孩的阴谋》，可书柜上竟然连一本都没有，这件事还是让我觉得蹊跷。或许书柜上是有的，只是我看漏了吧……这个念头促使我想再打开书柜看一看。

我掏出行李背包里的手电筒，轻手轻脚地走到书柜前，慢慢拉动门把手。

……可不知为何，门怎么也拉不开。

我又用力拉了一次，柜门纹丝不动。这时，我的目光停在柜门的锁眼上，汗毛直竖。

难道刚才我擅自打开柜门，被 Mitsuko 发现了？为了不让我再偷看，她才上了锁……？这时，我莫名感到有人从背后看我，猛地回望床的方向。

Mitsuko 和刚刚一样，还在沉睡。

我渐渐觉得自己肤浅得可怕。就算书柜里没有《胡椒女孩的阴谋》，又有什么问题呢？Mitsuko 的漫画可能是单独存放的，也许这栋宅子里还有一间书房。

可我竟半夜偷偷摸摸地爬出被窝，想偷看她的书柜……

我对 Mitsuko 充满了歉意。

※※※

早坂 第二天早上，我被 Mitsuko 叫醒。

看了看表，五点刚过，但 Mitsuko 拿出了扑克牌，对我说：

"机会难得,我们再玩一会儿吧。"我便揉着惺忪的睡眼起来了。

打了一会儿扑克,我忽然感到一阵尿意,于是离开房间去厕所。一出门,就看到 Mitsuko 的祖母在走廊上。

祖母正扶着右侧的墙朝楼梯走去,看样子好像随时会摔倒。她似乎腿脚不太方便,更何况她还拖着一条长裙。我担心她会被裙子绊倒,便跑过去想要帮忙。

"没关系的,我只是去一趟那边的厕所。"没想到,祖母拒绝了我。可我也不能说一句"那好吧"就撒手不管,于是打算搀她过去:"我也要去厕所,我们一起去吧。"结果祖母对我说:"不用管我啦,你先去吧。要是憋不住就糟糕了。"

我当时也确实快要憋不住了,于是听祖母的话,先进了卫生间。事到如今,我仍对这个决定后悔不迭。

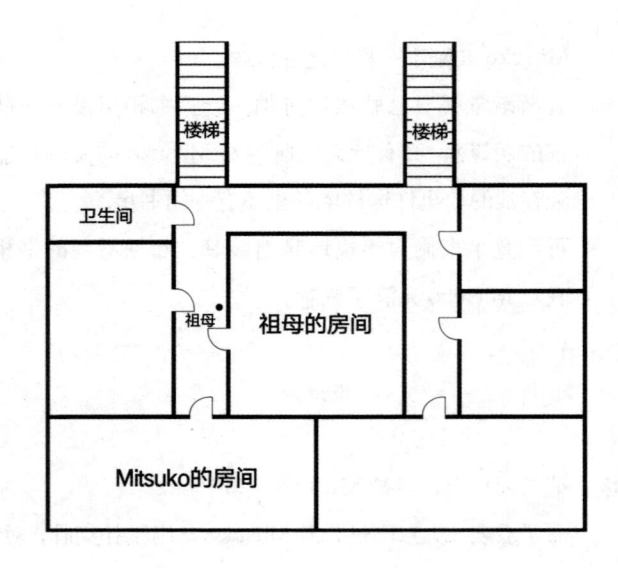

```
        ┌──┐
        │楼│
        │梯│
        │  │
        │  │
    ┌───┤  │
    │卫生间│
    └─────┘
```

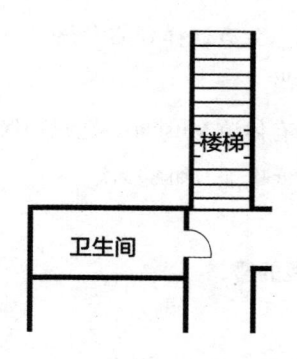

早坂　就在我上完厕所，正在洗手的时候，门外突然传来"咕咚"一声巨响，紧接着，仿佛有个重物沿着台阶一路向下滚落，渐渐远去。我慌忙打开门，刚才还在走廊上的祖母不见了。

得去找找她——我这样想着，立刻返回走廊，去了祖母的房间。直到今天，我仍为自己的这一行动感到不可思议……或许，当时的我只是不愿正视眼前的事实。
Mitsuko的祖母当然不在房间。我呆愣地站了一会儿，听到一楼传来越发喧嚣的骚动。用人们惨叫着，发出惊慌失措的呼喊。哗然之间，不知是谁给什么地方拨通了电话。

救护车很快赶到，Mitsuko和祖母一起前往医院。直到最后，我都没看到她祖母的模样。我害怕看到她摔下楼梯的样子，一直待在角落里，不敢抬头。我很狡猾吧。
分别之际，Mitsuko温柔地对我说："事情变成这样，真抱歉。"

此时此刻，最难过的应该是Mitsuko，她却还在顾虑我的

79

感受，怎么会有这样好的女孩——这样想的同时，我更加羞愧难当。

我非但没有体谅 Mitsuko，还只顾保全自己。当时，我在心中重复低吟了不知多少次：

"这不是我的错。"

※※※

早坂　两天后，我得知 Mitsuko 的祖母被救护车送到医院后去世了。据说是头部遭受重创致死的。

几天后，我被叫去警察局。警方倒没有怀疑我，只是问了问案发当天的大概情况。

我说了自己看到的一切。警察没因我没帮忙而责怪我，但也没有安慰我。这不是你的错——这其实是我最想听到的。

早坂将香烟在烟灰缸里碾了又碾，灭掉了烟。

早坂　从那以后，我就和 Mitsuko 疏远了。这也很正常吧。

因为我们无论聊什么，都会想起那件不愿回忆的事。最后，她要来我家住的事也就不了了之了。

以上就是那件事中我的全部经历。

说完，她定定地望着我。

早坂　有关 Mitsuko 祖母的死因，您怎么看？

笔者　……就您刚才说的内容来看，她应该是摔下楼梯，意外身亡的吧。

早坂　您真的认为那是一场意外吗？

笔者　欸……？

面对这突如其来的提问，我一句话也答不出。沉默横亘在我们之间。

早坂　我当然不是怀疑有人从身后将 Mitsuko 的祖母推下了楼梯，因为我听到声音后立刻赶到走廊，却没见到任何人。毫无疑问，她的祖母是自己摔下去的，这是事实。

　　　　但是……

早坂指着户型图上的一处。

早坂　这里也太危险了吧？

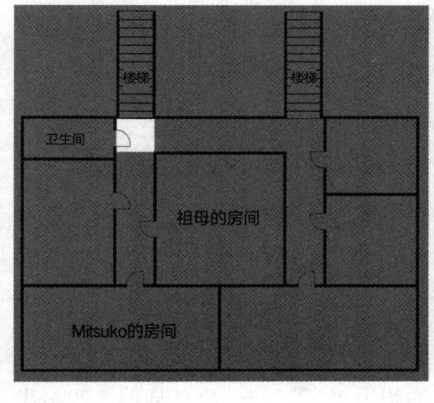

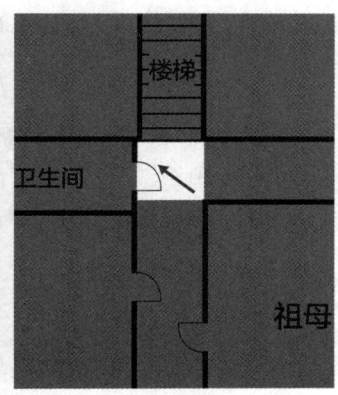

早坂　当时，Mitsuko 的祖母手撑着右侧的墙，朝厕所走去。推测她行走的方向就会发现，前面会有一段路没有任何东西可扶。

笔者　是从右侧墙壁的尽头到卫生间门口的那段路吧。

早坂　祖母的手当时肯定不再撑着墙，而是试图抓住卫生间的门把手。那条走廊宽约两米，从右边的墙壁到门把手，还是有一段距离的。

　　　我猜，她就是在这段路上失去平衡，摔下去的。

笔者　这样想确实更自然……不过，这不就是场意外吗？

早坂　是吗？这座家宅，可是专门为祖母和 Mitsuko 建的啊。既然如此，不应该尽量设计得方便她们居住吗？

　　　在老年人住的地方设计如此危险的空间绝不寻常。而且 Mitsuko 的祖母腿脚不便，难道不应该做一些无障碍设计吗？比方说在走廊上安扶手、给她的房间建一个卫生间什么的。

　　　但这座家宅根本没有这类人性化的考虑。

笔者　嗯……你这么一说，确实是有点儿问题。

早坂　建这座房子的，是 Mitsuko 的父亲，Hikura House 的社长。一个能当上建筑公司社长的人，不可能犯这种错误。

　　　那或许……根本就不是错误。

笔者　这么说来……

早坂　他建这座房子，也许就是为了让 Mitsuko 的祖母发生意外吧？

笔者　……

"怎么可能有这种事""是你想太多了"……放在从前，我多半会这样想。可我已经今非昔比。

三年前，我调查过东京都内的一座房子——"怪屋"。

那正是一栋为杀人而建的房子。

・・・・・・・・・

早坂　Hikura House 是典型的家族经营式公司。Mitsuko 的祖母肯定握有相当大的权力。在社长眼里，她就是眼中钉、肉中刺。

笔者　您的意思是……他为了扫清障碍，蓄意杀害 Mitsuko 的祖母？

家族式企业性质封闭，每位家族成员手中都有一部分权力。恐怕还有些只在家族中滋生的怨恨情绪。

我想，亲人之间的龃龉未必会引发直接行凶，但保不齐会催生出这种越界的"小把戏"……

早坂　您听说过"虎铗"吗？听说只要老鼠踩到布下机关的木板，弹簧就会弹起，将老鼠打死。

笔者　嗯，就是捕鼠器吧。

早坂　大概是一样的原理。布下陷阱，然后默默地守株待兔。由于不是直接杀人，也不会弄脏自己的手。

笔者　没有风险的杀人……

早坂　偏偏就在我去留宿的那天，陷阱发挥了作用。

笔者　原来如此。

早坂　……我以前，一直是这样认为的。

笔者　欸……？

早坂抓起桌上的打火机，起身俯瞰窗下的都市。

早坂　但最近我又怀疑或许并非如此……
　　　这一切是不是太凑巧了？我偶然在那天去留宿，偶然在走廊上遇见 Mitsuko 的祖母，祖母偶然摔下楼梯而死……
　　　我觉得这偶然未免也太多了，很可疑啊。
笔者　但如果这一切不是偶然的话……？
早坂　就说明，有人刻意启动了陷阱。
笔者　……是谁呢？
早坂　没有别人，就是 Mitsuko。

说这话时，早坂语气冰冷，面无表情。
不知为何，我的脊背泛起一股恶寒。

早坂　您觉得是不是呢？
笔者　……是不是……什么？
早坂　Mitsuko 究竟是不是《胡椒女孩的阴谋》的读者？
　　　聊到漫画的话题时，总是我一个人滔滔不绝，Mitsuko 只是在一旁听我说。我以前以为，她是在说个不停的我面前努力做一个聆听者……但也许，她根本就没看过那漫画。因为那起事故发生几个月后，我听得真真切切，Mitsuko 和班上其他同学聊天时，是这样说的——
　　　"我怎么可能看漫画，那不是穷人家的孩子才看的东西吗？"

屋里突然发出"咔嚓"的声响，有东西掉在了地上。是那只打火机。

早坂　我……也许是被某些事利用了。Mitsuko邀请我去她家，这明摆着很奇怪吧，简直和公主请乞丐去城堡做客一样。无论我把她带去我家多少次，我们这辈子也有天壤之别。她一定……别有所图。

　　　白天，书柜没上锁。但到了半夜，书柜就被锁上了。Mitsuko是什么时候上的锁？

　　　那天，我们从傍晚到深夜一直待在一起。印象中，连厕所都是一起去的。因此，只有在说过"晚安"我睡着后，到半夜醒来前的那段时间里，她才有机会给书柜上锁。她是确认我睡着后，爬出被窝上的锁。

笔者　她有什么必要这样做呢……

早坂　那书柜里，恐怕藏了什么吧？比方说……拐杖之类的。

笔者　啊……！

　　拐杖……我怎么一直没想到呢？腿脚不方便的人，确实应该常挂拐杖才对。

　　Mitsuko半夜潜入祖母的房间，偷出拐杖藏进书柜。第二天早上，祖母因尿意醒来，要找拐杖去卫生间，却不知为何找不到。

　　这时，她是怎么做的呢？卫生间离房间不远，不挂拐杖也能去——她也许产生了这种草率的想法。

　　祖母平时都挂着拐，所以不曾意识到那段路的危险。

　　距离这么短，肯定没事——她掉以轻心，于是……

笔者　原来支撑捕鼠器弹簧的棒子，是被Mitsuko拿走的啊……

早坂　我是这样认为的。

笔者　不过，Mitsuko当时刚上初一吧？那么小的孩子，手里也不会握有公司的实权。她怎么会……？

早坂　这只是我的想象……也许她是在父亲的怂恿下这样做的。比如父亲对她说："去把奶奶的拐杖藏起来。只要你这么做了，爸爸就给你买一切你想要的东西。"

或许正因为年幼，Mitsuko 才轻易败给了诱惑，没有太大的罪恶感，就照着大人说的做了。

早坂　这样一来，我也明白 Mitsuko 为什么要邀请我去她家了：是为了制造不在场证明。
　　　"意外发生时，Mitsuko 在房间里打扑克。"她大概是希望我帮忙做证，才会大清早强行把我叫醒。虽然没料到我会偶然在走廊上遇到祖母，这件事却正中她的下怀。因为有人目击祖母的死，她的不在场证明就更加确凿可信。
　　　……为什么偏偏是我呢？大概还是因为我穷吧。我在班里的地位低，所以她认为我可以用后即弃。我可真惨啊。

早坂用高跟鞋的鞋尖轻轻踢飞了掉在地上的打火机。
那块纯金划出一抹闪亮。

早坂　这只打火机，很恶俗吧？赤裸裸地炫富。
　　　这儿的景色，只要三天就会看腻。昂贵的衣装、国外的香水、品牌皮包，都无聊得很。能用钱买到的东西，为什么都这样无趣？……但我必须一直拥有它们，不能没有财富傍身。我想在 Mitsuko 面前争一口气。
　　　因为我想对她说：

"我是靠自己的力量获得如今的地位的,和像公主一样挥霍父母血汗钱的你不一样。"

资料④《捕鼠器之家》完

资料⑤　凶宅就在眼前

2022 年 8 月

采访平内健司并进行调查的记录

《怪屋谜案》出版第二年的夏天,有个男人来找我做咨询。

平内健司,一位三十多岁的上班族,家住长野县下条村。我们见面的几个月前,他刚买下同村的一栋二手房。

那栋房子位于山间区域,从他的公司搭乘公交车要一小时左右才能抵达。

据他说,虽然通勤颇费时间,但步行范围内超市、杂货店等商铺齐全,生活上并无不便。而且家附近自然环境好,对于爱好徒步、摄影的他来说,似乎是很理想的。最重要的是,和城里相比,这里的地价格外低廉,这也是这栋房子最大的优势。

房地产商告诉他房子的建龄为二十六年,因此在看房之前,他已做好心理准备,认定那必然是栋老屋。可真正去了一看,那房子格外干净,没有太多使用痕迹。于是,他立即决定买下。

然而,入住后不久,平内得知了一件事。

※※※

一天晚上,他随意地躺在床上,用手机查看凶宅地图。

"凶宅地图"向使用者提供曾发生杀人案或死亡事故等祸事的地点信息。除了比较出名的凶宅地图"大岛照"[①],也有几家其他网站提

---

① 大岛照:日本专门标记凶宅的网站,自2005年起运营,网站名取自运营者祖母的名字。

供类似的服务。

那天，平内浏览的是手机专用的应用程序，名叫"全国问题地点"。他说自己午休时和同事闲聊，得知有这样一个应用，回家后便下载了来看，想找些谈资。

打开应用，屏幕上显示出日本地图。"问题地点"标着"☆"的标记，点开就能看到详细情况。

平内先搜了大学时住过的东京锦糸町。他放大地图，寻找锦糸町站北侧那座自己住过四年的公寓。然后以此为基准，查看公寓旁边的第三栋房子。

那栋房子上标有"☆"。点开标记，画面下方出现了以下文字：

> 地点：东京都墨田区锦糸×丁目××番地
> 时间：2009 年 5 月 26 日
> 形态：一栋二层住宅
> 详情：一家人在家中自杀。还有传闻称，有人在夜里看到这家的窗户上有人影闪过。

平内心悦诚服。

那栋房子确实曾发生过全家自杀的命案。他记得很清楚，当时，警方、媒体和围观群众引起了附近很大的骚乱。后来，这一带的居民之间也确实有过"空房子的窗户上能看到人影"的传闻（不知消息真假）。

大概是那一带的某个住户投稿给应用运营者的吧。

接着，平内又试着搜了几个自己知道的"问题地点"。

高中的暑假，和朋友比试胆量去的那座东北地区的废弃医院。

喜欢的视频博主介绍过的四国的自杀地。

老家附近那条曾发生交通事故，造成五个年轻人身亡的隧道。

这些地点几乎都标上了"☆"。出于好奇，他还搜了位于京都的本能寺遗迹。应用中郑重其事地写道：一五八二年六月二十一日，织田信长遭谋反而死。

这个应用还挺可靠的啊，他想。

集中精神看了一阵子地图，不知不觉就过了零点。由于第二天还要上班，无论如何也得睡了。但在睡前，平内还是决定再搜一个地方。

他将地图拖到长野县下条村的山间区域。

这套房子附近，有没有"问题地点"呢？与其说是好奇心作祟，不如说他想确认自己的住处没发生过什么奇怪的事，让自己安心罢了。

屏幕上显示出住处一带的地图。

那里有一个"☆"。

平内放大地图，确认"☆"的位置。随着地图放大，他逐渐意识到，"问题地点"离自己家很近。终于，地图放大到能看清每一栋住宅的程度，一股奇异的感觉向他袭来：这一整片区域，家门口的马路，邻居家的房型……眼前的一切是如此熟悉。

他不由得屏住了呼吸。

那个"☆"，标在他家的位置。

※※※

"这就给您看看那份地图。"平内说着,开始摆弄手机。

回复邮件答应为他做咨询时,我本想到下条村去的。

但平内突然要来东京出差,于是我请他来一趟飞鸟新社(本书的出版社)所在的千代田区办公室,在这里面谈。

我们面对面坐在会客室的桌子旁,他将手机递给我和责编杉山。

光看地图,我就知道平内住的地方非常荒凉。森林大概占了土地面积的七成,民宅屈指可数。在仅有的几栋住宅中,那个格外醒目的"☆"让人隐隐感到不合时宜。

平内点开"☆",画面下方显示出以下文字。

地点:长野县下条村大字[①] ○○××番地

时间:1938年8月23日

形态:房屋

详情:女尸

一九三八年……那是八十多年前的事了。

平内的房子建龄二十六年,说明事情发生在房屋落成很久以前。是在之前建在这里的"房屋"中发现了"女尸"的意思吗?

平内　当然,我也想过这可能是假消息。毕竟谁都能轻易地给这类应用提供信息,肯定也有不少人利用这一点造谣

[①] 大字:日本自明治时代起使用的区划单位,现已很少使用。其上层的区划为市、町、村,下层的区划为小字。

生事。

可若说这是造谣，这则消息又莫名地有真实感……怎么说呢，我很难相信这是什么人的恶作剧。

笔者　确实，如果有人恶搞，完全可以把内容写得再夸张些，比如"死了很多人""有无头幽灵出没"什么的。

平内　是的。在这则消息里，我感受不到那种"故意吓人"的氛围。这写法仿佛只是淡然地陈述事实，反而让人感觉真实。

笔者　顺便问一下，您住在这栋房子里，遭遇过灵异现象吗？

平内　没有，一次也没有。我本来就没有灵异体质，从没见过幽灵。

可即便如此，这个发现还是让人不舒服啊。晚上熄了灯或其他的特别时刻，一想到这里之前死过人，我难免胡思乱想。

笔者　嗯……

这时，一直沉默着听我们对话的编辑杉山开口了。

杉山　如果只是想调查这里发生过什么，应该还是能查到的吧？

他指着平内的手机屏幕。

地点：长野县下条村大字〇〇 ×× 番地

时间：1938 年 8 月 23 日

形态：房屋

详情：女尸

杉山　我觉得，首先要知道"是谁发布的这条信息"。给这类应用提供信息的人，大致可以分为两类。

　　　第一种是真正在附近住过，直接见证案件发生的人。发布锦系町的住宅中曾有一家人自杀的人，大概就属于这一种。

　　　第二种是在书本或网上看到消息，间接得知案件情况的人。记录织田信长死在本能寺等信息的人就属于这种。

　　　这次的情况，我觉得也许属于第二种。因为亲身见证案件发生的人如果还活着，恐怕已经快一百岁了。这把年纪的人特意向手机应用投稿的可能性接近于零。

笔者　那就说明有地方登载了与这起案件相关的消息，对吧？

我在自己的手机上输入"长野县下条村 女尸 一九三八年八月二十三日"，进行搜索，可并没有找到相关的信息。

笔者　什么都搜不出来啊。

杉山　看来光靠网络还是有局限啊。

笔者　此话怎讲？

杉山　其实，我在之前供职的出版社负责的是乡土历史方面的杂志。那时，前辈常对我说一句话："想了解乡下的情况，就别用互联网。"

　　　照这位前辈所说，管理乡土历史这类当地信息的机构工作人员老龄化很严重，因此这类信息的网络迁移……也就是电子化的工作似乎毫无进展。换言之，互联网上几乎没有关于乡村的信息。

　　　当时我也对此深有感触。很多时候，有些信息在网上怎么也查不到，到当地一查就能轻而易举地收获丰富的资料。

笔者　也就是说，关键是要"多走路"啊。

※※※

第二天，我和平内一道前往长野县。

从新干线换乘 JR 饭田线，四小时左右抵达下条村附近的车站。我们决定先去车站附近的图书馆。

图书馆位于距车站步行约二十分钟的地方。看了馆内导览图，二楼的一块区域好像能阅览旧报纸。

笔者　总之，我们先查一下报纸，说不定能找到发现尸体的报道。
平内　不过，这里会存着那么早的报纸吗？
笔者　估计是没有原本了，但复印版可能还留着。

幸好，图书馆保存着过去一百年的当地报纸的复印件。我们以一九三八年八月为界，分头查找发行于这个时间点前后的报纸内容。

我们飞速翻找了两个小时，却没发现有关"发现女尸"的消息。不过，平内看到了一则有趣的报道。

> 1938 年 10 月 18 日，梓马家家主梓马清亲氏去世。
>
> 梓马家家主梓马清亲氏被发现死在自家宅邸自己的房间。死因应为上吊身亡。清亲氏没有子嗣，目前尚不知梓马家的家业将由谁继承。

笔者　一九三八年十月十八日……大概是那具女尸被发现两个月后的事吧。不过，这位梓马清亲又是谁呢……

平内 前不久,我带着相机在家附近散步的时候,看到一块题有"梓马家旧址"的石碑。

笔者 这说明梓马家的宅邸曾在您家附近……不知道这两件事是否有关,但我们要不要查查这户人家的相关情况?

我们决定找几本可能与这方面内容有关的书。

不久,平内找到馆内写有"地区历史"字样的专区。这里的小书架上,摆着几十本乡土资料。循着书脊看过去,其中有一本名为"南信名门历史"的书。

笔者 南信?
平内 南信州……也就是长野南部。
笔者 那下条村也包括在其中呢。"名门"啊……说不定这书里也记载了梓马家的事。我们看看吧。

有关梓马家的记述只有几页,但我们从中得知了以下信息。

平内居住的那片区域曾经是一片森林。森林东侧有一片村落,西侧是梓马家的宅邸。

梓马家曾是这一带的庄园领主,庄园制遭废止后,梓马家仍是当地的名门望族,一直有强大的影响力。

然而,家主清亲于一九三八年自杀后,梓马家便陷入混乱。还未来得及重整旗鼓,又接连遭遇太平洋战争和战后的内乱讨伐,家族势力迅速削弱。二十世纪八十年代初期,梓马家的家宅终于被拆毁,旁边的森林也逐渐被砍伐,这一带的民居渐渐多起来。其中之一就是平内现在住的房子。

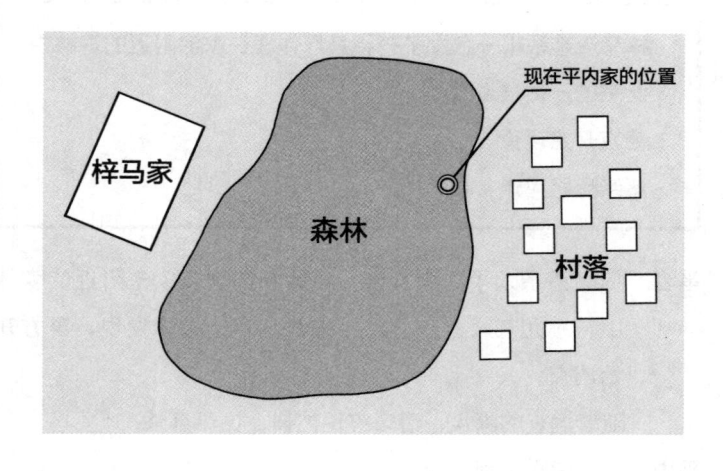

[图示：梓马家、森林、村落位置图，标注"现在平内家的位置"]

平内 这么说来，一九三八年发现女尸的时候，我住的地方还是森林？

笔者 应该是的。森林里一般不会有房屋，我猜，应用里的信息多半有误。

> 地点：长野县下条村大字○○××番地
> 时间：1938年8月23日
> 形态：房屋
> 详情：女尸

笔者 那具女尸恐怕不是在房屋里被发现的，而是在森林里……甚至可能是在土里被发现的。

平内 比如挖出了埋在土里的尸体之类的？

笔者 这样想来，也许这具女尸和梓马清亲的自杀有关。

> ·梓马清亲杀害一名女子→将其尸体埋在家宅附近的森林中
> ·女子的尸体被发现
> ·警方开始调查
> ·清亲无路可走，自杀

笔者 梓马清亲杀了一个女人，将其尸体埋在家宅附近的森林中。一九三八年八月二十三日，尸体被人发现，警方开始调查。

随着调查的深入，清亲害怕被捕，畏罪自杀。

平内 还真能联系到一起。

笔者 但如果真是这样，那又出现一个新的问题。

平内 什么问题？

笔者 向"全国问题地点"应用投稿的人，是怎么知道这件事的？就连对地方新闻报道最全面的报纸都没有登出发现尸体的事。没有被当地报纸报道的案件，大抵也得不到更大的新闻机构的关注。

这就说明，没有任何媒体报道这起案件。既然如此，向应用投稿的人是从哪里得知的消息呢……

平内 说得也是……

说着说着，闭馆时间就要到了。我们挑了五本或许用得上的资料，用平内的借阅卡借了出来，其中就有《南信名门历史》。

大概很少有读者一次性借五本乡土资料，前台的女员工很是惊讶。"如果二位想研究乡土历史的话……"她告诉我们，从图书馆步行约二十分钟的地方有一家历史资料馆。资料馆似乎晚上才关门，于是我们决定这就过去看看。

整个资料馆约八叠大，是用民居房间改造而成的一个展示空间。馆内几乎没有文字资料，只在墙上贴了十几张反映当地自然风光和从前居民生活状态的照片。

看样子在这里很难得到想要的信息，我们正打算早点儿回去，这时，一个上了年纪的男人从里屋走了出来。他胸前挂着印有"馆长"二字的名牌。

馆长　实在抱歉，没能在第一时间出来迎接二位。这里好久都没有客人了，我赶忙给你们沏了些茶。

男人说着，端出一个托盘，上面放着茶水和切开的铜锣烧。
看来我们一时半会儿是回不去了。

馆长　二位是从哪里来？
平内　我在长野住了快十年。
笔者　我是从关东那边来的。
馆长　这样啊。最近的年轻人对地方历史没什么兴趣，二位愿意进来看看，我就很开心了。如果能帮到二位，老夫定当尽绵薄之力。
　　　二位有什么想知道的吗？
平内　我们在调查有关梓马清亲的事。您对他有什么了解吗？
馆长　清亲就是梓马家的老爷吧。我对他的情况不是很熟悉，但附近有一个名叫久三的人，是常和我一起喝茶的朋友。久三的祖母好像当过梓马家的仆人。他说，他以前常听祖母说起梓马家的事呢。

笔者　欸？！附近竟有这样了不得的人吗！

馆长　他很闲的，我估计一叫就来。

馆长说完，立刻给久三打电话。只说了两三句，久三就说愿意过来。区域社会可怕的信息网令我和平内哑口无言。

"想了解乡下的情况，就别用互联网。"我深刻体会到了这句话的正确性。

约莫十分钟后，久三来了。他和馆长年纪相仿，已是满头白发。

笔者　劳烦您特意跑一趟，实在不好意思。

久三　没事没事，不用客气。我退休了，平时也没事可做。二位想知道什么？有关梓马家的事吗？

笔者　是的。我们在调查梓马家清亲先生的事。刚才在图书馆查阅文献，得知他一九三八年自杀了。我们想知道他自杀的原因，或者说，当时究竟发生了什么。

久三　啊，原因嘛，是情爱之事。也就是拈花惹草。

笔者　拈花惹草？

久三　已故的祖母生前简单地和我说过一些内幕。

清亲先生的太太啊，好像是个很贪婪的人。她嫁给清亲，多半也是看中了梓马家的钱财和权力。她没少挥霍梓马家的金钱，还打算带着手下吞并整间家宅，所以她对清亲毫不关心。清亲得不到太太的尊重，父母也经常挖苦他："这个傻儿子，还不快管管你那过分的媳妇！"他当年似乎很是懊恼。

那时候，他的心灵支柱是一位名叫"阿娟"的女佣。祖母说，阿娟是个年轻可爱的姑娘。清亲自然而然地迷上了阿娟，阿娟被清亲爱着，似乎也很开心。

然而，这件事还是被太太知道了。太太担心阿娟夺走自己妻子的位置，动用所有权力，企图杀掉阿娟。阿娟在千钧一发之际从宅子里逃了出去，孤独的清亲悲伤过度，最终自缢了……大概就是这样。

祖母总是说"清亲先生很可怜"。当然，阿娟也很可怜。

笔者 阿娟逃出宅子后，去了哪里？

久三 这我就不清楚了。要么是回了老家，要么就是暴尸荒野了吧。

平内 以前，梓马家的宅子附近有一片森林。您有听说那里发现过女尸的事吗？

久三 呃，没听说过。这么说来，也许阿娟顺利逃掉了吧。

- 梓马清亲与阿娟不伦
- 清亲之妻得知此事后震怒，企图杀掉阿娟
- 阿娟从家宅逃跑

我们谢过馆长和久三，离开了资料馆。

此时天色已晚，我便住在了平内家。我们在车站前的超市买了些熟食，乘上十八点发车的公交车。

公交车一路向前开，路两旁的建筑物越来越少，取而代之的是郁郁苍苍的草木。大概一小时后，公交车抵达终点。天色已经暗淡下来，四下里只有单调的虫鸣不绝于耳。

我们沿着没铺柏油的土路向平内家走去。路边大概是几分钟出现一座建筑物，这些建筑物里似乎都没有住人，也许是别墅，也许另有用途。

走了一会儿，我看到了平内的家——那简直是一栋孤零零地建在大自然中的房屋，再加上已有二十六年建龄，给人一种年久老化的感觉。也许是上一任房主留意保养，房屋的状态倒不算太糟，算是蛮漂亮的房子了。

但刚走进他家，我就发现了一件怪事。

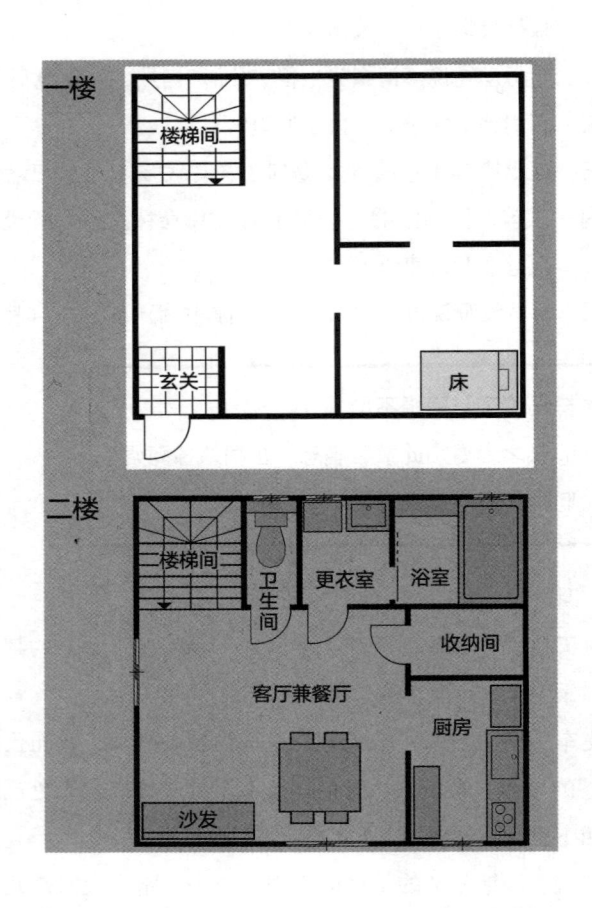

一楼一扇窗户也没有。也许是因为这个，屋里即使开着灯也显得潮湿昏暗，让人觉得阴森森的。

平内 看房的时候,我听房地产商说一楼好像是个仓库,所以没有窗户。

笔者 这布局真怪啊。

平内 乡下人有时会务农,建这样一间大仓库,或许是用来放农具的吧。我不干农活,于是把一层当寝室用,放了张床。

接着,平内带我参观了整栋房子。其中的一个房间令我莫名觉得别扭。

那房间位于一楼东北角。一进去就给人一种说不出的压迫感。

笔者 平内先生,你不觉得这个房间有些奇怪吗?像是有点儿小啊……

平内 您也有同感吧?我第一次进来的时候,也觉得很憋屈呢。搬过来一段时间后,我用卷尺一量,这房间果然比旁边的房间小一点儿。开间和进深都比隔壁窄八十厘米左右。外墙似乎很厚。

如果把平内描述的内容整理成图片,就是下面这样。他说"可能是用来走管线的吧",但管线放在这个位置也很奇怪。

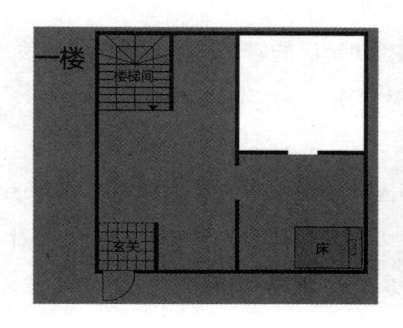

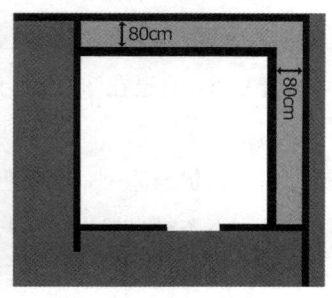

※※※

然后，我们在二楼吃了晚饭。平内煮了信州荞麦面，就着超市买来的当地蔬菜做的天妇罗一起吃。面和天妇罗的浓郁口感交织，产生了一种难以言喻的高级风味。

吃完饭喝茶时，我的手机响了。是编辑杉山打来的。

笔者　喂。

杉山　抱歉晚上打搅你。现在方便讲电话吗？

笔者　没问题。发生什么了吗？

杉山　有关平内家的事，我今天联系研究长野县乡土历史的作家朋友，向他询问情况。结果对方向我推荐了一本书，书里有一段内容，或许和那则投稿有关。

笔者　什么书？

杉山　一本名叫《明眸逗留日记》的昭和初期的游记集。其中有一章《饭伊地区的回忆》，恰好记录了一段发生于一九三八年八月二十三日的可怕事件。

我这就把那几页内容拍下来发给你，你读读看吧。

杉山发来的照片是泛黄的旧书页。

《明眸逗留日记》第十四章《饭伊地区的回忆》，作者是水无宇季。作者写道，自己在林中散步时发现了一座神秘的水车小屋。

杉山　饭伊地区……现在叫南信地区。平内先生的房子所在的下条村自然也包含其中。我觉得最有意思的地方，是作者水无宇季在小屋里发现白鹭尸体的那一幕。

是一只白鹭。那是一只死掉的雌性白鹭。肯定是有人恶作剧，将它关进来的。白鹭出不去，便饿死在这里。看样子，它已经死掉很久了。浑身羽毛脱落，一侧翅膀的前端缺失，身体腐烂，暗红色的液体浸渍到地板里。

杉山 读到这里，我觉得很奇怪。宇季怎么知道那是一只雌性的白鹭呢？

白鹭的羽毛脱落，身体都已经腐烂了啊。尸体损毁得很严重吧。一般来说，在昏暗的光线中看到这样的东西，即便知道那是鸟的尸体，也很难判断出鸟的种类吧。

然而，宇季却断言那是一只"雌性"的"白鹭"。退一步说，即使她真的认出了那是"白鹭"，又是如何分辨出性别的呢？

我认为，这或许是一种暗喻。也就是说，宇季在水车小屋里看到的，其实是别的东西。但要将其写成文字她心有不忍，便故意用了"白鹭"来做比喻。

这只是我的想象——宇季看到的，也许是一具女人的尸体吧？

笔者 女人的尸体……

杉山 这样的话，就和那则投稿的内容对上了。

地点：长野县下条村大字〇〇××番地

时间：1938年8月23日

形态：房屋

详情：女尸

一九三八年，平内家的这片土地还被森林覆盖着。我一直深信森林里不可能有房屋，但根据宇季的记录，那座水车小屋就建在林子里。

　　如果这里的"房屋"就是"水车小屋"，那么这则投稿的"日期""形态""详情"就都是正确的。

杉山　遗憾的是，宇季的日记里没写具体地名。我们也就不能确定那座水车小屋从前是否就建在平内家的位置。

笔者　不，我觉得位置也没有错。
　　　　今天我在图书馆查了资料，这里以前似乎被森林覆盖，平内家正好在森林的出口附近。
　　　　而且，那附近以前好像有村落。如果宇季是从村子里走进森林的，位置也对得上。

杉山　是吗？果然如此……说起来，你现在在下条村吗？

笔者　是的。时间有点儿晚，我就住在平内家了。

杉山　虽然这样说有些奇怪……但你要小心哟。

笔者　嗯？……没关系啦，我又不会看到幽灵。而且，这栋房子本身也不是凶宅。

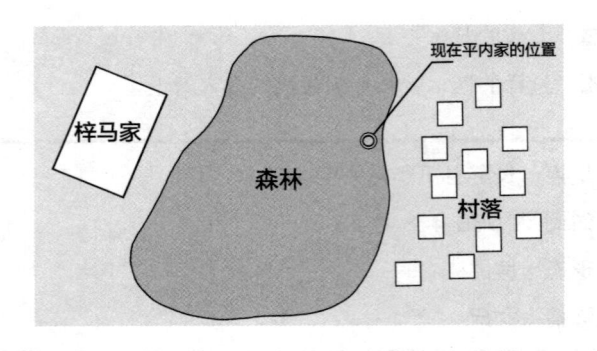

这句话脱口而出的瞬间,我莫名感到一阵心慌。

我意识到,心里的某个地方有一种难以名状的不安。

挂断电话后,我给平内看了《饭伊地区的回忆》。

  平内 那么,就是这样吧——

    阿娟离开梓马家,逃进附近的森林。
          ↓
    她在森林中徘徊,发现了水车小屋。
          ↓
    为了躲避风雨,她在小屋里住下,却因为没有食物饿死在小屋中。
          ↓
    宇季发现了阿娟的尸体,将这件事写进书中。
          ↓
    有人读了这本书,参透了宇季的真意,向"全国问题地点"投稿。

  笔者 这样一来,故事就接上了呢。
  平内 不过,如果是这样的话,将阿娟关起来的人是谁呢?
  笔者 关起来?
  平内 不对吗?

平内利用手边的宣传单背面画了水车小屋的布局。

发现时

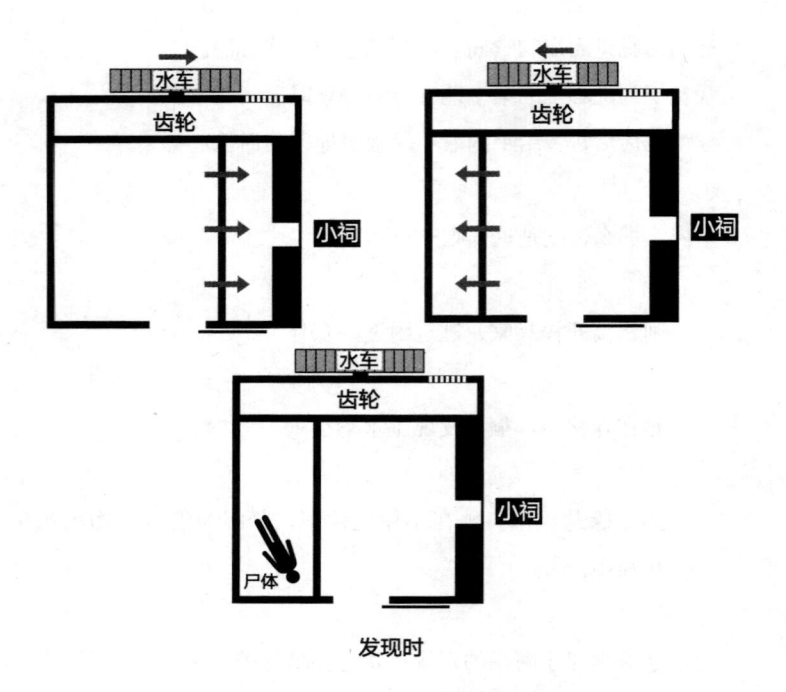

平内　水车小屋的内墙会因水车的旋转而移动对吧？

也就是说，从屋里无法使内墙移动。宇季发现水车小屋时，阿娟的尸体被关在左侧的房间。

我觉得，这意味着阿娟死后，有人从外面转动了水车。

笔者　你说得没错。到底是谁做了这种事……

不，更重要的是，阿娟真的是死后才被关起来的吗？

平内　不过，这座水车小屋，到底是做什么用的呢？

笔者　考虑到它坐落在村子附近，应该是村里的人建的吧。但它是否像宇季所说，是一座"为罪人忏悔准备的小屋"，就不得而知了。

我们端详了一会儿水车小屋的平面图。不知为什么，我渐渐有了一种微妙的感受。这或许就是所谓的……既视感吧？

笔者　平内先生……这座水车小屋……像不像那个房间？
平内　其实……我也在想这件事。

我们不由分说地站起来，冲到一楼。

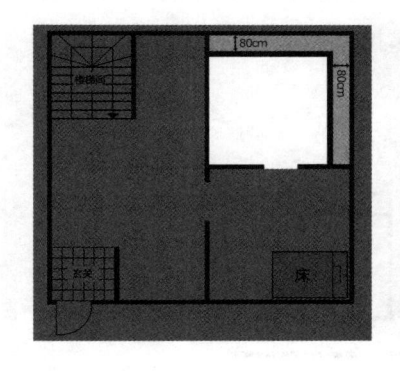

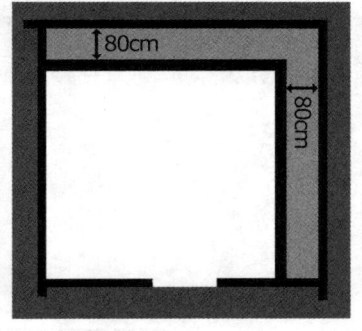

房子的东北角。那个开间和进深都比隔壁窄上八十厘米的、憋屈的房间。

平内　这不会是真的吧……
笔者　总之，先试试看吧？

我敲了敲东侧那堵"厚墙"的一头，墙里发出"铿、铿"的闷声。接着，我慢慢变换敲击的位置，向中间移动。从某个地方开始，敲击声有了明显的变化，墙壁的正中间发出"叩——叩——"的脆响。这说明，这堵墙只有中间部分是空的。

109

除了入口的门，这个房间没有窗，没有家具，没有灯，也没有任何装饰。置身其中，就如同待在一个长方形的箱子里。屋里唯一的特征，是右侧墙上有一个大洞。

　　说是洞，其实并没有和外面贯通。因此用"凹槽"来形容它或许更加贴切。如果我蜷缩身体，大概刚好能钻进这个在墙中间挖出的四方形凹槽中。

我们的想象过分脱离现实，从常识角度考虑，都是些不可能的妄想。但一切线索，都指向一个结论：这栋房子，也许是由水车小屋扩建而成的。

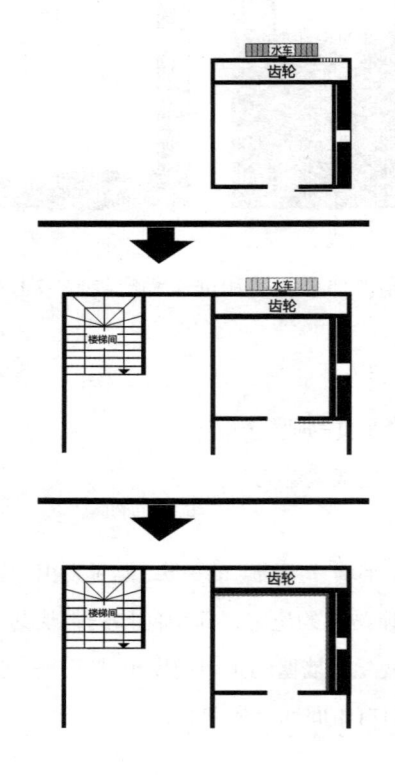

平内 不对……这到底是谁干的？又为何要这样做……？

而且很奇怪啊，房地产商确实告诉我，这栋房子建龄二十六年。而宇季发现水车小屋是八十多年前的事了。按理说，房地产商不应该说谎吧……

笔者 平内先生，除了建龄，房地产商还说什么别的了吗？

平内 别的？

笔者 以前，有一位设计师朋友告诉过我，房地产商在介绍房产时，有义务告诉客户房子的建筑年龄。不过，建龄的计算方法好像有好几种。

打个比方，如果一栋十年前建的房产五年前扩建，一般来说，建筑年龄必须标为十年。

但如果在扩建时，对原有房产进行大规模的加固补强，建筑年龄有时似乎也可以从扩建那年起算。

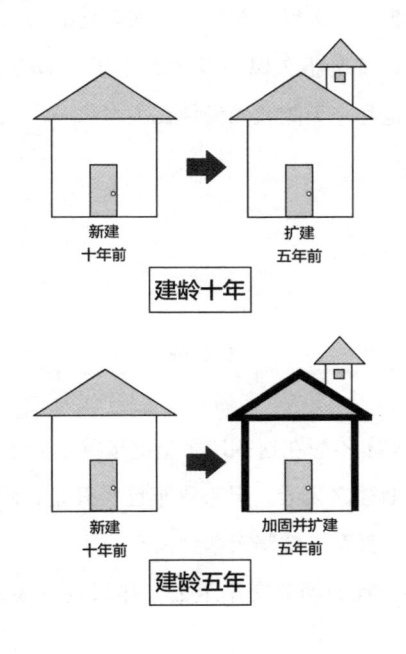

平内 欸？

笔者 也就是说，如果五年前对一栋建于十年前的房产加固补强并扩建，房地产商也可以将这座房产的建筑年龄标为五年。

平内 这不合理吧……

笔者 当然，在这种情况下，房地产商有义务向客户说明"这套房产扩建过哟"。但由于法律没有规定具体的说明方式，一些黑心商家也可能故意用饶舌的解释蒙骗客户，让客户搞不清真相……

平内 印象中……他们确实向我做过一通复杂难懂的说明。可是……没想到会是这样……这么说来，这间屋子……

在这之前，我一直觉得"女尸"一词离我很遥远。

因为我觉得，那是很久以前发生的事了。即使它真的曾经发生在这片土地上，也和今天的我们没什么关系……

但我错了。

凶宅就在眼前。

※※※

老实说，我根本不想在这栋房子里继续待下去了。

我甚至想立刻逃之夭夭。但末班车已经开走，附近又没有旅馆。我们彻夜未眠，一直在二楼聊天聊到天亮。

第二天一早，我们朝公交站走去。昨天我以为无人居住的别墅里走出一位上了年纪的女人。打过招呼后，我们顺便和她聊了几句。

女人说自己常年独居在此地，养成了早睡早起的习惯，晚上七点不到便关灯睡觉。她家昨天没有亮灯，就是出于这个原因。

既然常年在当地居住，这女人说不定知道些什么。于是我试着问她有关那栋房子的事。

女人　是啊……我搬过来的时候，那栋房子已经建好了，所以我不知道它是哪年建的。不过平内先生搬来之前，那房子一直无人居住。

笔者　一直空着吗？

女人　应该是吧。如果住过人，我总该在路上碰到过一两次，见过对方吧？可这样的事一次也没发生过。

不过……我也不是很确定。那房子施工过一次，说不定有人悄悄地住进去过，只是我没注意而已。

平内　您说的施工是……？

女人　大概在二十年前吧，有过一次大工程。喏，那栋房子不是两层的吗？我刚搬来的时候，它只有一层。施工结束后多出一层来，我记得自己当时还挺惊讶的，感叹：欸，那栋房子竟然扩建了。

如果她说的是真的，那就意味着平内的房子以前没有厨房、卫生间和浴室，根本不能住人。

> 看房的时候，我听房地产商说一楼好像是个仓库。

这或许意味着，这栋房子最开始只是一间仓库。

113

二十六年前，有人扩建水车小屋，将其改为仓库。几年后，又在仓库的基础上加盖二楼，使其成为民居。

这究竟是为了什么？

想得越多，谜就越深。

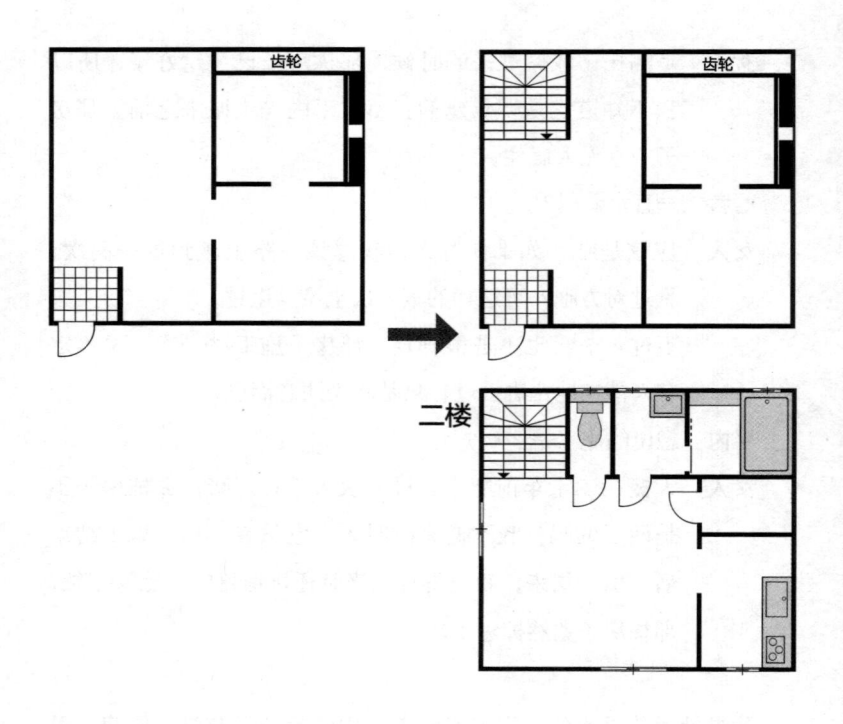

资料⑤《凶宅就在眼前》完

资料⑥　重生之馆

1994 年 8 月
某月刊杂志登载的报道

长野县西部烧岳①的山脚,曾有一座巨大的建筑物。

那建筑名为"重生之馆",据说曾是邪教组织"重生集会"的宗教设施。

由于这个邪教组织已经解散,该建筑也被拆毁,只能通过过去的资料详细了解有关信息。这次想要介绍的,是一九九四年八月发售的某本月刊中登载的文章。这篇文章几乎可以说是唯一潜入重生之馆的纪实报道。

据说该报道原本分为前、后两篇。但由于前篇刊发后某家企业表示不满,原定发表于下一期杂志的后篇便被替换成其他文章,再也没有见天日的机会。

因此,这次能给大家看的只有前篇。

顺带一提,文中的插画亦直接挪用杂志中刊载的图片。

---

① 烧岳:位于日本长野县和岐阜县交界的一座活火山,海拔2455米,日本百名山之一。

彻底解析神秘邪教组织内部——

"重生之馆"潜入报告　前篇

☆不同寻常的运营方针是？

"重生集会"这一邪教组织的活动根据地在长野县。

该教信徒以生神御堂阳华璃（通称"圣母大人"）为教主。所谓"生神"，是指尊尚在人世者为神。也就是说，该教信徒相信一个自称"我是神，请尊我为神"的教主，自愿归于麾下。

这本身并不稀奇，不过，该宗教还有几个不同寻常的特点。

①云集怀有同样烦恼的人

迄今为止，我曾潜入众多邪教组织进行暗访，遇到的教徒可谓千人千面。有妻女双全的有钱人，也有穷困的单身汉；有东大毕业的高才生，也有初中学历者。他们的成长环境、年龄、性别、职业、爱好各自不同，我早就知道无法用诸如"某类人容易沉溺于宗教"的形容来概括教徒这一群体。

然而，重生集会的信徒似乎有一个共同点：大家都有着同样的烦恼。这所有教徒共同的"烦恼"究竟是什么呢？

②不洗脑的宗教

邪教组织往往会借助神奇的超能力（多数"超能力"实际上不过是魔术）或暴力、违禁药物之力给信徒洗脑。

然而我听说，重生集会不用这些办法，就能博得信徒的信任，让大家购买高价商品。虽说是商品，他们推销的却也不是壶啊、水晶球等便宜的东西，而是动辄数百万，甚至上千万日元的昂贵商品。

据说教团成立六年来，通过电话和口头传教，吸纳了数百位信徒。将人数与金额相乘，大概就能推测出他们赚了多少。那数额实在令人胆战。

③特殊的修行方式

重生集会在长野县西部有一宗教设施，名为重生之馆。

教团每个月在那里组织四次集会，信徒们可住在其中修行。据说其修行方式极为特殊。

每月只举办数次的"特殊修行"。俘虏信徒之心、令他们买下高额商品的秘密，一定就在这里。为了查明真相，自诩"暗访专家"的我决定潜入重生之馆，一探究竟。

当然，潜入该馆需要加入教会。每次进行暗访时，这一关都很难过。多数邪教都忌讳内部信息泄露，因此会彻底调查申请入教的人，判断他是不是别有用心的记者。即使是像我这般身经百战的人，也经常被他们敏锐的"嗅觉"嗅出，从而被拒绝。

相比之下，重生集会的戒备程度要低上许多。我在电话中报上姓名、年龄、住址，回答了某个问题（该问题与教团的真相紧密相关，故将于下期登出，敬请期待后篇的内容），对教团起誓以表忠心后，对方就痛快地通过了我的入教申请。

并且，我还预约参加即将在重生之馆举办的那次修行。进展太过顺利，不免让我有些打怵……

修行当天，我换乘电车来到长野县。

教团占据了一块宽广的平地，四周被大自然环抱，中间有一座纯白的建筑。这就是传说中的重生之馆（以下简称"场馆"）。与其说这外形古怪的建筑是什么宗教设施，说它是现代艺术更为贴切。

已有数十位信徒先我一步到来，成群结队地朝场馆走去。我跟在他们身后，进入场馆向外探出的那条细长的隧道，又走了一阵，抵达集会场所。

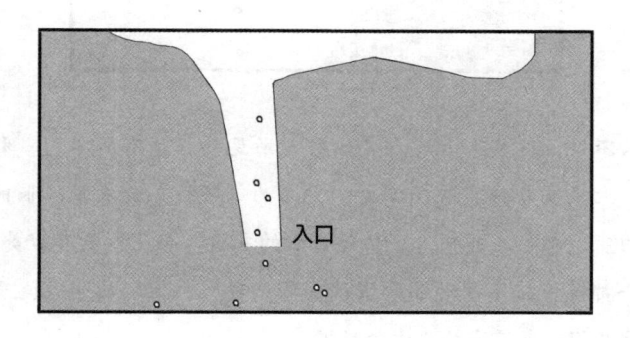

我眼前是好几排摆好的折叠椅。左手边有一个半圆形的舞台，右手边是一个圆筒形的赤红色雕塑。信徒们都在这巨大的雕塑前深深地、久久地鞠上一躬，才在折叠椅上落座。这物件多半是教团的某种象征。

约半小时后，折叠椅被坐满了。许多信徒没有座位，站在一旁。场馆内男女比例大抵持平，其中也有两人结伴而来的，看样子是夫妻。

多数信徒年龄在三十到五十岁，大家一言不发，正襟危坐，凝视着空无一人的舞台。我在此前的暗访中，多次见识过这种异样的情景。信徒们心无旁骛地等待教主出场……从某个角度来说，这是邪教信徒典型的态度。

```
         ↙ 折叠椅
    ┌─────────────┐
    │  ▫▫▫▫▫▫▫   │
    │  ▫▫▫▫▫▫▫   │
 舞台│  ▫▫▫▫▫▫▫ 雕塑│
    │  ▫▫▫▫▫▫▫   │
    │  ▫▫▫▫▫▫▫   │
    └─────────────┘
```

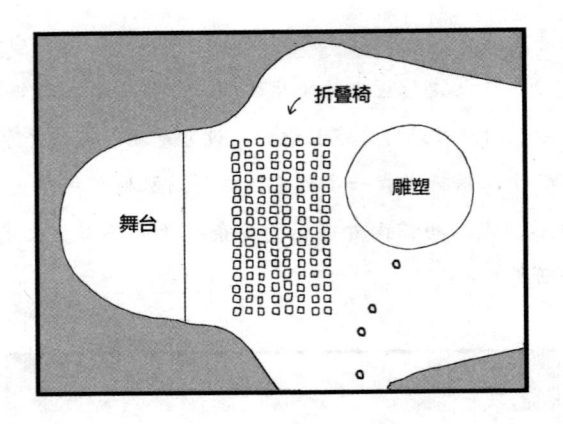

只不过，这些人和我在其他邪教所见的信徒有所不同。邪教修行时，大多要求信徒统一穿着一种名为"祭服"的衣服。眼前这些信徒的衣着却各式各样，恐怕是自己的衣服，而且（虽有审美差异）看上去都是价格不菲的品牌服装。仔细观察，他们的手表、项链等随身物品似乎也很高档，十分显眼。

重生集会要求信徒购买数百万到数千万日元的高价商品，或许只有负担得起这样高端消费的人才会入教。

不久，一个人走上台。不是教主御堂阳华璃，而是一个身穿西装，四十五六岁的男人。

看似不悦的眉间皱纹、凹陷的双眼、有特点的鹰钩鼻——我在哪里见过这个男人。此人正是中部地区屈指可数的建筑公司 Hikura House 的社长，绯仓正彦先生。

我事先有所耳闻，邪教重生集会和 Hikura House 的社长关系颇深，公司向教团提供庞大的资金支持，没想到竟是真的。

绯仓先生站在舞台中央，开始发表危言耸听的言论。

下面的文字，转录自我偷带进现场的录音笔录下的内容。

"诸位恐怕已经对自己犯下的可怖罪行有所认知。这罪行，会过继到你们可怜的孩子身上。你们的孩子是罪孽之子，因父母所犯之罪降生。罪孽之污秽会召唤种种不幸，将诸位拉向地狱的泥沼。

"很遗憾，这污秽绝不会消失。但有办法将它淡化。反复修行，即可将其净化。诸位先在本场馆洗刷污秽吧。明天一早，身上的污秽将稍稍轻减。到时请诸位回去，为你们的孩子做修行的启蒙。"

绯仓不愧为企业的领导者，说话时，语气和措辞都很有威严。但这段演讲的内容本身极为老派，甚至可说是平庸。

首先用"罪孽""污秽""不幸"等抽象的词语勾起人们的恐惧，最后告知解决办法："反复修行，即可将其净化。"也就是说："只要入教，你就会得到救赎。"

这是十分初级的演讲，但信徒们仍然全神贯注地听绯仓先生讲话。不少人听得如醉如痴、频频点头，也不乏泪眼婆娑者。

我之前听说"重生集会不给信徒洗脑"，看来这说法是错的。这里的信徒明显被人用某种方式洗脑了。

・・・・・・・・

绯仓先生讲完这番话，不知从哪里冒出几名教会成员（负责接待信徒者），指挥大家站起来，排成一列。

接下来竟然要拜谒（指参拜神佛）教主御堂阳华璃。这被尊为"圣母大人"的生神御堂阳华璃，究竟是何许人？

信徒们列队向赤红色的圆筒形雕塑走去，圣母大人似乎在这里面。如此说来，这已不是雕塑，而是"神殿"了。

教会成员打开神殿的大门，信徒们五人一组，鱼贯而入。每组要在里面待上十多分钟,进度缓慢。

每个走出神殿的信徒都显得一脸餍足。洗脑的秘密,莫非就在这神殿之中?大概一小时后,终于轮到我了。

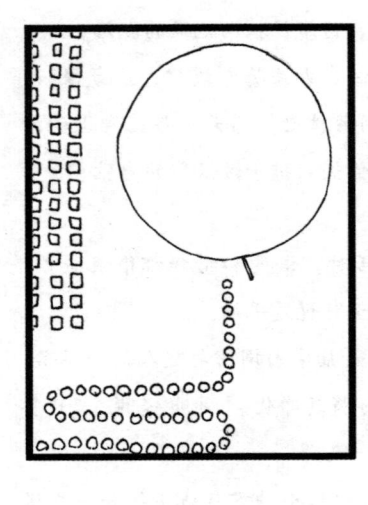

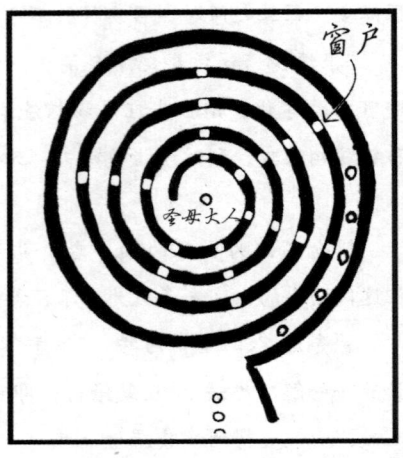

先向各位说明一下神殿的构造。神殿的内墙呈螺旋状,圣母大人坐在殿中央。墙上有许多扇窗,我们一行五人一面从窗户窥看圣母大人,一面绕着圈朝殿中央走去。

通往中央的路是漆黑的,但圣母大人的头顶挂着一只小灯泡,因此透过窗户能模糊地看到她的真容。窥探第一扇窗时,我简直怀疑自己的眼睛。我以为是自己看错了,但越是临近中央,视线就越清晰。我终于确信:圣母大人是残障人士,没有左臂和右腿。

☆独臂独腿的圣母大人

听说圣母大人已经年过半百,可她脸上鲜有皱纹,蓄着一头黑亮的长发,肌肤滑嫩紧致,看上去比实际年龄年轻十岁。

她的右腿从根部截断,身体以修长的左腿作为支撑。她一动不动地坐在一把普普通通的椅子上,浑身只着白色的绸缎,可以说几乎是半裸的。不知用"神圣"一词形容是否合适,总之她有一股异样的美,足以锁住见者的目光。

来到神殿中央,我以外的四人不约而同地在圣母大人面前端正地跪坐。我也学他们的样子跪坐下来。圣母大人看到我,柔声说道:"您是第一次来吧,请尽情在这里修行。"

"这位信徒、这位信徒、这位信徒、这位信徒,还有今天第一次到访的这位信徒,你们想必都为自身的罪孽而饱受折磨。不要紧的,很快就会好受一些。"

"众所周知,我生为罪孽之子,被罪孽之母夺去左臂,又为救罪孽之子失去右腿。我愿用所剩之身躯,拯救诸位和诸位之子。来吧,重生吧,千千万万次。"

信徒们如醉如痴地望着眼前讲话的圣母大人。

圣母讲完话,我们沿着方才的螺旋通道返回,走出神殿,换排在后面的五个人进去。我注意到走在队尾的男人双眼灼灼,异于他人。

下面坦白说一说我进入神殿的感受。依我看,那不过是个"迂腐的设施"。

从一扇扇小窗中反复窥看,会使人产生眼前的景象珍贵无比的错觉。安排信徒沿着螺旋形的道路一圈圈地走，大概是为了引起轻微的眩晕。头昏脑涨时，无数次窥望小窗，视线的尽头坐着一位雍容华贵、有着不寻常身体构造的女性，人自然会有种中了魔法的感觉。

不仅宗教如此，这也是各类娱乐中惯用的手法。

其次，根据经验推测，那位至关重要的圣母大人恐怕是一只"吊线木偶"。从她身上，我感受不到能让教团拧成一股绳的领导力。她多半是教团的干部花钱雇来，任人摆布的。

人类自古便敬畏身体有残缺者，认为他们是"神的转世"。重生集会不过是照搬了这一常识。这女人只是一个普通的妇人，她不是没有手臂和腿的神明，只是因为失去了手臂和腿，才被要求扮作神明。

而神殿这一设施存在的目的，则是让普通妇女成为人们眼中的神。人们当然不会被如此廉价的把戏洗脑。

拜谒圣母的目的，充其量是让已经被洗脑的信徒更加执迷不悟。洗脑的秘密不在神殿里——这就是我得出的结论。

☆洗脑的秘密在哪里？揭秘令人震惊的修行方法！

我们离开后不久，神殿里突然传来响动。我花了几秒时间，意识到那是一个男人的怒吼。仔细聆听，我听清了那个男人的呐喊："圣母大人！您怎么能说谎呢？您不是说过，会拯救我和儿子吗？！"

几名教会成员立刻冲进神殿。不到一分钟，他们便将一个男人反剪着双手带了出来。是刚才那个走在队尾、双眼灼灼的男人。他约莫四十岁,双眼皮,高鼻梁,长相算得上英俊。

"你这个冒牌货!如果你真的是神,我的儿子……Naruki 为什么会死?!我要杀了你!我要堵死你的心脏!"英俊的男人嘶吼着,被拉了出去。

其他信徒面不改色,用冷硬的目光目送男人被拉走。那是看叛徒的目光。

叛徒离场后,场馆又恢复了静寂。教会成员将把我们五个带去修行的房间。那房间也在场馆里,但必须先走到外面才能进入。设计得很烦琐。

我们从那条细长的隧道走到户外,沿着场馆外墙走了约五分钟,看到了房间入口。

宽敞的大厅前方有一扇门,这扇门的后面大概就是修行的地方了。我们排成一列,走进大厅。

一个月只举办数次的修行,竟会将信徒们洗脑到这个地步,修行的内容一定极严苛,要么就是强迫信徒做某些从未见识过的奇妙行为。我的心跳得越来越快。教会成员终于打开了房门。

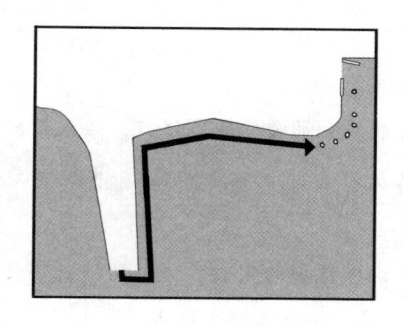

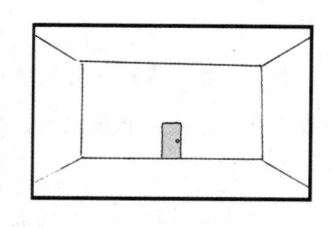

眼前的情景是我从没设想过的。

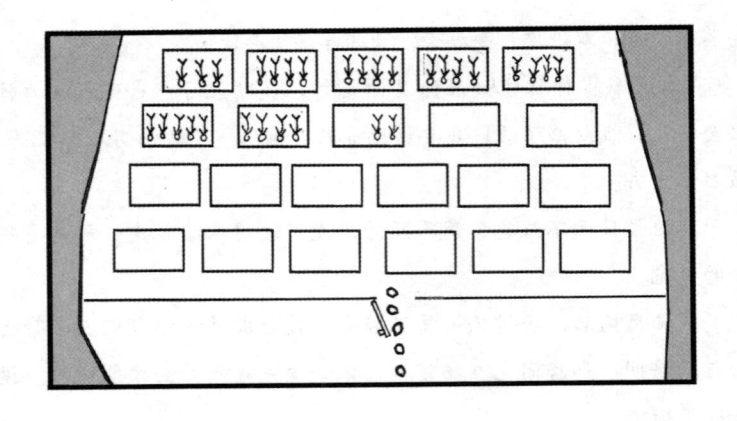

那是一个巨大的房间，里面摆了许多张床，比我们先来的信徒已经在床上呼呼大睡。其他四人逐一在空着的床上躺倒，闭上眼睛开始睡觉。我也只好学他们的样子躺下来。这或许是修行前的准备吧。

过了一会儿，房门再次被打开，下一组信徒走了进来。他们也躺到了床上。时间一分一秒地过去，房间里的信徒越来越多。床终于满了，甚至有人躺在了地板上。虽说房间宽敞，装了这么多人还是让人喘不过气来。

我一面装睡，一面等待修行开始。可好几个小时过去了，都没有任何动静。然后天黑了，新的一天到来。手表指向凌晨四点的时候，我想：莫非"睡觉"本身就是修行？

除此以外，实在没有别的可能。如果睡觉不是修行，难道信徒们特意来到这座宗教设施里，只是为了酣畅淋漓地睡上一觉吗？这也太奇怪了。

睡觉就是修行——我从未听说过这样的宗教。这样的修行有什么意义呢？想着想着，睡意袭来，我不知不觉睡了过去。

☆场馆外的奇异情景

我醒来时,已经过了上午十点。环顾四周,还有几位信徒在睡。说起来,教团没有规定起床时间。也就是说,想几点起都行喽?如果是这样的话,与其说这里是一座宗教场所,还不如说是一家旅馆。

我从床上起身,打开房门。有教会成员待在门口,递给我一纸杯茶水和一只豆沙面包。教团考虑得贴心周到。我从昨天开始就什么都没吃,饿着肚子,于是到大厅的一角大吃特吃了一番。这时,我发现大门左侧有一条细长的走廊。

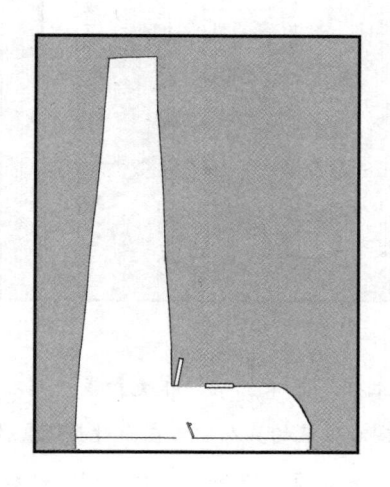

说是走廊,尽头却是封死的,也没有安门,只是一条十几米长的、隧道似的胡同。

见此情景,我忽然有了一个想法。是我对这个教团的推测。直觉敏锐的读者看到我笔触稚嫩的示意图,恐怕已经有所察觉。

吃完面包,走出大门时,眼前的情景不由得让我瞪大了双眼。

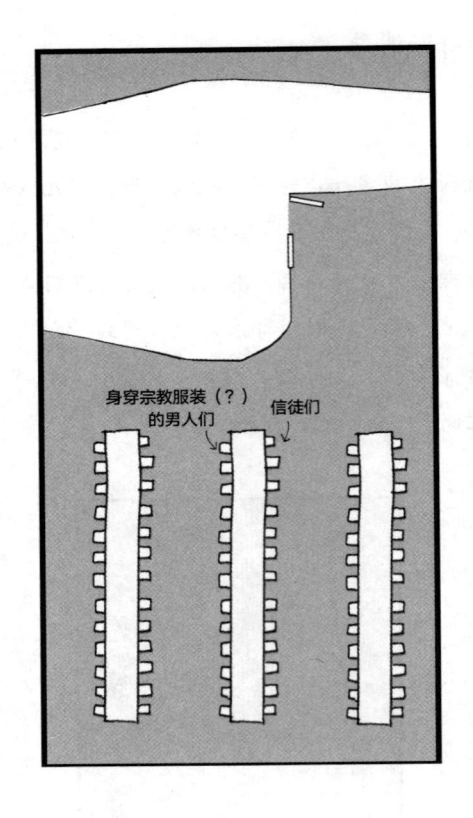

宽敞的空地上摆了几张长桌，昨晚和我一起在房间里睡觉的信徒们和身穿白色宗教服装的男人们正在面对面地交谈。

我走近长桌，发现桌上有很多张户型图。这样一来，我总算心领神会。

刚才我在大厅里的推测，果然是正确的。这教团是……

很遗憾，由于篇幅有限，前篇到这里就结束了。

后篇将在下一期刊登，敬请期待。

☆下期预告

重生集会究竟是什么来头？！

教团是怎样给信徒洗脑的？大家为什么要睡觉？信徒们的烦恼是什么？记者将彻底调查诸多谜团！

读后感

这篇文章细致地描写了邪教组织"重生集会"的离奇实况。

不过，也许是为了吊读者的胃口，让他们对后篇有所期待，行文中不乏故弄玄虚、言辞模糊之处，尚有很多谜题亟待解开。尤其是这段描述，引起了我的注意。

> 直觉敏锐的读者看到我笔触稚嫩的示意图，恐怕已经有所察觉。

这也就意味着，随文登载的插图中隐藏着某些玄机吧？

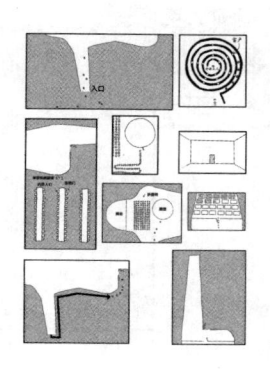

129

我将插图摆在一起看。它们多为俯视图，给人一种说不清的奇异感。

"与其说这建筑是什么宗教设施，说它是现代艺术更为贴切"——这是记者对建筑外观的形容。这座场馆确实像艺术类建筑那般歪七扭八。但我直觉，它不仅仅是歪七扭八那么简单。

我剪下场馆的平面图，用这几张图拼凑出场馆的整体模样。整个过程如拼拼图一般，得到的图案着实古怪。

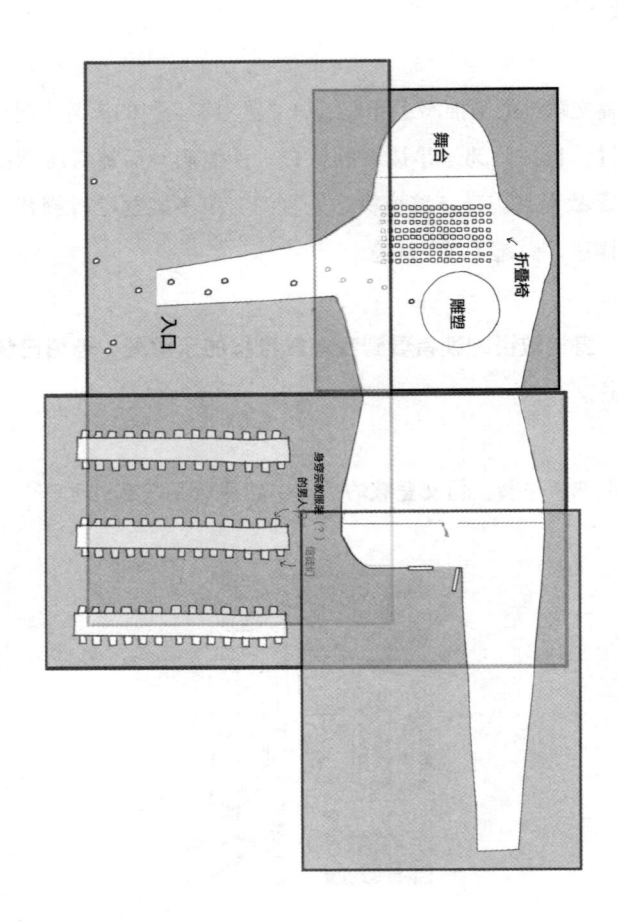

没错。

是人形。而且不是普通的人。

┃　　圣母大人是残障人士，没有左臂和右腿。

这是没有左臂和右腿的女人的主视图……改换观察角度，便可得出这样的解释。也就是说……重生之馆，是仿照圣母大人的身体结构建造的。

然而，即使弄清了这一点，教团之谜仍然笼罩着一层面纱。

顺带一提，据说重生集会于一九九九年解散，重生之馆也于第二年被拆除。

资料⑥《重生之馆》完

资料⑦　叔叔的家

摘自少年的日记

十一月二十四日

　　今天，我一直待在家里。妈妈还没回家，我好寂寞。

　　肚子饿得受不了，于是我吃了放在厨房的一个面包。

十一月二十五日

　　昨天晚上，我没经允许就吃了面包，妈妈生气了。我跪坐着，说了一百次"对不起"。妈妈睡到傍晚，醒来后，紧紧地拥抱了我。我本来不想哭的，眼泪却流了出来，真奇怪。

十一月二十六日

　　我总是抱怨肚子饿，惹火了妈妈。她说我"吵死了"，捏住我的鼻子，让我不能呼吸。那就用嘴呼吸吧——这样想着，我张开了嘴。结果妈妈说我"不许耍滑头"。我觉得耍滑头很可耻，跪坐着说了"对不起"。

十一月二十七日

　　傍晚，叔叔来了。我和妈妈一起去叔叔家。这是我第一次去，很紧张。我们坐上车，很快就到了。

　　叔叔家比我家的公寓大，门的左边有一座大花坛，好棒啊！走进屋里，中间是一条走廊，走廊上有许多扇门。

　　我们走进右手边最近的那扇门里，屋里有一台大电视，还有一张桌子。窗外能看到花坛和房子的大门。另一侧窗外有汽车疾驰而过，特别帅气。

我在这个房间吃了晚饭。蛋包饭很好吃。我吃得饱饱的,妈妈也没有生气。

吃完饭,我来到走廊,去了隔壁的房间。叔叔说:"这是成贵你的房间哟。"房间里有床,这是我第一次在床上睡觉,很开心。

而且窗外能看到车子开过,真是一个让人高兴的房间。

十一月二十八日

早上醒来,我和叔叔、妈妈一起吃了早饭。Q弹的鸡蛋和煎火腿好吃极了。

吃完饭,我来到走廊,去了隔壁的房间。那里有一扇大窗户,能看到花坛。房间里有个像自行车的东西。叔叔说,那是"健身单车"。我试着骑了骑,挺有意思的。

这个房间里还有一扇门,打开后,里面是一个空荡荡的房间。从这里也能透过窗户看见花坛,还有一扇窗能看见河。

傍晚,叔叔开车送我们回家。和叔叔说再见的时候,我很舍不得。晚上,妈妈因为我没对叔叔说"谢谢"而发火,捏住我的鼻子,让我不能呼吸。用嘴呼吸是耍滑头,于是我努力不张开嘴巴。

(中略)

二月二十四日

妈妈中午回到家,睡醒后,我给她毛巾时,她对我说"谢谢",紧紧地拥抱了我。然后,我躺在她旁边,和她一起睡着了。

傍晚,我想给妈妈和自己做一顿饭,于是给面包涂了果酱,放到烤面包机里。面包烤焦了,黑乎乎的。我不想被妈妈发现,打算把它当成垃圾扔掉。妈妈还是发现了，骂了我。妈妈要我"不许耍滑头"，我还是耍滑头了。我很难为情。

二月二十五日

　　妈妈说："明天是去叔叔家的日子。"我十分期待。但如果在叔叔家玩得太开心，之后反而会惹妈妈不高兴。我会注意，不要玩得太尽兴。

二月二十六日

　　我和妈妈一起去叔叔家。看到花坛，我觉得好怀念。我们三人一起去店里吃了拉面。面很好吃，但我还想吃蛋包饭。

　　我和叔叔洗完澡，叔叔和妈妈吵了起来，妈妈哭了。叔叔说我瘦得可怜。他们和好后，叔叔说："从今往后，我会出赡养费的。"妈妈不住地说"谢谢"。

二月二十七日

　　早饭的玉米浓汤和煎蛋非常好吃。吃完饭，我又想骑那辆固定在地上的车，于是到吃饭的房间隔壁，骑那辆固定在地上的车。刚吃完饭就骑车，肚子有点儿疼。

　　然后我打开另一扇门，之前的那个房间不见了，只有河水哗哗地流过。真奇怪。

　　傍晚，叔叔开车送我们回家。最后分别的时候，我难过得要哭了，但好好地说了"谢谢"。叔叔笑着摸了摸我的头。

（中略）

三月三日

　　厨房里一个面包也没了,今天也没吃上饭。我饿得肚子疼,于是舔了舔铅笔,用牙咬了吃下去。肚子不再那么疼了。

三月四日

　　叔叔打来电话,对我说"让你妈妈接",我把电话给了妈妈。然后,妈妈在电话里和叔叔吵了起来。妈妈挂掉电话,对我说:"今后不和叔叔见面了。"我很难过。

三月五日

　　妈妈出门后,叔叔来了。他对我说:"跟叔叔一起走吧。"我就去了叔叔家。虽然担心妈妈会发火,但叔叔说"不要紧",还说"叔叔给你吃蛋包饭",我决定跟他走。

　　我在叔叔家吃了蛋包饭,十分美味。饭后我们一起看了电视。叔叔说"你可以一直待在这里哟",还说"叔叔还会送你去上学"。如果妈妈也一起住的话,我就愿意住在叔叔家。

　　后来,叔叔把我带到走廊深处的房间。那个小房间里有一只褐色的人偶,我很害怕。"这里是房子的心脏,"叔叔说,"所以不能上锁哟。"我听不懂他的话。

三月六日

　　我和叔叔吃完午饭,有辆车停在房子前面。妈妈和一个染着金色头发的男人来了。他们跟叔叔吵了起来。妈妈抱着我,上了那个男人的车。叔叔追了上来,但车开得很快,我很快就看不到叔叔了。

　　那辆车没有开去我和妈妈住的公寓,而是把我们带到了男人的公寓。妈妈对我说:"从今往后,我们三个人就在这里住了。"我想见叔叔,好想哭。

三月七日

男人告诉我,他名叫荣二。荣二会给我吃饭,但饭臭臭的,我忍不住吐了出来,惹火了妈妈。妈妈一直向荣二道歉。

妈妈怕荣二不高兴,硬着头皮把饭吃了,结果吃坏了肚子,呕吐不止,因此惹火了荣二。我独自说了一百次"对不起"。

三月八日

肚子疼,可能要拉稀,但给荣二和妈妈添麻烦的话,荣二会对妈妈发火。所以我努力忍耐。

(中略)

三月十六日

在荣二的命令下,我住进了杂物间。妈妈哭着对我说"对不起呀",我也想哭,但忍住了。妈妈偷偷给了我一个面包。我静悄悄地吃掉了。

三月十七日

一直在杂物间坐着,屁股和后背会疼。但如果我弄出声音,妈妈就会被荣二打。于是我尽量不出声。我回忆着之前看过的有趣的电视节目,努力忍耐。

三月十八日

我不小心弄出了响动,被荣二打了。妈妈哭着要他住手,结果荣二也打了妈妈。

三月十九日
　　我听到荣二的大吼和妈妈的哭喊声。我用指头堵住耳朵，不让自己去听。

　　（中略）

四月十二日
　　今天也没吃上饭。肚子又饿又疼。我打算想一些开心的事，忘掉肚子疼的事，但不是很管用。我还想去叔叔家，再吃一次蛋包饭。

四月十三日
　　肚子不疼了，但总觉得胀得厉害，口水好苦。

四月十四日
　　妈妈给了我水喝。以前的水明明没有味道，这次的却是甜的。

四月十五日
　　我坐不住，脑袋靠着杂物间的墙角躺着。好想睡在被子里啊。

四月十六日
　　妈妈给了我饭团，我咬了，却咽不下。

四月十七日
　　我的眼睛睁不开，握不好笔。

四月十八日

　　睡着的时候,脑子好像也在不停地转。

四月十九日

　　浑身上下都好痛。

四月二十日

　　眼前模糊一片。

四月二十一日

　　想喝水。

　　(日记到此戛然而止。)

笔者注

一九九四年五月八日，警方在爱知县一宫市的一间公寓里发现了三桥成贵（九岁）的尸体。成贵死于营养不良导致的多重并发症。据说他的尸体遍体鳞伤，显然生前经常遭受虐待。

成贵的母亲三桥纱织及其交往对象中村荣二因涉嫌监护人遗弃致人死亡罪被提起公诉，分别被判处有期徒刑八年和十四年。

成贵去世两年后，他记录到生命最后一刻的日记结集出版，书名为《少年的独白：三桥成贵君最后的手记》。

本章为书中部分内容的摘录。

资料⑦《叔叔的家》完

资料⑧ 连通房间的土电话

2022 年 10 月 12 日
笠原千惠的采访记录

笠原千惠指定的采访地点是位于岐阜县住宅区内的一处漂亮的咖啡厅。她一面盯着菜单，一面嘟囔着"呃，点哪个好呢……"，纠结了将近十分钟，最后点了蒙布朗蛋糕和迷迭香茶的套餐。

笠原是一名自由插画师，住在岐阜县。据说目前和母亲一起居住在一栋公寓里。

今年就要满四十岁的她看上去很年轻，周身还环绕着少女般的气息。也许是清爽的波波头和温柔慵懒的语气营造了这种氛围。

不久，服务生送来蒙布朗套餐。"哇，看起来很好吃——"笠原说着用叉子剜了一小块蛋糕，送到嘴边。

当天的采访主题，围绕着她孩提时代居住的一栋房屋展开。

※※※

笠原出生并成长于岐阜县羽岛市住宅区中的一栋两层的房屋中。

笠原家共四口人，除了她，还有父亲、母亲和哥哥。父亲是进口车经销商的金牌销售，据说年收入是普通员工的好几倍。但一家人的生活并不富裕。

笠原　我爸爸啊，是个人渣。

他挣来的钱几乎都花在自己身上，根本不肯养家。所以我和妈妈、哥哥过得非常穷苦。妈妈每天打小时工赚钱，我们才勉强能在晚饭时买两样小菜丰富饮食。

爸爸却不知在哪里找乐子，每天晚上都很晚才回来，浑身酒气熏天，倒头便睡，鼾声如雷。他可会享福了。

笔者　令堂没有意见吗？

笠原　妈妈当然不高兴，但她性格软弱，什么也说不出来。那时候的男人比现在还要强势。妈妈没法直接数落爸爸，就总是对我们兄妹发牢骚。

她说："我就不该和那样的男人结婚。"既然如此，那你当初为什么要结婚？小时候我觉得不可思议，放到今天，大概也能懂得妈妈的感受了。

爸爸年纪不大，却很有男子气概。他为人轻佻，偶尔却有温柔的一面。年轻时是所谓的花花公子，想来很受欢迎。妈妈多半是被他骗了。

笠原说，她和父亲之间，有一件难忘的回忆。

笠原　我上小学四年级那年，哥哥升上住宿制的高中，不再住在家里。小时候我很黏哥哥，哥哥也对我这个小他很多的妹妹疼爱有加，所以那段时间我很寂寞。但比起寂寞，还有更严重的问题摆在年幼的我面前。

我胆子很小，晚上不敢一个人睡觉。所以哥哥上初中后还是宠着我，陪我睡在一个房间。对哥哥来说，我肯定是个大麻烦。

笔者　那哥哥去住宿之后，您一定很难办吧？

笠原　是啊。我告诉妈妈"我害怕一个人睡觉",但她只是对我说："你已经不是小孩子了,即使害怕也要忍耐。"可即使不是小孩子了,害怕就是害怕啊。

笔者　做父母的,在这类事情上往往都很冷淡吧。

笠原　没错。不过,既然父母这样说,孩子也不能顶撞,就只好默默忍耐。之后就讲到关键内容了。

　　　一天晚上,爸爸笑嘻嘻地问我:"你一个人睡不着吗?"他大概是听妈妈说的吧。我觉得爸爸把我当傻瓜,正在生气时,爸爸突然递给我一个纸杯,对我说:"要是害怕,就用这个和爸爸说话吧。"

　　　我好奇地看了看,原来是土电话……啊,现在的年轻人知道土电话是什么吗?

　　土电话是一种用线连通两个纸杯的玩具。将线抻直的时候,对着一只纸杯讲话,振动会通过绳子传递到另一个纸杯中,使对方听到声音。

　　如果中间没有障碍物,用土电话可以和几百米外的人通话。

　　不过,只要线稍微松脱,声音就传不过去。

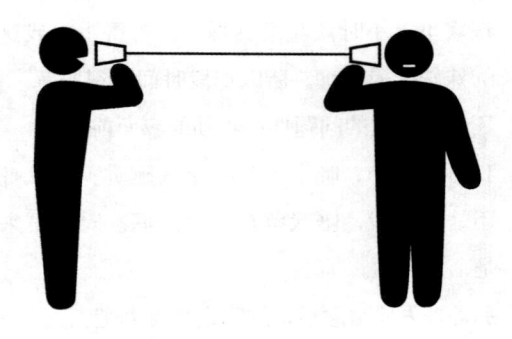

笠原　爸爸还得意地说："这是我发明的，连通房间的土电话。"
笔者　连通房间的土电话？
笠原　啊……对了，用这个来说明，会好懂一些。

笠原从包里拿出一张陈旧的户型图。

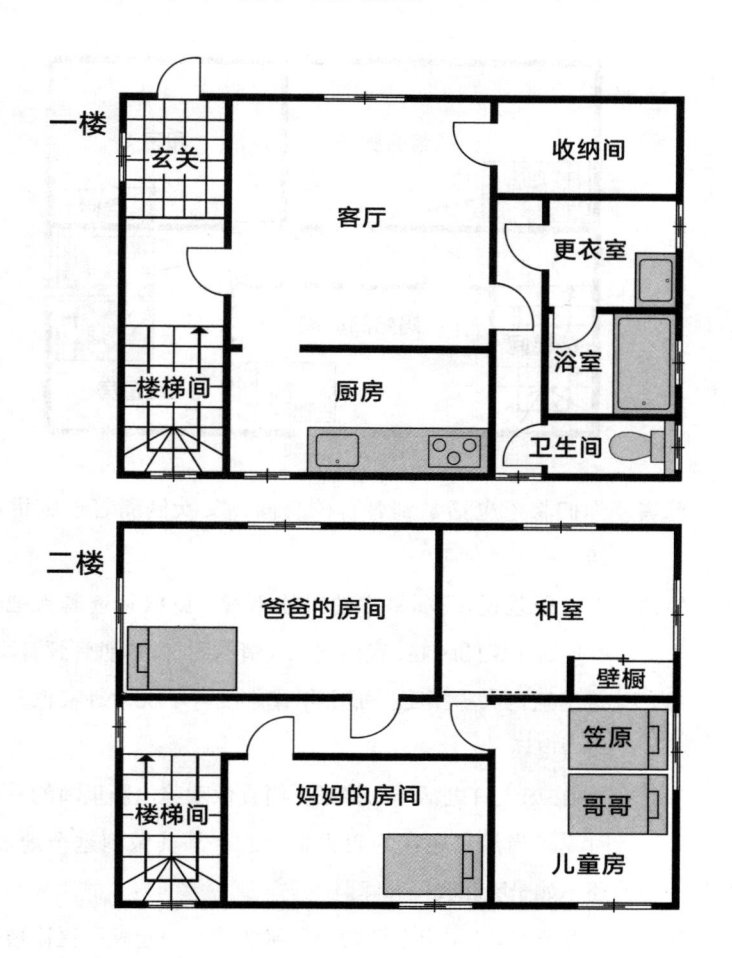

一楼

玄关　客厅　收纳间　更衣室　浴室　卫生间
楼梯间　厨房

二楼

爸爸的房间　和室　壁橱
笠原　哥哥
楼梯间　妈妈的房间　儿童房

笔者　这是您老家的户型图吗？

笠原　是的。昨天我问妈妈要来的。我很震惊，没想到她还留着这东西。真怀念啊……您看，这里是儿童房。

靠墙一侧的是我的床，旁边的是哥哥以前的床。这两间是爸爸妈妈的房间，床大概在这个位置。也就是说，我和爸爸在各自的床上接通土电话。

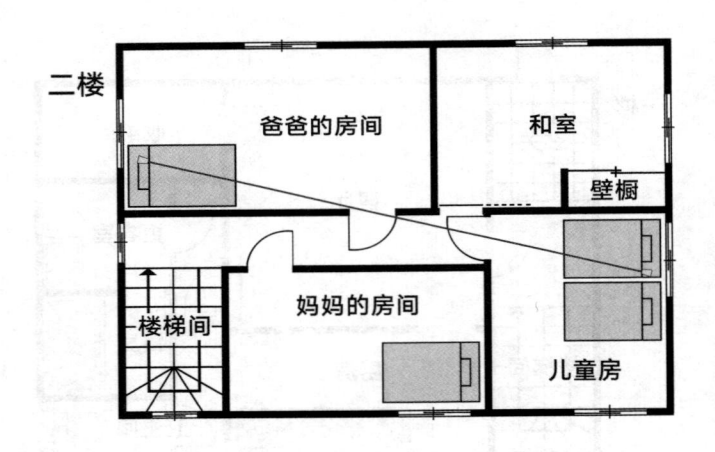

二楼

爸爸的房间　　和室

　　　　　　　　壁橱

楼梯间　妈妈的房间　　儿童房

笔者　你们将土电话拿到各自的房间，父女俩隔着走廊讲电话——是这样吧？

笠原　对。爸爸说："如果你怕得睡不着，就跟爸爸聊天吧。"听他这么说的时候，我感到难为情的同时，心脏怦怦直跳：这主意也太棒了吧！那个年代，没有手机，每家也只有一台电话。

"躺在床上打电话"的情景，简直像欧美电影里演的一样时髦。当然，现在的我肯定会想：与其做到这个地步，还不如干脆和我一起睡。

笔者　但我觉得，"用土电话聊天"确实比"一起睡"更让孩子兴奋。可以说是一种浪漫吧。

笠原　是啊。爸爸的生活方式和思维方式都很浪漫。所以他过不来正经的生活，也因此害得家人吃苦……尽管很不甘心，但爸爸让我见识了这种浪漫碎片似的东西，哪怕只有这么一次，我也开心极了。我和妈妈一样，是个肤浅的人。

笔者　那之后，您每晚都和令尊打土电话吗？

笠原　没有。刚才我也说过，爸爸总是回来得很晚，大多数时候都是一到家就蒙头大睡。所以他总共也就陪我聊过四五次天。但那几次，我真的很高兴……

晚上睡不着的时候，房门忽然打开一条小缝，一侧的纸杯"骨碌"一下被扔进我的房间。我捡起纸杯，钻进被窝，把它贴在耳朵上。

爸爸在电话那头，装模作样地说："夜猫子小姐，晚上好。"
我便回应道："醉鬼先生，晚上好。"这是我们的暗号。

笔者　你们都聊了些什么？

笠原　起初是一些无关痛痒的闲聊，渐渐地，我开始向爸爸倾诉烦恼，或分享微妙的心事。面对面的时候，我很难向他开口，对着纸杯却好像无所顾忌。

爸爸的声音在我耳边响起，似乎比平时更宠溺、更温柔……我还对他说了许多秘密。因此，爸爸比妈妈更了解我的内心世界。他这一招可真妙。爸爸这辈子，也许就是靠这种小聪明才混得如鱼得水的。

然而，父女之间的通话却以某一天为界，戛然而止。

笠原　一天晚上，大概是快十点的时候吧，我和爸爸打着土电话聊天。可是呢，他那天的状态似乎和往常不同——声音颤抖，说的话也支离破碎。

笔者 支离破碎？

笠原 他虽然回应了我的话，但怎么说呢……他的回答前言不搭后语，根本和我的话对不上。通话过程中还有杂音……不知道那算不算杂音，总之嘎沙嘎沙的，听起来很怪。
这毫无意义的对话持续了几分钟后，他突然来了一句"你快睡吧，晚安"，就擅自中断了通话。

笔者 有点儿奇怪呢。

笠原 对吧？而且平时通话结束后，爸爸都会来收纸杯，但那次过了很久，我也没听到他要过来的动静。
如果就这样放着不管，妈妈可能会抱怨"走廊上的线太碍事了"，于是我把线拉到身旁，收起爸爸的纸杯。

笠原说，她只好将土电话放进抽屉，努力入睡。

笠原 我迷糊了一阵，妈妈突然闯入了我的房间。
"隔壁着火了，我们快跑。"她牵着我的手离开房间，爸爸也在走廊上。我们三个来到户外时，邻居们都待在家门口的马路上，担心地望着隔壁的火势。

发生火灾的是笠原家隔壁的松江家。

松江家共三口人——一对三十几岁的夫妻和他们上小学的儿子。笠原说她们家和松江家以前就有往来。

笠原 大火在屋顶上烧得正盛，从窗外看去，屋里也是一片火海。

松江家的儿子 Hiroki 小我一岁，正被好心的邻居大妈抱在怀里，放声大哭。那幕情景，我至今难以忘怀。

笔者 Hiroki 的父母呢？

笠原 他没有父母……听说他的父母去世了。

据说火灾后，警方在屋里发现了 Hiroki 父母的尸体。我们都很震惊……我家和松江家素来有交情，Hiroki 的父亲偶尔还会带我去听教会举办的音乐会。

Hiroki 的母亲也年轻貌美。真没想到，她竟然会自杀……

笔者 自杀？！

笠原 麻烦您小声一点儿……听说那场火灾，是 Hiroki 的母亲自焚引起的。当时我看了地方电视台的新闻报道，说他的母亲在二楼的和室将煤油浇在身上，点燃了自己。

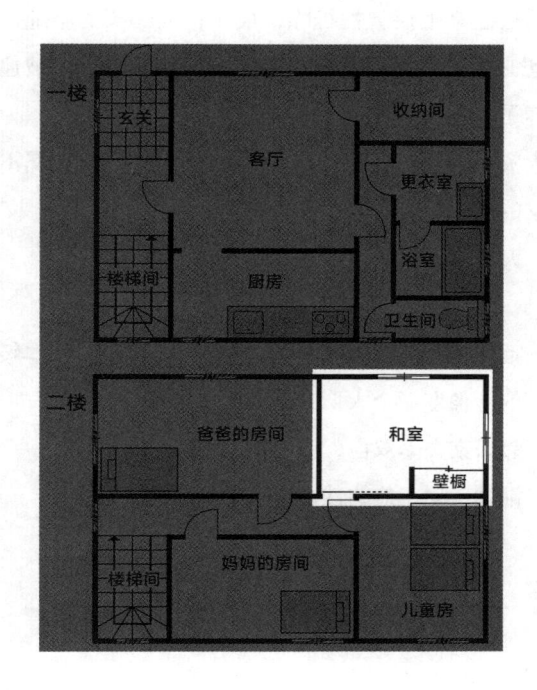

笠原指着桌上的户型图。这一举动令我有些费解。

笔者　欸？等一等。这不是您家的户型图吗？
笠原　啊，不好意思。我没有事先说明。
　　　　老家所在的区域开发住宅用地的时候，建了大量的商品房。所以这附近房子的户型图都是一样的。邻居们经常开玩笑，说我们住的是"克隆住宅"。
笔者　原来如此……所以这张户型图也是松江家的户型图喽？
笠原　正是如此。所以新闻说出"和室"的时候，虽然不愿去想，但我也知道它的具体位置。因为整套房子里只有一间和室，就是二楼的这个房间。

烧毁的松江家很快就被拆除，成了待人购买的空地，却一直无人问津，想来也正常。据说松江家剩下的独苗 Hiroki 被住在同县的祖父母收养了。

那场火灾令人痛心，但火势没有蔓延到邻居家实属不幸中的万幸，笠原家的房子好像也几乎没受影响。

然而，火灾却以意想不到的方式改变了笠原家。

笠原　后来不知道为什么，爸爸变得很奇怪。原本轻佻、开朗的他像变了个人似的，阴沉沉的。
笔者　邻居家夫妻双亡，让他很受打击吧。
笠原　谁知道呢。他的性格应该没那么悲天悯人。

没过多久，笠原的父亲就突然离家出走了。

笠原　只在客厅里留下了离婚申请书和一封信……
　　　信的措辞冷冰冰的，给人公事公办的感觉。上面却写着"作为分手费支付两千万日元""将这栋房子让给家人"等内容，着实令人震惊，妈妈也将信将疑。但第二个月，我们真的收到了那笔钱和房屋转让合约。

笔者　也就是说，令尊兑现了信上的承诺？

笠原　没错。妈妈惊叹道："这是那个人婚后第一次遵守承诺。"看样子她也早已对爸爸没了感情，爽快地同意了离婚。夫妻之间的羁绊真是脆弱啊。

　　笠原说，多亏父亲留下的两千万日元，家里的日子过得比之前还要宽裕。她的母亲大概是因为从丈夫带来的压力中解脱出来，心情大好，家中的气氛也明亮了许多。
　　但有一天，笠原得知了一件奇怪的事。

※※※

笠原　父亲离家出走那年的年末，家里做了大扫除。我也打算趁此机会，将自己房间里不要的东西全部扔掉。当我拉开壁橱抽屉时……看到了很久没用的土电话。

> 　　平时通话结束后，爸爸都会来收纸杯，但那次过了很久，我也没听到他要过来的动静。
> 　　如果就这样放着不管，妈妈可能会抱怨"走廊上的线太碍事了"，于是我把线拉到身旁，收起爸爸的纸杯。

笠原　土电话还是那天晚上被我塞进抽屉的样子，两只纸杯叠在一起……看到它，我突然想起爸爸来，也不知怎么搞的，原本不想哭的，却忍不住流下眼泪。

咦，我怎么哭了呢？我惊讶极了。和妈妈相依为命的每一天都很幸福，我也并不是很喜欢爸爸。但泪水怎么也止不住……很想听爸爸的声音，我就是没来由地想念我那轻佻、任意妄为、装腔作势的爸爸了。

所以，我才做了那样的事。

・・・・

笠原拿着土电话，走到父亲的房间。

父亲走后，他的床就那样留在屋里。

```
┌─────────────────┐
│   爸爸的房间     │
│                  │
├──────┬──────────┤
│ 楼梯 │ 妈妈的房间│
│  间  │          │
└──────┴──────────┘
```

笠原将一只纸杯放在床上，拿着另一只回到自己的房间。她用很久没用的土电话连通了父亲的房间和自己的房间。

笠原　我钻进被子，把纸杯贴在耳朵上——肯定是什么都听不到的。但就这样听了一会儿，我不可思议地平静了下来。不知过了多久，眼泪都干了，我调整情绪，重新投入扫除。

总是沉浸在回忆中也于事无补。

就在她下床要将土电话收起来的时候,看到了不可思议的一幕。

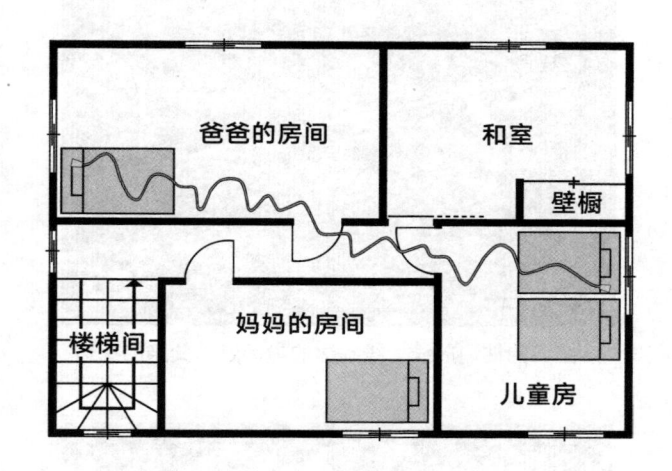

笠原　这时我才发现,掉在地上的电话线,是弯弯曲曲的。
笔者　你是说,电话线很松?
笠原　是的。很奇怪吧?土电话如果不把线抻直就听不到对方的声音,所以线的长度必须和爸爸的枕边到我的枕边一样长才行。
笔者　是啊……
笠原　可线却是松的,这意味着线比两个床头之间的距离长。这样是不可能听到对方讲话的。线又不可能自己变长……我就觉得很怪。
笔者　不过,您以前确实用这土电话和令尊通话过吧?
笠原　嗯。当时我确实从纸杯中听到了爸爸的声音。
笔者　那就是说……令尊之前是在其他房间和您聊天的?

笠原　您仔细看图，我家根本就没有这样的房间吧？

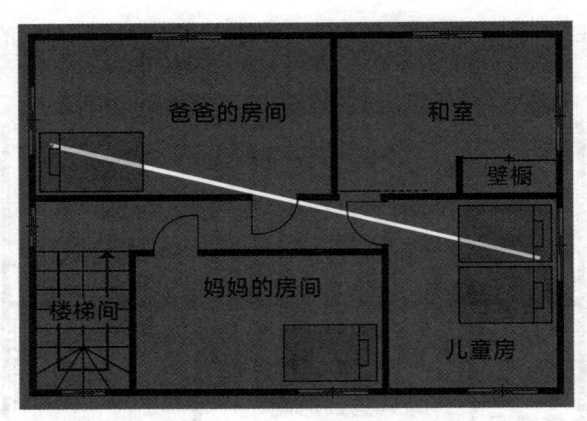

从笠原的枕边放线，线到达的最远处是父亲的枕边

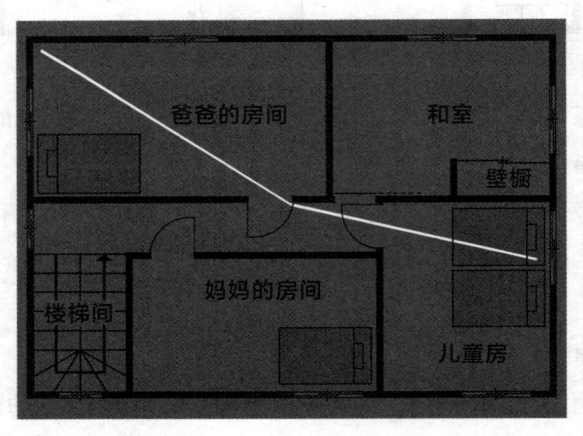

若通话时父亲离得更远，线就会卡在房门口，声音就传不过去
（土电话中间如有隔挡，就无法使用）

笠原说得没错。线从她的枕边拉出去，能到达的最远处就是父亲的枕边。可如果线在这两点之间是松脱的……

笠原　这座房子里，根本就没有能打通土电话的地方。
笔者　可如果是这样的话，令尊又是如何……
笠原　只有一种可能——爸爸和我聊天的时候，根本不在家里。

除此以外，确实没有其他的可能。然而，笠原的房间在二楼。

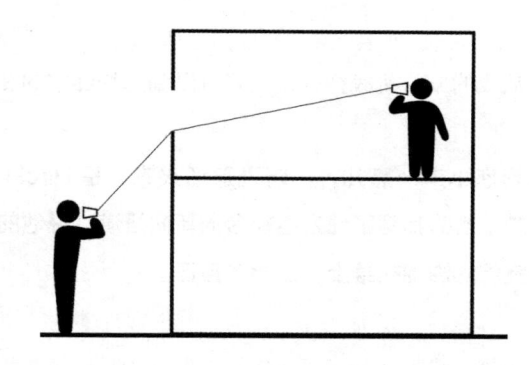

如果将线伸到屋外，会在半途刮到窗框，这样一来窗框成了阻碍，声音就传不过去了。

如果有一座和二楼一样高的建筑，或许还能通话。但哪里会有这样的巧合……想到这里，我终于明白笠原想说的是什么了。

笔者　令尊是在隔壁的房子和您通话的？
笠原　没错。爸爸那段时间是在隔壁家的二楼给我打土电话的。
　　　　有了这样的想法，我坐立不安，拿出卷尺，测量了距离——土电话线的长度、走廊的距离，和我家到隔壁的距离。
　　　　于是……我得知了一个恐怖的事实。

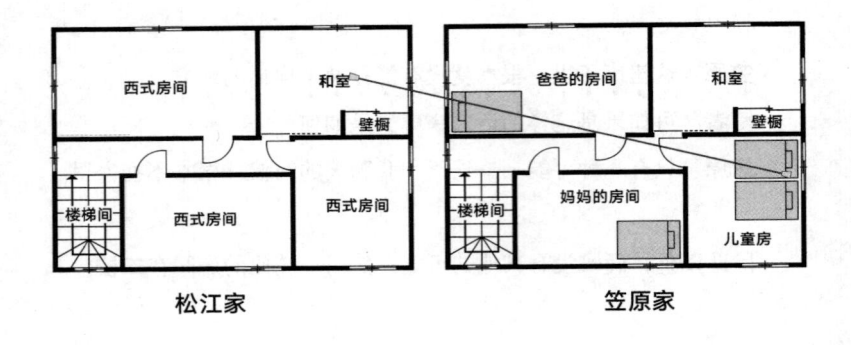

```
┌─────────────────────┬─────┐    ┌─────────────────────┬─────┐
│                     │ 和室 │    │                     │ 和室 │
│   西式房间           ├─────┤    │   爸爸的房间         ├─────┤
│                     │ 壁橱 │    │                     │ 壁橱 │
├──────┬──────────────┴─────┤    ├──────┬──────────────┴─────┤
│楼梯间 │                    │    │楼梯间 │  妈妈的房间         │
│      │ 西式房间  西式房间   │    │      │             儿童房  │
└──────┴────────────────────┘    └──────┴────────────────────┘
         松江家                            笠原家
```

笠原　从我的床头将线抻直，正好可以到达松江家的和室。

麻烦您小声一点儿……听说那场火灾，是 Hiroki 的母亲自焚引起的。当时我看了地方电视台的新闻报道，说他的母亲在二楼的和室将煤油浇在身上，点燃了自己。

笠原　当然，我不认为爸爸每次打土电话的时候都在松江家。线是可以更换的。但至少最后一次对话的那个夜晚……隔壁邻居失火的那个夜晚，父亲毫无疑问在邻居家的和室。那天晚上，父亲的状态明显不正常。他的声音颤抖，给我的回应也前言不搭后语。这一定跟那场火灾有关系。

笔者　但那场火灾的原因是隔壁家的太太自焚吧？应该和令尊无关啊……

笠原　那真的是自杀吗？

笔者　但如果不是自杀的话……

笠原　他杀——这是我思考多年得出的结论。我怀疑，父亲可能一边和我打电话，一边杀了人。

笠原轻飘飘的语气和她耸人听闻的话语间的落差，令我不由得毛骨悚然。

接着，她安静地开始了讲述。

笠原　我家和隔壁家的距离大概只有一米。当时是夏天，松江家开窗通风也很正常。

　　　爸爸读书时练过田径，似乎对自己的运动细胞很有自信。对他来说，从窗户跳到隔壁家应当不是什么难事——换作我，绝对是不敢的。

笔者　您的意思是……令尊从窗户潜入松江家的和室，用土电话和您聊天的过程中，杀了松江太太，并放火烧了尸体？

笠原　如果是这样的话，他肯定就没办法集中精神和我聊天了吧。做完这些，他又从窗户回到我家，若无其事地等待骚乱发生。

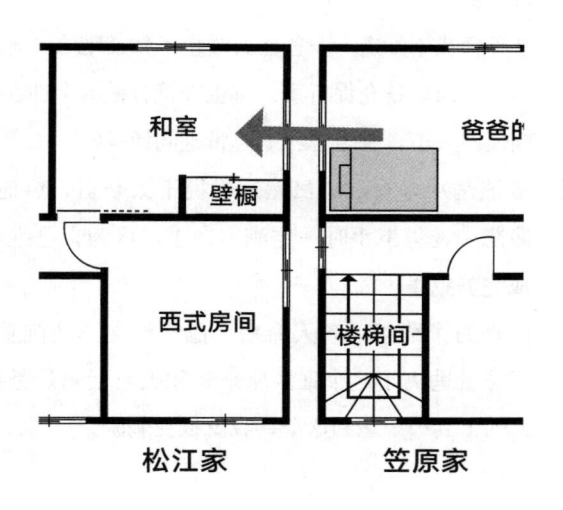

笔者　伪装成自焚的他杀……

笠原　虽然动机不明，但我们两家人一直有往来，有些矛盾或许是当时还是孩子的我不知道的。

爸爸是只对松江太太怀恨在心，还是打算杀害松江家的所有人？又为何要伪装成受害者自焚的模样？……谜团还有很多。不过，有一件事我很确定：爸爸想利用我做他不在场的证人。

笔者　也就是说，他在犯罪过程中保持和您通话，是想让您认为"父亲那段时间在卧室"？

笠原　嗯。他也许是想让我向警方做证，证明自己"虚假的无辜"吧？

笔者　但若是您二位在那段时间有当面的对话还好，"打土电话聊天"这种不在场证明也未免太没说服力了。再者，家人——尤其是子女的证词在法庭审判中是无法成为有力证据的。

笠原　是吗？我不知道……爸爸大概也不知道吧。

不了解清楚就仓促行事，倒也很符合他的个性。

笔者　顺便问一下，警方曾将令尊带走问话吗？

笠原　应该是从未有过。虽然这样说不太合适，但他很走运。我想，爸爸下手时一定满不在乎，认为自己绝对可以达成完美犯罪。

但真的了结了一条人命后，他又承受不住沉重的罪责，于是就逃离了这个家。原来我和土电话只是爸爸用来杀人的工具……想到这个，我就很受刺激。

※※※

笠原说，自那之后她便带着这个疑虑生活，不曾向任何人倾诉。直到有一天，笠原收到了父亲去世的通知。那是松江家发生火灾两年后的一九九四年。

笠原　他好像是自杀的——将自己反锁在家中的一个房间里，用胶带封住门窗的缝隙，服下大量的安眠药。听说遗体旁边有一只奇怪的人偶……我真是搞不懂他了。我想，爸爸的精神可能出了问题。
笔者　"家中"是指令尊的新住处吗？
笠原　是的。离婚后，他好像在爱知县的一宫市买了一套二手房。给他办葬礼时，我第一次去那里看了看，是一套很大的平房，大门口有一个花坛。听邻居说，爸爸去世前不久，还做了房屋改建。
笔者　房屋改建？
笠原　嗯，而且是让人摸不着头脑的改建。好像是叫……缩建工程吧。听说他拆掉了一整间房子。

拆掉一整间房子——这话我好像在哪里听说过。

笠原　啊，对了。在爸爸的住处，我还有一个不可思议的发现。整理遗物的时候，我发现了一张照片。照片上是一个小男孩在爸爸的新住处吃蛋包饭的情景。那孩子很瘦，身上有很多瘀伤。

笔者 瘀伤……？

笠原 看着很让人心疼。这孩子不是亲戚家的，我之前也没见过他。但我对那张脸有印象。

事后我想起来，我在电视新闻里看到过他的照片。他叫三桥成贵，因遭父母虐待而死。

我至今仍然不知道，这孩子生前和爸爸是什么关系。

资料⑧《连通房间的土电话》完

资料⑨ 通往杀人现场的脚步声

2022 年 11 月 12 日

松江弘树的采访记录

采访笠原千惠一个月后,我在岐阜县的租赁空间等一个人。距离约定的时间还有五分钟时,那个人来了。

他的头发用发胶定了型,身穿高档西装,活脱脱一副在职场上如鱼得水的中年生意人的模样。

松江弘树,正是笠原的邻居、松江家的长子。他的脸上,已经看不出那个在邻居家大婶的怀里失声痛哭的小小少年的影子。

父母因火灾去世后,弘树被住在县内的祖父母收养。听说他的祖父母热心教育且家境殷实,他得以升入大学读书。他一毕业就进入一家证券公司,今年已是入社的第十六年,渐渐成为公司的老员工。

松江　说实话,我还真是很惊讶呢,没想到还会有记者调查那起火灾。您为何会对那么久以前的事感兴趣?
笔者　我想写和住宅火灾史有关的文章,构思的过程中听说了您家的事。查阅当时的新闻,发现了不少疑点,所以我个人想要深挖一下。
松江　哦。

我当然是在撒谎。

真正的原因,是我想确认笠原的父亲是否真是凶手。

她的父亲一边打土电话,一边潜入松江家杀人放火——老实说,我始终不能接受笠原的这一猜想。于是我决定采访弘树,听听松江家的看法。

※※※

我先询问松江火灾的规模、发生时间和给邻居带来的损失等情况。他的回答和笠原基本一致。

接着,话题终于来到关键的部分。

笔者　松江先生了解火灾发生的原因吗?
松江　警方似乎断定火灾是母亲自焚导致的。
笔者　您对此有何看法?
松江　我认为,这不是事实。

他毋庸置疑般果决地说。

笔者　您认为另有原因?
松江　是的,倒不如说母亲才是受害者。火灾根本不是她自焚引起的,是有人蓄意纵火。

我心头一颤。莫非松江和笠原的想法一致?

笔者　您知道纵火的人是谁吗?
松江　冷静地分析当时的情况就会发现,犯人应该是我父亲。

他的回答完全出乎我的意料。没想到,松江也在怀疑自己的父亲。

163

笔者　您为什么这样认为……？

松江　我可以解释我的想法，不过，这和您调查的主题有关吗？如果您是想写那种博人眼球的八卦消息，恕我不能配合。

笔者　……不，不是您想的那样。我想认真地分析这场火灾。我也向您保证，绝不会写八卦消息。

松江　嗯……好吧。不过，既然做了保证，你就得用"性命"去遵守这个约定哟。我不喜欢油头滑脑的人。

笔者　……好的。

松江从包里取出笔记本，开始用圆珠笔画图。看样子，他画的是户型图。

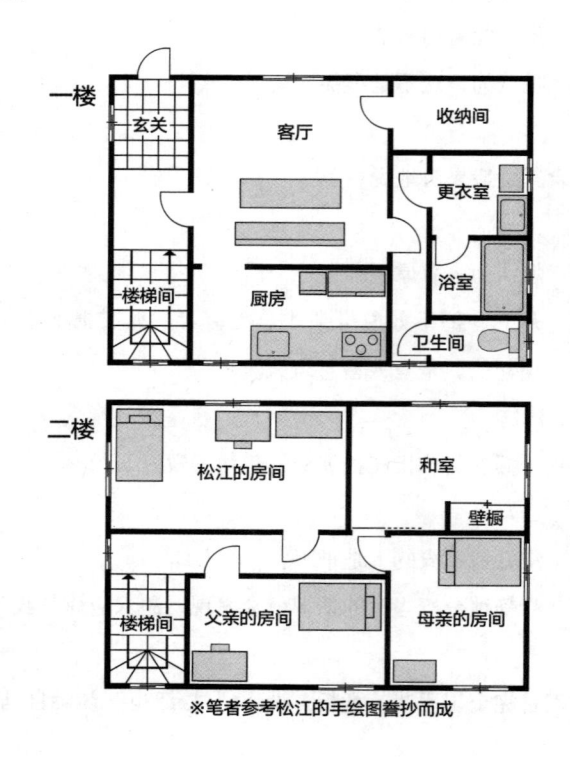

一楼：玄关、客厅、收纳间、更衣室、浴室、楼梯间、厨房、卫生间

二楼：松江的房间、和室、壁橱、楼梯间、父亲的房间、母亲的房间

※笔者参考松江的手绘图誊抄而成

这份松江用五分钟左右便画出的户型图，几乎和上次笠原给我看的图一样，只是家具的摆位不同。可以说，这幅图完全重现了房子的结构。

松江的记忆力令我惊叹。

笔者 您画得真好。

松江 读书时，我曾有一段时间以成为建筑家为目标。但后来听说当建筑家不赚钱，就放弃了。闲话少说，我来告诉您那天的情况吧。

火灾发生那晚，我在一楼的客厅独自看电视。父亲和母亲应该各自在二楼自己的房间——每天晚饭后收拾完碗筷，大家都是这样各待各的。

从户型图（见 P166 图）上应该不难看出，二楼的走廊位于客厅的正上方。因此每当有家人从走廊经过，我都能通过声音判断出是谁去了哪个房间。父亲和母亲的脚步声还是有很大区别的。

那天晚上，我也听到了脚步声。当时《周日体育》刚开始一会儿，大概刚过十点。

我听到父亲从他的房间出来，朝画面右侧的方向走去（见P167图），经过我的房间，好像是去了更靠里面的地方。

我心想：咦？好奇怪啊。因为再往里就只有和室和母亲的房间。和室几乎空着，平时谁都不用，父亲不可能去那里。这样一来，就只剩下母亲的房间了。父亲居然去母亲的房间，到底出了什么事？我感到不可思议。

笔者 令尊去令堂房间的次数这样少吗？

松江 这在普通的夫妻之间应该并不稀奇。但我父母关系不好，

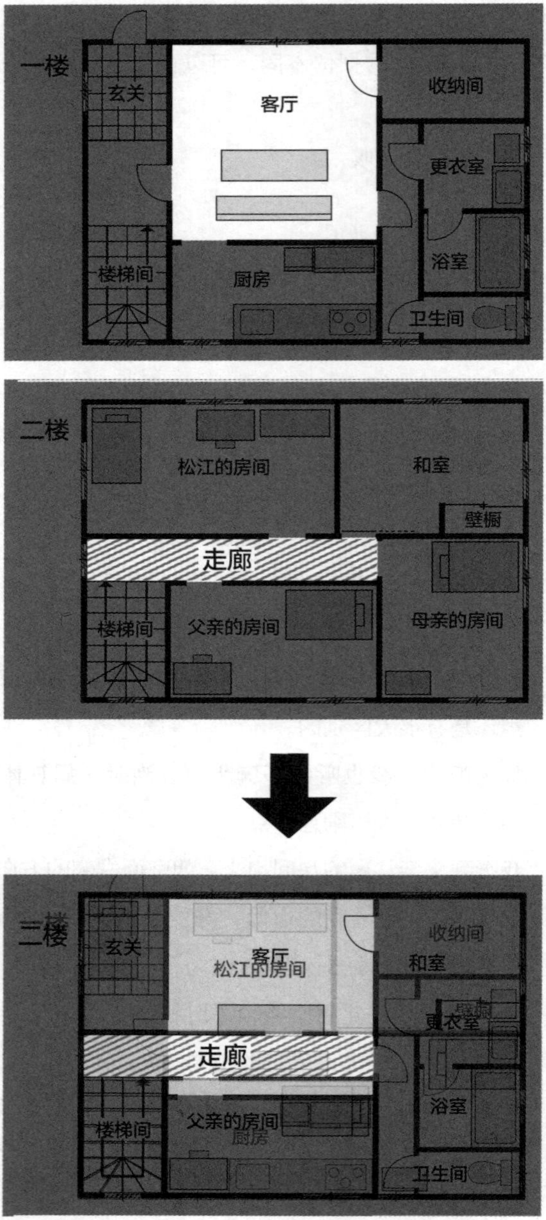
一楼
玄关
客厅
收纳间
更衣室
浴室
楼梯间
厨房
卫生间
二楼
松江的房间
和室
壁橱
走廊
楼梯间
父亲的房间
母亲的房间
二楼
一楼
玄关
客厅
松江的房间
收纳间
和室
壁橱
更衣室
走廊
浴室
楼梯间
父亲的房间
厨房
卫生间

他们在一起时根本不和彼此说话，甚至不想看到对方。
两人之间大概也没有性生活吧。母亲没有经济能力，父
亲不会做家务。因此两人只是维持着表面夫妻的状态，
不离婚，凑合过日子罢了。他们去对方房间的次数，几
年也不见得有一次。我不免有些不安：他们之间究竟发
生了什么？

笔者　原来如此……

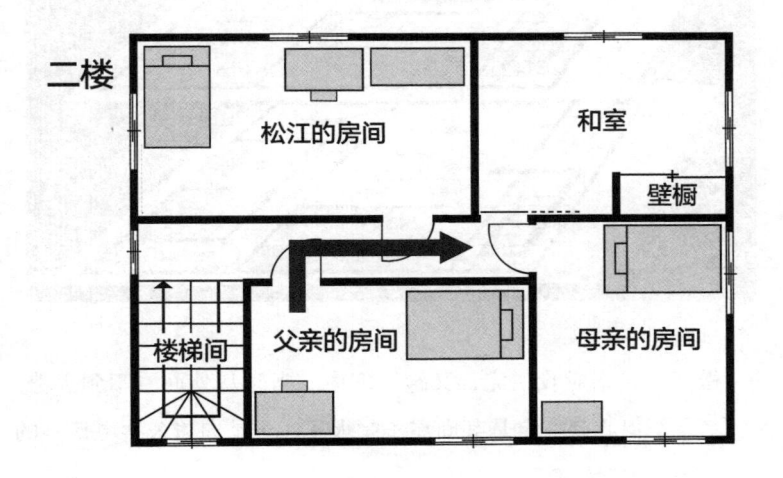

二楼
松江的房间　和室　壁橱
楼梯间　父亲的房间　母亲的房间

松江　大概半小时后，走廊上突然传来向画面左侧奔跑的声音，
　　　那个人直接跑下了楼梯。我还来不及反应，父亲就猛地
　　　拉开了客厅的门。

　　　他慌乱地说："着火了！快跑！"然后抓着我的手朝门口
　　　跑去。

笔者　相当突兀啊。

松江　我着实吓了一跳。来到户外，父亲给了我一百日元的硬
　　　币和一串十字架项链，对我说："你去对面街角的公用电

话亭打火警电话，号码是119。把一百日元硬币投进去，拨119，跟对方说：'请派消防车。'然后听对方的指示，回答对方的提问就好。爸爸现在回去找妈妈。你妈妈不知怎的，不在她的房间。"

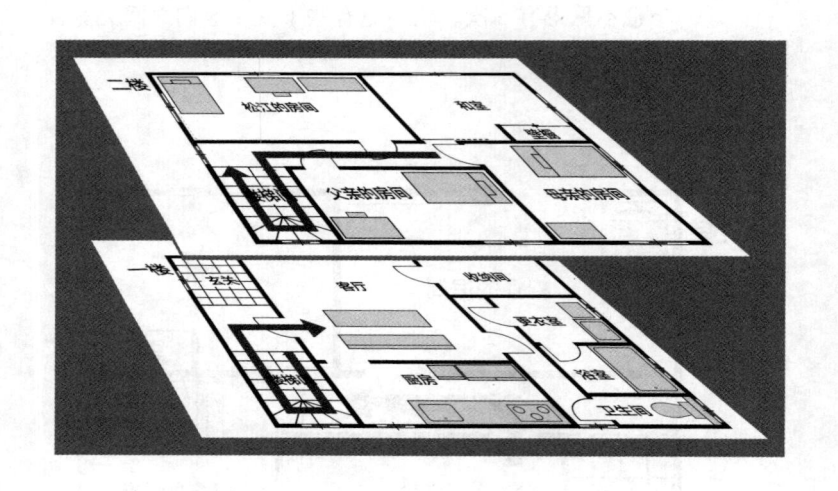

松江 父亲对我说完，又跑回家中。当时从外面看不到火势，但我想肯定是某间屋子起火了，于是向着公共电话亭的方向狂奔。

那是我第一次报火警，有些生疏，大概花了十分钟吧……打完电话回到家门前，邻居们都已穿着睡衣跑了出来，看着我家的房子。那时我家已经开始冒浓烟了。

印象中，对门的大婶认出我，安慰了我。直到最后，我的父母也没有从家中逃脱。

松江从胸前的口袋中取出一条银色的项链。
是一条钉着基督的十字架项链。

松江　父亲是虔诚的天主教徒。听说他还曾想让我接受洗礼，但在母亲的反对下，似乎未能如愿。

到头来，我成了典型的无宗教信仰的日本人，会在圣诞节喝香槟，会在新年去神社祭拜。唯独这条项链，我一直带在身上。

我的家被烧毁了，这条项链是我唯一的念想。

火灾发生两天后，警方在房子里发现了父母的遗体。

据说父亲倒在楼梯间。警察说，他也许是在家中四处找寻母亲时用尽了力气。

"你母亲待在那种地方，也难怪你父亲找不到她。"警方的话仿佛在为父亲辩解。

笔者　那种地方……令堂在和室吗？

松江　在和室的壁橱里。

笔者　壁橱里？！

松江　新闻里没有报，但火灾发生时，母亲仰面朝天地倒在壁橱里。有煤油罐掉在她身边的地上，警方大概是根据这个判断她是自杀的吧。

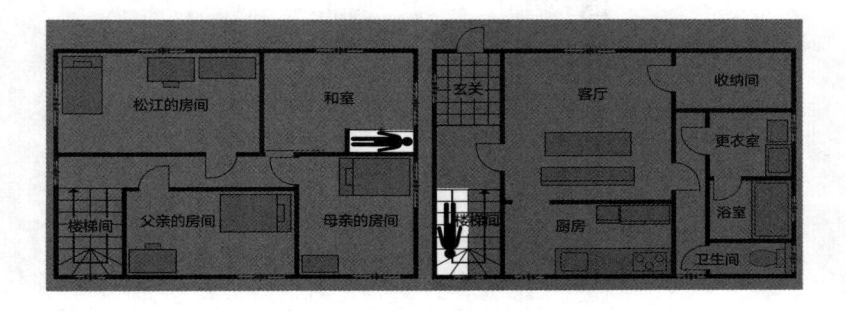

笔者 那就是说，她是在壁橱里将煤油浇在身上自焚的……

松江 是这个意思……

不，这是警方给出的结论。

我知道此事另有真相，因为我听到了父亲的脚步声。

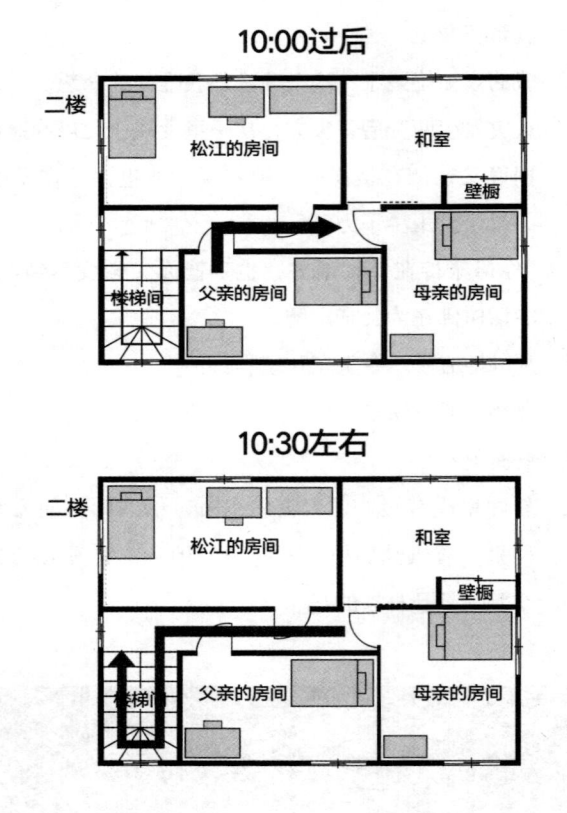

10:00过后

二楼／松江的房间／和室／壁橱／楼梯间／父亲的房间／母亲的房间

10:30左右

二楼／松江的房间／和室／壁橱／楼梯间／父亲的房间／母亲的房间

松江 十点过后，父亲确实从他的房间沿着走廊去了画面的右侧。大概三十分钟后，他突然冲到一楼来，将我带到户外。那三十分钟里，父亲做了什么？母亲就在他身边，他为何没能阻止母亲自焚？

真相只有一个：是父亲杀了母亲。

十点过后，父亲去了母亲的房间，让母亲服下安眠药。不知道他是如何做到的，也许是将药混在酒水里，对母亲说"我们偶尔也聊聊天吧"。

他将睡着的母亲放到和室的壁橱里，在她身上浇了煤油后点燃。这是一起纵火杀人案。他们的夫妻关系一直很糟糕，父亲大概无法继续忍受了吧。

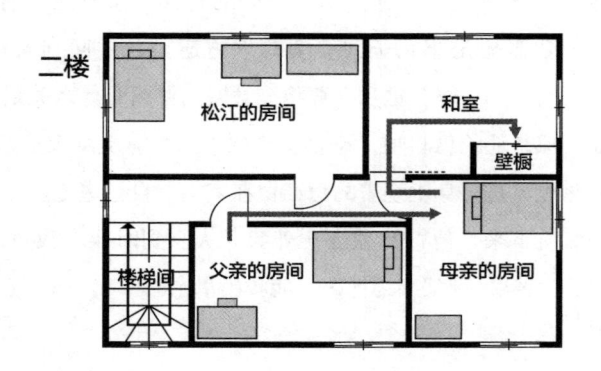

这种推测，确实可以解开"三十分钟"的谜题。但是……

笔者　令尊为什么要特意将令堂搬到和室的壁橱里再放火呢？

松江　他也许是为了我。

笔者　欸？

松江　如果那天只有父亲和母亲在家，父亲就可以直接在母亲的房间放火。但当时我在一楼。

父亲一定是只想保下我。他很疼自己的小孩，绝不想让我遭遇危险。所以，他在放火前将我带到了户外。

父亲的行为

让妻子睡着
⬇
将儿子带到户外
⬇
回家纵火

笔者 也就是说,令尊带您到户外的时候,家里还没有起火。令尊是先让儿子到安全的地方避难,才回到家中放火的?……嗯?这和令尊将令堂搬到壁橱有什么关系吗?

松江 那是他的借口啦。恐怕父亲原本的打算是纵火后逃跑的,也就是将身上烧着的母亲留在家中,自己逃走。
接下来,他打算独自抚养我长大。到时候,我肯定会产生怀疑:"父亲为什么没能救出母亲?"

笔者 啊……

松江 父亲可能需要一个借口,来应付我的质疑——"当时你妈妈待在那种地方,找不到她也是没办法的事"。父亲当时对我说了一句话。

> "爸爸现在回去找妈妈。你妈妈不知怎的,不在她的房间。"

松江 他特意说母亲"不在房间",多半就是在为此做准备。

笔者 这样啊……不过,令尊却葬身火海……

松江 也许火势比他想象的更加迅猛吧,他在楼梯间吸入浓烟,走不动了。老实说,这除了"自作自受",没有其他词语可以形容。

松江谈起父母的死时仿佛事不关己,但他攥得像石块般僵硬的拳头,背叛了故作轻松的语气。

我觉得,那才是他的真心。

※※※

松江　当时,如果我把这番话告诉警察,警方或许会以父亲涉嫌杀人为前提展开调查。但我没有说。

这样做并非为了父亲的名誉,而是因为身为"犯罪者的小孩",活在世上太过艰难。难道不是吗?本想烧死妻子逃跑,却错失良机,自己也葬身火海。而我是这个愚蠢男人的儿子……这太可耻了,是我一生的耻辱。

所以……我其实不想将这件事告诉任何人。然而……

他突然定定地望着我。

松江　您知道我今天为什么要对您说出这件事吗?
笔者　欸……?
松江　因为你马上就要死了啊。听了这些,你就别想还能活着回去。
笔者　欸?!……等一下!您在说什么啊……
松江　人们常说,做证券的都是骗子。这话听起来让人不舒服,但大抵是对的。

多年来不停地说谎,我也掌握了看穿别人谎言的本事啊。

173

"和住宅火灾史有关的文章",你根本没打算写这种东西吧?

我不由得喊出了声。
如瀑的冷汗打湿了全身。

松江　我打从一开始就知道,你在说谎。
　　　我上来就说了吧,我不喜欢油头滑脑的人。说谎是老实人会做的事吗?
笔者　那是……因为……
松江　既然这个秘密被你知道了,我就得让你"豁出性命"去忘记它。
笔者　且慢……请您稍微冷静些,听我说……!

这时,松江的表情一下子垮掉了。

松江　呵呵……呵呵呵呵……哈哈哈哈哈哈哈哈!……啊,真有趣。吓到您了?
笔者　欸……?
松江　抱歉,我只是想逗逗您。我什么都不会做的,您放心吧。

我一时间搞不清状况,但整颗心还是悬在嗓子眼。
松江见我困惑的样子,调皮地坏笑起来。

松江　其实,我早就知道您了。是笠原千惠告诉我的。
笔者　笠原?!
松江　我和她至今仍是朋友。五年前,我们偶然重逢,一起喝了酒。

我们自然而然地聊到那场火灾，当时就发表了各自的推理。我也很吃惊啊，没想到她也认为自己的父亲是凶手。听着她的讲述，我想，确实也有这种可能。

那之后，我们时不时会单独见面，出去玩、吃饭什么的。

笔者　但是，笠原的父亲可能是这起案件的凶手吧？你们不会产生矛盾吗？

松江　这有什么关系，凶手又不是她。不如说，没有哪个朋友能像千惠这样让我敞开心扉了。因为对我来说，只有她能分享我内心最深处的伤痛。

笔者　原来如此……

松江　我老实交代吧，上个月她跟我联系了，说："前不久，我接受一个可疑记者的采访，讲了那场火灾的事。我也提到了弘树你，说不定他最近会和你联系。"真是说曹操，曹操到啊。太好笑了。

笔者　啊……原来是这样。

笠原真是太可恨了。

松江　哎不过，憋笑还真是辛苦啊。呃，您是怎么自报家门的来着？"我想写和住宅火灾史有关的文章……"什么的。

笔者　对不起……请把我这句话忘掉吧。

松江　您还是多练练说谎的技巧吧。

笔者　好的……

松江　还有，最好还是别对在火灾中失去家和亲人的人说这种谎话比较好。

他的语气平静,但目光中没有笑意。

笔者　真的非常抱歉。
松江　好吧,要我原谅您也行,但我有个条件。
笔者　嗯?
松江　请您查清那场火灾的真相,无论真相是什么都没关系。我的父亲是凶手也好,笠原的父亲是凶手也罢。当然,也可能我们的父亲都不是凶手。
　　　　我们只想知道真相。

※※※

松江走后,我独自留在房间里整理信息。

松江和笠原对松江家的那场火灾看法不同。说实话,他们两个的观点我都不太认同。

火灾当天,笠原父亲的状态确实不正常。

但"为了制造不在场证明,和女儿打着土电话杀人"实在不现实。相对而言,松江的推理更加符合实际。但当中也有不对劲的地方。

最大的问题是——纵火。

杀人的方法有很多,松江的父亲为何偏偏要选择纵火呢?为了杀害妻子,不惜烧掉自家的房子……这损失未免太大了。

我直觉此事另有真相。

不同于笠原的推理,也不同于松江的推理的第三种真相。

一定要找到它。

我下定决心,离开了租赁空间。

松江的推理	笠原的推理
凶手＝松江的父亲	凶手＝笠原的父亲
用安眠药让妻子睡着, 让儿子去户外避难后, 放火烧死妻子。	从窗户潜入隔壁家, 边打土电话, 边杀害松江太太。
未及脱逃,死亡。	事后,纵火。

资料⑨《通往杀人现场的脚步声》完

资料⑩　无法逃脱的公寓

2023 年 1 月 25 日

西春明美的采访记录

中目黑的一栋商住大楼的地下室里，藏着一家居酒屋。

小店只有八张吧台座椅，却是上班族下班后的心头好，已经经营了四十多年。

二〇二三年一月，我为采访而造访这里。对方指定的时间是开店前的一个小时。进店后，只见一位五十多岁的男人身穿白色厨师服，正在厨房备菜。

他注意到我，深深地鞠了一躬，将我带到里间的休息室。三叠大的房间里，有个女人在喝日本酒。她便是这次的采访对象，西春明美。

她明年就八十岁了，仍然每天和熟客聊到深夜。也就是所谓的"金字招牌"。据说她四十六年前开了这家店，一直和独生子满相依为命，料理店中的大事小情。

明美　二十年前，我就把厨房交给那孩子（满）了。
　　　　我这个老婆子只跟客人一起喝酒。没想到，这样还挺能讨客人们的欢心。这年月，每个人都很寂寞，大家都想有人陪着喝酒啊。
　　　　满！给客人上茶水和新腌的小菜！

我还来不及说"不用忙"，满已经快步返回厨房，开始泡茶。

明美　别看他那样，做饭很有两下子。现在他也能独当一面啦。上初中的时候，没有我跟着还没法洗澡呢。孩子总是一晃就长大成人。今后要是有人愿意嫁给他，我也就能放心地去那个世界喽。

明美说着，豪爽地笑了。

开朗的母亲和热心于事业的儿子，这对让人心头一暖的母子，有着艰难的过去。

明美和满，曾经住在一栋"无法逃脱的公寓"里。

※※※

昭和十九年，明美出生在静冈县。

她出身贫寒，为了填饱肚子，经常偷吃邻居家田里的蔬果。

明美的父亲是土木工人，干一天活拿一天的工钱，每晚殴打明美以发泄工作的压力。明美十五岁那年，母亲病逝。此后，父亲还会性侵她。

初中一毕业，明美就逃离了那个家。

她搬到东京的歌舞伎町，在那里找工作……那是日本首屈一指的不夜城。那时国家的经济正在高速发展，夜晚的街市充斥着活力和铜臭。明美谎报年龄，成了女招待。

明美　那时候真是厉害。别看我现在满脸褶子，年轻的时候可是个美人。而且会说话，也能大口喝酒，不知不觉就成了店里的"顶流"。行情好的时候，一个月能赚一百多万。

在那时，这笔钱够买一辆高档车了。不过，我的好日子也没过多久。

十九岁时，明美怀上了一个男客人的孩子。对方自称开了一家小公司，经常一本正经地对明美说："我想和你组成幸福的家庭。"明美也被他的真诚吸引，认真地考虑起婚事来。

然而，她说出自己怀孕的事后，对方再也没来过店里。没过多久，明美就听到了难以置信的传闻：对方根本不是什么公司老板，而是有老婆孩子的上班族。

明美 我不恨那个男人。谁相信男人在酒桌上的甜言蜜语，谁才是傻瓜。

我都十九岁了，却还那么天真。于是我孤身一人生下了满。但我并不害怕，因为那时的我唯独不缺的就是钱。

不过，若要为今后做打算，就不能只靠存款。我一咬牙，决定自己开一家店。也就是自己当老板。

我以为，只要雇来年轻的姑娘、教会她们待客，接下来只要摆出老板的架子，自然就能赚得盆满钵满。在那个年代做这种事，真是愚蠢至极。

连最基本的经营知识都不懂，单凭一腔热血开店，明美的店眼看便入不敷出。此时本该果断地关店，但明美天真地认为"总有一天会好起来"，欠下了不少债。

明美 二十七岁那年，小店终于回天乏术，我申请了破产。不过，会因为破产而放过我的恐怕只有银行。我还从一些可怕的地方借了不少钱,所以那段时间很是艰难。

跟黑社会的人说"我破产了,所以没法还钱",是行不通的。

他们将我和满抓到车上。当我醒来时,已经在那个房间了。

那是名为"置栋"的公寓。

※※※

日本曾有被叫作"卖春宿舍"的建筑。住在那里的女性,通过和到访的男客人发生性行为赚取收入。但在一九五八年《卖淫防治法》施行后,这类设施多已不复存在。

相应的,又有泡泡浴、大保健等钻法律空子的风俗产业应运而生。几乎在同一时期,部分反社会组织开始运营名为"置栋"的卖淫场所。

明美和满被绑去的置栋位于山梨县中部的山间地区,是由一栋两层公寓改建的。

一楼和二楼分别有四个房间,一楼住的是负责看管的黑社会成员,被迫住在二楼的人和明美一样,个个债台高筑。

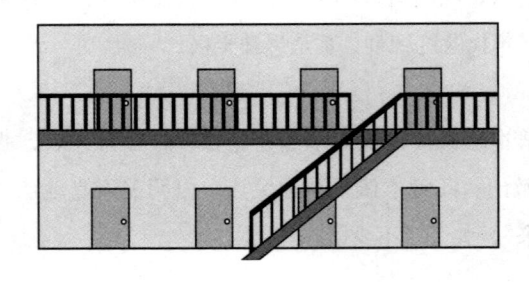

明美 特意将公寓改造为置栋,估计是黑社会找的借口:"只是恋人来找住在公寓的女朋友,和她们做爱而已。不存在

法律问题。"当然，只要稍作调查就会发现，实际情况并非如此。但当时警察也对黑社会敬畏三分，大概明知道这是违法行为，仍然默许。

明美和满被分到二楼角落的房间。

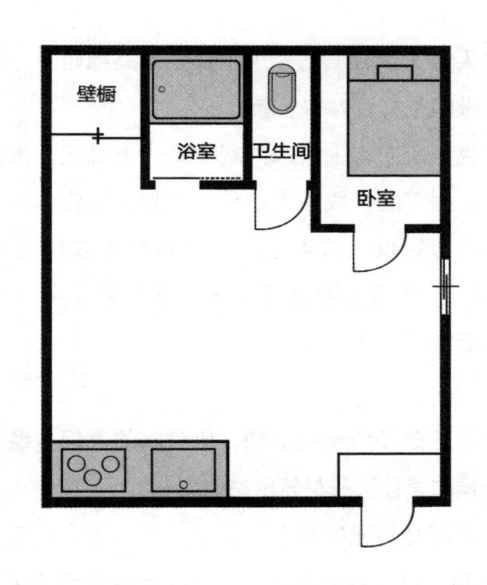

明美 那个房间铺着榻榻米，屋里有一股霉味。里面有厕所、浴室和壁橱，还有个简陋的厨房。每天会有人送来两人份的便当，但饭菜都是凉的，所以我经常用炉灶做些小菜。另外还有一间小小的"卧室"。

用不着我解释，您肯定也明白，那"卧室"不是用来让人睡觉的。那间小屋光线昏暗，里面只有下三烂的玩具和一张床。我们平时就把客人带进这里，服侍他们。

卧室用墙隔了出来，不会让满看见，这简直是不幸中的万幸。不过他一定有所觉察,知道那些男人每天晚上在卧室对自己的母亲做了什么。

我瞥了厨房一眼。满肯定能听到明美在说什么,却毫无反应,继续备餐。我对他有些抱歉,早知如此,应该换个地方做采访。

明美 客人每天深夜到访,个个都坐着高档轿车过来。因为置栋做的是有钱人的生意。
听说每次向客人收取的费用是十万日元。黑社会抽走九成,剩下的一成用来还债。直到还清债务,我们都要被关在房间里。只不过,他们虽然把我们关在这里,但若真从外面上锁就等于犯了监禁罪,所以他们也在这方面花了心思。

明美说,黑社会没给房门上锁,但公寓的大门口经常站着一个看守。住在一楼的黑社会成员轮班站岗。
住在二楼的都是手无缚鸡之力的女人和孩子,所以就算大家团结一致图谋逃跑,也不可能成功。黑社会大概也很清楚这一点,但还是精心设计了一套防范措施。

明美　我们的房间只有一扇窗。透过窗户,可以看见旁边的房间。
　　　　　　　　　　　　　　　　・・・・・・・・・・

她说,自己的房间和隔壁房间共用的墙上,有一扇推拉式的窗户。

黑社会和这些被关起来的女人约定：如果抓到其他人试图逃跑的证据,就可以抵消一半欠债。也就是说,她们成了彼此监视的关系。

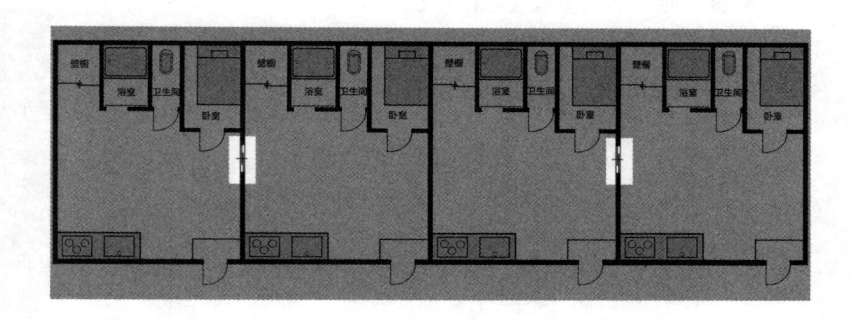

明美　但实际上,逃跑的证据这种东西,没那么容易被抓住。毕竟大家没有相机,也没有录音机。再说,那帮人肯定也干不出"抵消一半欠债"这么大方的事。
　　　他们看重的是,制定出这一规则,大家就都怕被冤枉,从而没法做出可疑的举动。不过,住在我隔壁的是个好人,我也不用那么担心。

明美的隔壁住着一个比她大六岁的女人。

明美　那个女人叫 Yaeko,长得很漂亮。她也带着一个孩子,是个十一岁的女孩。同为母亲,我们体谅彼此的艰辛,谁都没有那种找出对方逃跑证据的肤浅想法,反而还总是敞着窗户,经常聊天。

这个叫 Yaeko 的女人，有某种身体特征。

明美　住了一阵子我才发现，她……没有左臂。
　　　好像是她出生后不久的一起事故导致的。
笔者　能否请您多说说她的情况？
明美　这个嘛……孩子们不在的时候，我们倾诉过各自的身世。
　　　那女人的经历好像十分复杂。

明美说，Yaeko 在长野县一户富裕的人家长大。
但十八岁时，她从父母口中得知一件事。

明美　她说，她是被捡来的弃婴。似乎还说到"小屋"什么的。
　　　她好像是在林子里的一间小屋里被捡到的。
　　　也就是说，她一直以为是父母的人，其实是她的养父母……呃，这种情况其实挺常见的。她说得知真相后受了刺激，夺门而出。她还说："我至今都恨我的养父母。"
笔者　但就算不是亲生父母，那毕竟是捡到她、将她养大的人啊。她恨他们，是不是有什么缘由呢？
明美　谁知道呢。我想那恐怕是她不愿吐露的隐私，就没有刨根问底。我又不是查户口的。
　　　离开家后，她搬到东京找工作，由于身体不方便，似乎吃了不少苦头。好像是找了个给人抄信封的零工，勉强可以糊口。

然而在某一刻，情况出现了转机。

Yaeko 二十一岁时，和打工的那家公司的社长恋爱，对方向她求婚了。

明美 她一下子就成了社长夫人，太厉害了。
Yaeko 很快生了小孩，本以为就要过上幸福安稳的生活……但人生真是艰辛啊，生命中的陷阱往往就藏在这样的时刻。
听说公司受股市低迷的影响而倒闭，Yaeko 的老公拖欠一大笔债务，扔下一对可怜的母女自杀了。黑社会的人没法向二人讨债，便将她们一起带到了置栋。

笔者 这可真是……不幸呢……

明美 确实。那个人和我不一样，并没有做错什么……

明美苦着脸，将杯中的酒一饮而尽。

明美 不过呢，那个人告诉我，即使在不幸的谷底，也要保持内心的澄澈。Yaeko 她啊，是满的救命恩人呢。

笔者 恩人？发生了什么吗？

明美 那是我们住进置栋约半年时的事。

※※※

明美她们原则上不被允许离开各自的房间。但她说，只要满足某个条件，就能得到外出许可。条件是"交换小孩"。

A母子　　　　　B母子

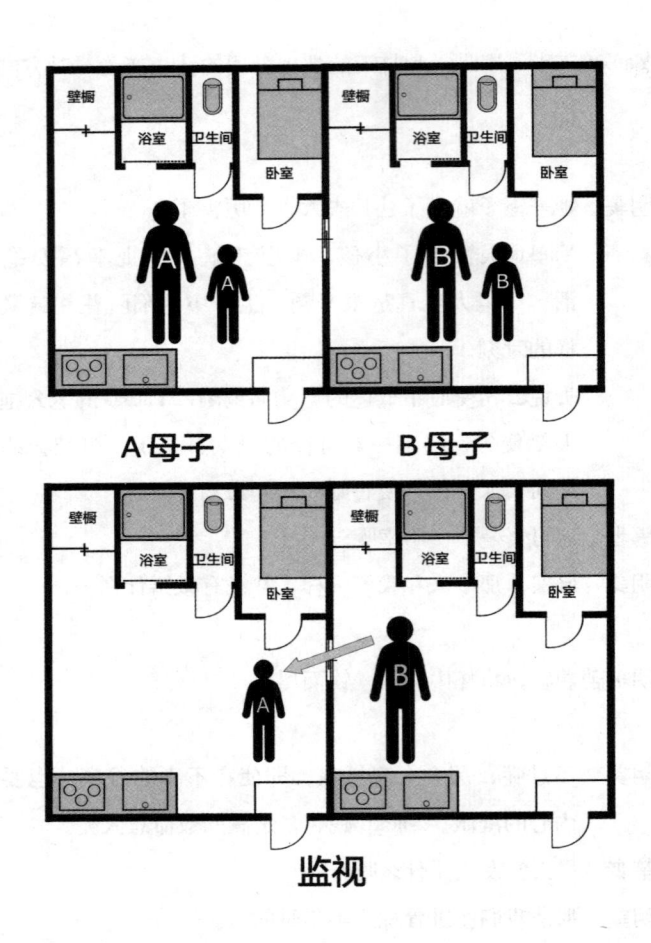

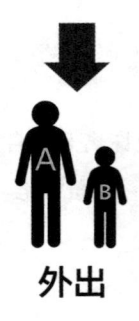

监视

外出

打个比方，假定"A母子"和"B母子"住在隔壁。

A想外出时，要带上住在隔壁的B的孩子。在A外出的过程中，在房间内的B负责监视A的孩子，不让孩子逃跑。

对A来说，由于孩子还留在房间里，她不可能独自逃跑。B的孩子没有母亲也无法独活，因此不会出逃。

也就是说，这套系统的本质是将亲生骨肉作为人质，从精神层面给人缚上枷锁。

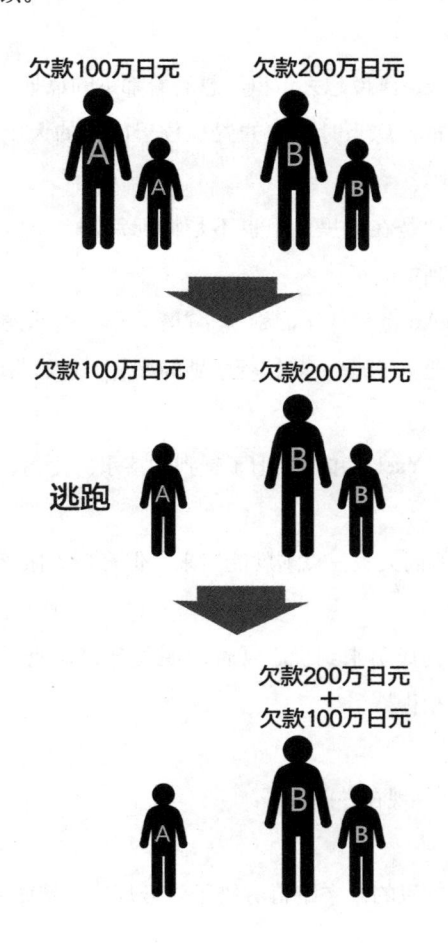

万一 A 扔下自己的孩子逃跑，B 就要为此负责。所以除非两人的关系好到一定程度，不然是不会做这种交换的。但明美和 Yaeko 彼此信任，于是经常利用这一制度外出。

只要在太阳落山前回来，无论去哪里都不会有人管。两人好像经常带彼此的小孩去附近的公园玩。

悲剧就发生在这样的时刻。

明美　一天，满说想去市里，想看看都市的风景。
笔者　都市？您当时所在的置栋位于山梨的大山里吧？能去市里吗？
明美　虽然是在山里，但也不是特别荒僻。走两小时左右，就能到市区了。
　　　　Yaeko 也同意了。她说："既然小满这么想去，我就陪他去吧。"于是，我接受了她的好意，请她带满外出。

外出当天，Yaeko 和满带上了领到的茶水、便当，以及向黑社会成员借的地图。

Yaeko 说他们大概三点前就能回来，但直到太阳落山，两人依然迟迟未归。

一个黑社会成员来到忧心忡忡的明美身边。他嗫嚅的声音和可怕的表情很不相称。

"他们两个，现在在医院。"

听说满在市里的十字路口看错了信号灯，竟然闯入了机动车道。

眼看就要被车撞到时，Yaeko 挺身而出，将他救下。

明美　当时，我担心得几乎魂飞魄散，不住地祈求老天保佑。
　　　过了一段时间，听说满平安无事，我心中的一块石头终于落了地……但没想到，Yaeko 竟会变成那样……

满只是受了些碰伤和擦伤，Yaeko 却受了重伤。
她的右腿被压在车轮下面，长时间血液不通导致组织坏死，只好做了截肢手术。
她不仅失去了左臂，还失去了右腿。

明美　我不知该如何向她道歉才足够。Yaeko 出院回来的那天，我和满一起跪在地上，不知向她说了多少次对不起。
　　　发生了这样的事，我们一辈子向她赔罪都不为过。但 Yaeko 一句怨恨的话也没有说。不仅如此，她还说"抱歉让小满遭遇危险"……
　　　以我的性格，这辈子不曾崇拜、尊敬过什么人。唯独对 Yaeko 不同。
　　　她至今仍然是我人生的憧憬，我仍然希望自己成为她那样的人。虽然我这种人就算努力一百年也做不到。

明美与 Yaeko 母女的分别来得仓促。

明美　当时，有个男人频繁光顾 Yaeko 的房间。
　　　那男人好像是名叫"Hikura"的建筑公司的公子哥。他迷恋上了 Yaeko，迷她迷得一塌糊涂，听说把 Yaeko 的欠

191

债全还清了。当然，他做这些并不是为了发善心。他把 Yaeko 母女都带走了。

那时，我常能从墙上的窗口看见那个男人，他真是糟糕透顶：就是那种用父母的钱买女人的家伙，一点儿出息也没有；瘦得直打晃，年轻却没有霸气；唯有鹰钩鼻很显眼，是个让人恶心的变态。

如此糟糕的男人也仗着自己是社长的儿子继承了公司，现在成了公司的会长。这社会简直是不可救药。不过呢，要是没有他，Yaeko 母女俩会被困在置栋里更久。从这个角度来说，他的出现或许也是好事。

Yaeko 母女离开的第二年，明美也终于还清了欠债，离开了生活三年的置栋。那时明美二十九岁，满九岁。

之后明美返回东京，一边在餐饮店工作一边攒钱，开了这家店。她说，虽然经历了种种磨难，她和满还是想方设法撑了下来。

自那以后，明美好像再也没见过 Yaeko。

※※※

采访结束时，离开店还有十分钟。我向明美递上谢礼后匆忙离去。

临走时，我怀着歉意（因我让他的母亲讲出痛苦的回忆），向在厨房的满道别。

他没有对上我的目光，只是沉默着点了点头。

回程的电车中，我重读了采访笔记，其中有几个地方引起了我的注意。

> 置栋做的是有钱人的生意。听说每次向客人收取的费用是十万日元。

一次卖春的价格高达十万日元，从现在的行情来看也高得离谱。就算客人再有钱，也不会愿意付那么多吧？不光如此——

> 一楼和二楼分别有四个房间，一楼住的是负责看管的黑社会成员，被迫住在二楼的人和明美一样，个个债台高筑。

这说明一栋置栋只住四名卖春妇。从生意的角度考虑，效率未免也太低了些。

恐怕明美的话里，有记忆混淆的地方。那已经是五十年前的事了，她的记忆出现偏差也很正常。但饶是如此，我仍然觉得有哪里不对。
我不觉得明美在说谎，她也没必要说谎。
但她有所隐瞒，而且隐瞒的内容是某些足以动摇我们对话根基的事实……

我决定将采访笔记重读一遍。

资料⑩《无法逃脱的公寓》完

资料⑪　仅出现一次的房间

2022 年 7 月
采访入间莲并进行调查的记录

"若说是梦,它又未免太真实了。直到今天,我仍然能想起地板的冰冷和墙壁的触感。"

说话的,是二十四岁的自由设计师入间莲。

我们之前就有工作交流,所以《怪屋谜案》出版的时候,我送了他一本。一年后,他给我打来了电话。

"我现在才读你的书。"他向我汇报了阅读感受,然后讲了一段他对房子的神奇回忆。

入间　我的老家在新潟,高中毕业前,我一直和父母住在一起。小时候,我在那栋房子里经历过一件怪事。
那是我上小学的前一年,也就是五六岁的时候吧。人小时候的记忆,总是碎片化的、前后关系模糊不清的嘛,我的这段记忆也一样。

入间说,他的那段记忆始于一阵强烈的眩晕。

入间　我当时肯定在家,但记不清具体在房子的什么位置了。不知道为什么,我突然头昏脑涨,连站着都困难,不由分说地蹲坐在地上。等到眩晕结束,我忽然发现眼前出现了一扇门。

咦，这里之前有门吗？我感到蹊跷，走过去将门拉开，里面是一间小屋——其实那连小屋都不算，因为房间实在小得可以。地板呈正方形，大概只有半张榻榻米大，三个成年人进去就会挤得满满当当。房间的挑高倒是蛮高的。印象中，我一踏进这个小房间，脚下就传来一阵凉意。所以地板可能是木头之类的材质吧。屋里没有窗，只贴着纯白的壁纸，十分古怪。我四处张望，看到地上放着一只小木盒，打开盖子……里面装了一样很可怕的东西。

笔者 可怕的东西？

入间 是的。但我记不清那是什么了。我好像……这样子……双手将它拿了起来，所以应该是个细长的物件吧……手感似乎是硬邦邦的……我怕极了，立刻把它放回木盒，离开房间，跑回自己的屋子。

为了消除那份恐惧，我拼命地看当时最喜欢的搞笑漫画。又过了一阵，父母就回来了。

笔者 也就是说，进入那个房间的时候，你的父母出门了。

入间 是的。他们回来后我就放心了，情绪逐渐放松下来。

那天晚上，我想再去那间屋里看看，但无论如何也找不到那个房间了。

笔者 你是说，那房间消失了？

入间 对。我打开家里所有的门确认过，再也没找到那间奇怪的小屋。问父母，他们只是笑话我："你是不是做梦了？"不过，这件事让人听来确实很不真切。

但若说是梦，它又未免太真实了。直到今天，我仍然能想起地板的冰冷和墙壁的触感。

笔者 嗯……对了，你后来又进过那间屋子吗？

入间　没有。我只进去过那一次。

仅出现一次的房间……这故事多么怪诞啊。正如入间的父母所说，把这经历当作一场梦，也许是最现实的。

唯一令我在意的，是他读了我的书才告诉我这件事。

入间　那是"梦中的经历"……忘了从什么时候起，我也开始这样认为。但读了你的书，我又有了新的想法。《怪屋谜案》中，有关于隐藏房间的内容，对吧。

笔者　嗯。那个房间的入口，是藏在佛龛中的……

入间　读到这里，我忽然有了一种猜测。

笔者　所以你怀疑……那个房间是隐藏房间？

入间　是的……说实话，我觉得普通的民居里有隐藏房间什么的并不现实。但如果我那天的经历不是梦，就只有这种解释说得通了。

比方说，这房间也许是老爸建房子的时候出于个人爱好建的……不排除有这种可能。隐藏房间对男人来说，不是挺浪漫的吗？

但我家没有佛龛，因此我很好奇，建房子的时候，是怎么把房间……应该说，是怎么把房门隐藏起来的呢？

笔者　如果你的记忆没错，那扇门是时隐时现的，对吧？

入间　对。我很好奇，真会有这样魔法般的事吗？所以我想请你帮个忙……你愿意和我一起找到它吗？

笔者　欸？

入间　我们俩回到我的老家，一探隐藏房间的究竟。反正你的书也要出续篇吧？到时拿去当素材不就行了吗？

笔者　不不不……提供素材给我,我很感激,但去你家叨扰就不合适了……

入间　没关系啦。现在老爸一个人住在家里,但白天他去上班,家里一个人也没有。我也经常独自回家,随意地打开房门就往里进。

笔者　那是你的家,你回去当然没问题。可我是个外人啊。

入间　没事没事。我啊,偶尔会带设计师朋友到院子里烧烤。老爸很疼我这个独生子,基本上无论我做什么他都不会干涉,随便带外人回家本身是不成问题的。

最终,我拗不过入间的热情邀请(而且我也很感兴趣),决定下星期和他一起去他的老家看看。

※※※

挂断电话后,我将信息整理了一下。

仅在入间小时候出现过一次的房间……那如果不是梦,又为何只出现了一次呢?这个问题是必须解决的。

那个房间,出现在入间上小学的前一年……也就是他六岁那年。入间二〇二二年五月满二十四岁,算起来,那是十八年前……也就是二〇〇四年发生的事。

二〇〇四年的某天,他家发生了"什么"。想到这里,我意识到一种可能。

我在网上搜索了一个关键词……果然不出我所料。

如果我的想法没错,这次或许能找到隐藏房间的位置。

※※※

下个星期一，我们在东京站见面。入间开车载我前往新潟县。路上，我问了他一些问题。

笔者　家里现在只有你父亲一个人住，对吧？
入间　对。
笔者　恕我失礼，你母亲呢？
入间　他们离婚了，正好是我考上大学那年离的。两人的关系表面上并不坏，但也说不上有多好。这样离婚的人也不是没有——我就这样接受下来。
笔者　你和你母亲现在还见面吗？
入间　嗯，前不久还一起吃了饭。每次见面，她都担心这担心那的，可烦人了。总会问我"有没有多吃蔬菜""有没有体检"什么的。
笔者　做父母的都是这样，我们应该感恩才是。

入间家的房子坐落在妙高市一片宁静的地方，周围一派田园风光。房子外墙是白色搭配藏蓝色，有好几扇大窗户，建筑风格很现代。听说房子是父母结婚那年买下的新居，八年后，由于长子入间的出生，房子好像进行过大规模的改建。

笔者　很漂亮的房子啊。
入间　老爸很讲究美学，也许建房子的时候提了很多要求吧。
笔者　欸，莫非你父亲也是做设计的？

入间　嗯……说是做设计的也行，只不过他做的不是艺术设计，而是金属工厂的产品设计。听说他做的是与稀土金属有关的产品，更具体的我就不清楚了。

好了，别站在外面说话了，我们进去吧。

他从兜里掏出钥匙，开了门。

光亮的木地板，白色的布艺墙纸。这栋房子的内部和它的外观一样，时尚而有品位。

当时是上午十一点。入间的父亲大约晚上八点回家，我们有的是时间。我先在他的带领下，在房子里转了一圈，边转边在笔记本上画下简单的户型图。

参观完毕后，他将我带到客厅，拿出红茶和曲奇饼干招待了我。房子南北两侧的玻璃窗都能看到院子，真是华丽的设计啊！

笔者　那个……莫非你家很富有？
入间　不，我家根本不是什么有钱人家。
笔者　可我还是第一次见到两侧都有院子的客厅呢。
入间　因为我们住在乡下嘛。若是住在市中心，就不能这样奢侈地占地盖房子了……话说，在家里转了一圈，你觉得如何？
笔者　啊，这个嘛……

我将画了户型图的笔记本在桌上摊开。

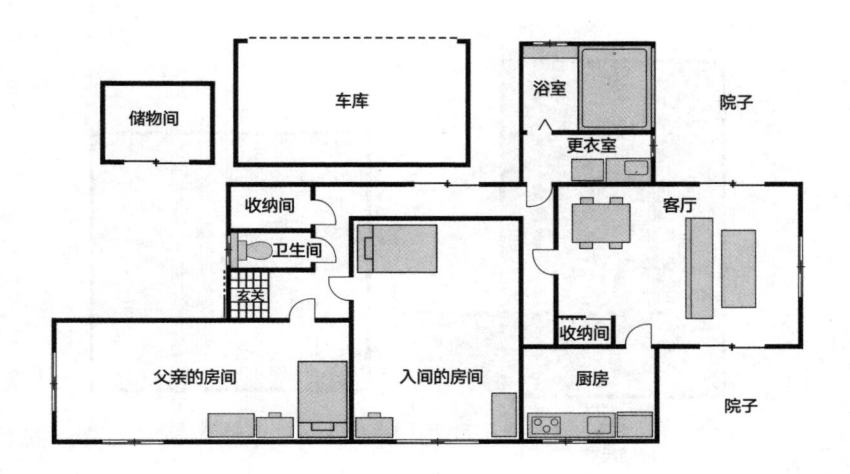

笔者　单就这样看，这房子里没有类似暗门的东西。所以我们只能将你的回忆和户型图对照，推测隐藏房间的位置。我先总结一下要点。

在你的回忆中，我认为以下四点非常重要：

①你突然感到眩晕，眩晕结束后眼前出现了一扇门。

②你拉开门，里面是个小房间。

③房间的地板是半张榻榻米大的正方形。

④你打开地板上的小盒子，里面有一件可怕的东西。你吓得跑回了自己的房间。

首先，根据第四点"你吓得跑回了自己的房间"可知，隐藏房间和你的房间有一定距离。

入间　应该是的。

笔者　接着根据第三点"房间的地板是半张榻榻米大的正方形"可以推测，房门的宽度差不多也是半张榻榻米的长度。我们现在要解决的问题是，房门是如何隐藏起来的。

201

房门宽度
约等于
房间尺寸

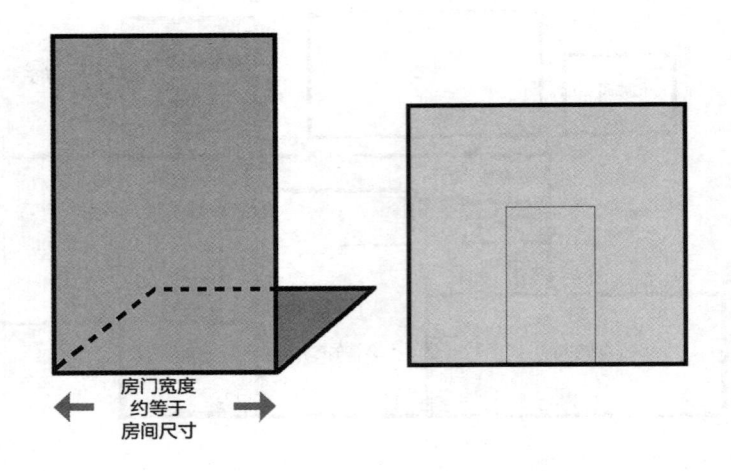

笔者 假如隐藏的房门设在一大面墙上,我想,不管怎样还是能看出房门轮廓的。

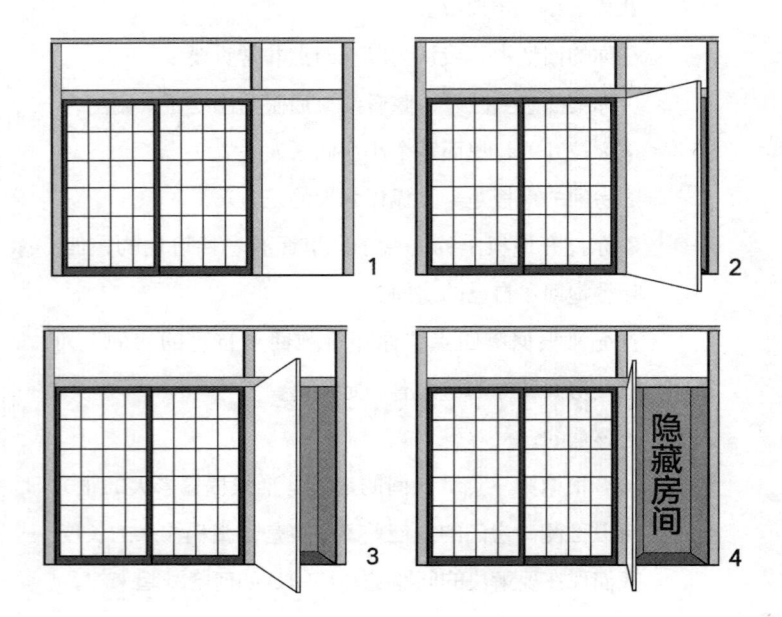

隐藏房间

笔者　因此，房门可能就藏在由柱子围出的长方形墙壁上。你带我参观房子时，我留意寻找，只找到一处这样的地方。

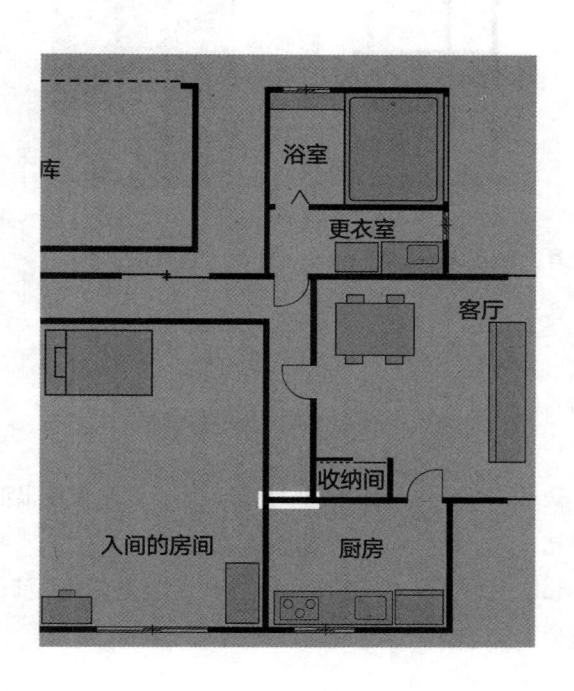

笔者　就在客厅旁边，走廊的尽头。

这里，墙的另一边是厨房，从便利性考虑，本该有扇门才对吧？但为什么没有安门呢？会不会是走廊和厨房中间有什么东西呢？比方说，一个小小的空间什么的。

入间　小小的空间……？

笔者　我们验证一下吧。你去走廊，我去厨房。

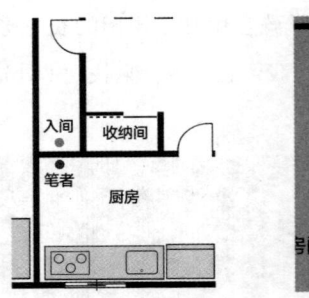

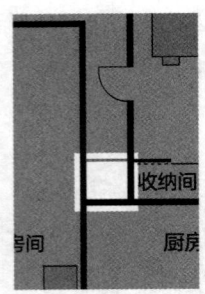

我把耳朵贴在厨房的墙上。

笔者 入间，我准备好了！请你用力敲那面墙！
入间 好的！

墙那边传来"哐哐"的声响，声音偏小，像是离得很远。我猜得果然没错。

走廊和厨房之间，多半还有一个空间。那就是隐藏房间。

我赶忙来到走廊。

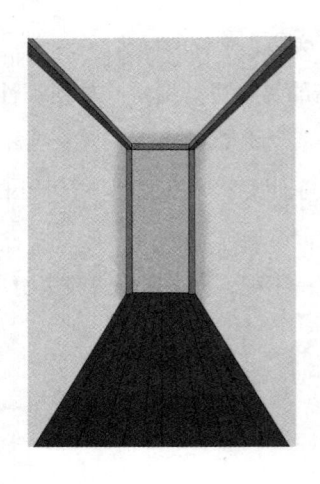

走廊尽头的墙壁左右两侧和上缘打着细木框。如果我的推测正确，这堵被木框围住的长方形墙壁就是暗门。

入间伸出手，用力推那堵墙，但墙壁纹丝不动。

入间　要怎么才能打开它？

笔者　接下来，我们应该参考第二个要点："**你拉开门，里面是个小房间。**"

当时，你不是"推开门"，而是"拉开门"。

也就是说，这是一扇弹簧门，开向走廊一侧。这样一来，就需要拉手才能开门。但这堵墙上根本没有拉手。那么，你当时是怎么拉开它的？

你回忆一下，当时门是不是已经开了一条小缝？

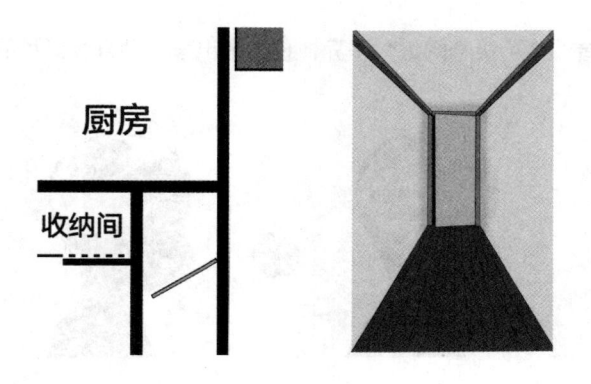

入间　你的意思是，我抓住开了一条缝的门边，打开了它？

笔者　我想是这样的。

你之所以感觉房间是突然出现的，说明这堵墙当时出于某种原因敞开了。这时你忽然发现，这堵墙其实是一扇门。那次之后，房间再也没出现过，是因为门一直关着……

这样想，就解释得通了。

入间　但是，门为什么只在那时敞开过呢……

笔者　这就要参考第一个要点："**你突然感到眩晕，眩晕结束后眼前出现了一扇门。**"眩晕肯定是问题的关键。

入间　眩晕……？

笔者　其实，你第一次打电话向我说明情况的时候，我就觉得有件事不太寻常。你清楚地记得自己进入房间的情景，却忘了盒子里那"可怕的东西"究竟是什么，对吧？

入间　是的。

　　我看到地上放着一只小木盒，打开盖子……里面装了一样很可怕的东西。但我记不清那是什么了。

笔者　这种极端的记忆差异，也许是出于一种自我保护的本能。

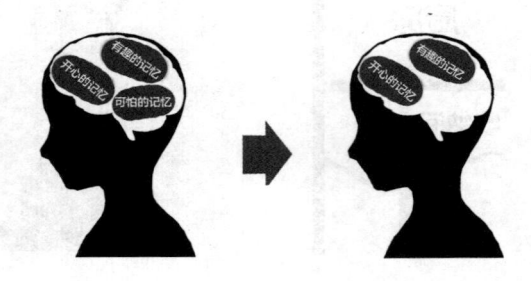

笔者　我想，也许是你的大脑擅自抹除了"可怕的记忆"，以免你今后回忆时感到害怕。

说回这个案例本身，你进入房间前的记忆其实也很模糊。

　　我当时肯定在家，但记不清具体在房子的什么位置了。不知道为什么，我突然头昏脑涨，连站着都困难，不由分说地蹲坐在地上。等到眩晕结束，我忽然发现眼前出现了一扇门。

笔者 眩晕之前发生了什么，你也不记得了吧？
入间 对，一点儿都想不起来。
笔者 这说明在眩晕即将发生的刹那，发生了一件对你来说"十分可怕的事"，所以你的大脑抹除了这段记忆。
入间 但是……我在家里，会遇到那么可怕的事吗……
笔者 会不会是地震？
入间 地震？
笔者 从你的年龄倒推可知，暗门被打开是在二〇〇四年。再根据你"一踏进这个小房间，脚下就传来一阵凉意"的回忆，可以推测门开时气候寒冷。
入间 啊！难道是中越地震……

二〇〇四年十月二十三日，新潟县中越地区发生了强度为六点八级的大地震。入间家所在的区域虽然比震源附近的震感要小，但据说受灾很严重。

门会打开，会不会是地震导致的呢？

目瞪口呆般的讶异神色久久地留在入间脸上。

笔者 这个推断，你不能接受吗？
入间 不……接受是没问题的。
我只是不明白，自己之前怎么就没设想过这种可能。电视里、学校的课上明明无数次提起过那天的地震。

笔者	也许你幼小的心灵无法将这两件事联系到一起吧。作为当地居民，那场大地震是你过去不得不面对的悲惨现实。"神秘房屋的出现"则像童话一般。这两段记忆在你的脑海中水火不容，你也许根本无法想象它们是接连发生的。
入间	也许……是这样吧。
笔者	既然门能被地震晃开，估计是没有上锁。 但门刚好嵌在木框之中，所以没有拉手是打不开的。
入间	也就是说，只能晃动房子了？或者贴个吸盘，把门拉开？
笔者	如果能贴吸盘当然好，但墙纸是布艺的，吸盘怕是吸不住吧？
入间	要不然，我出去买个锯子？
笔者	别说这种可怕的话好不好。哎……既然能造出隐藏房间，就肯定有办法将它打开。 我们用各种办法试试看吧。喏，现在才十二点，离你父亲回来还早得很呢。

随后，我们又是摸，又是敲，还爬上了阁楼……把想到的办法试了个遍，但毫无进展，不知不觉已过了下午两点。

笔者	看样子不太顺利呢。
入间	我们换换脑子，休息一会儿吧？再去喝杯茶什么的。

我们回到了客厅。

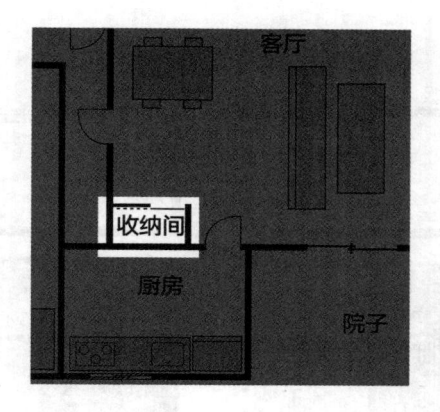

这时，我留意到设在房间一角的收纳空间。看到那扇门，我觉得有些奇怪。因为这个收纳空间使用了罕见的"单边推拉门"。

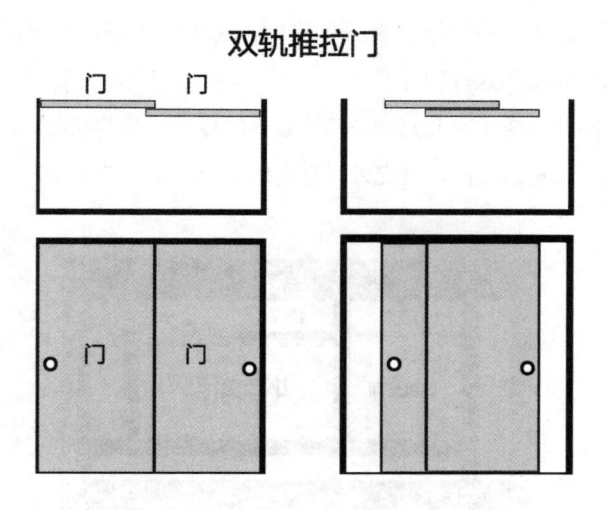

双轨推拉门

一般来说，收纳空间多使用"双轨推拉门"。因为两扇门都能打开，方便取出里面的东西。

单边推拉门

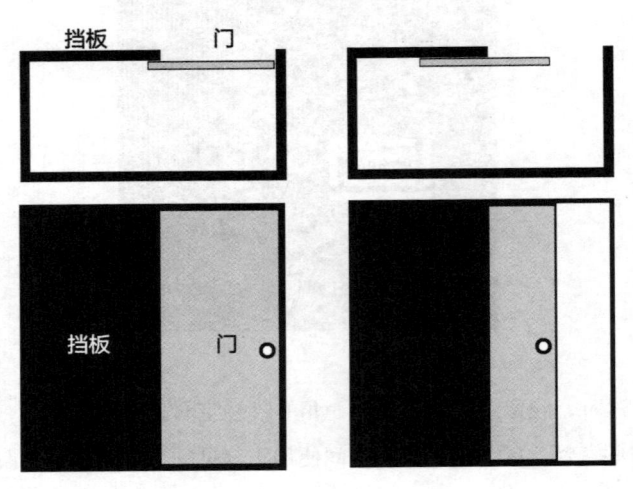

而"单边推拉门"只有一侧有门,从里面拿东西相对困难。入间家为何偏要用这种门呢?

纳闷地端详了一会儿,一幕情景突然浮现在我的脑海。

我急忙走到桌前,研究摊在桌上的笔记本上画的户型图。

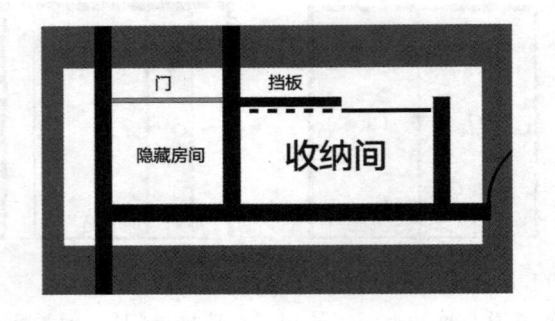

笔者 这个收纳空间是挨着隐藏房间的吧。

入间 是吧……

难道说，收纳空间里有什么玄机？

笔者　我也不太确定，我们研究看看吧。

我们将放在里面的东西全拿出来，清空了收纳空间。

我拿着手电独自走进去。

用手电照遍了每一个角落，也没有看出什么异常。

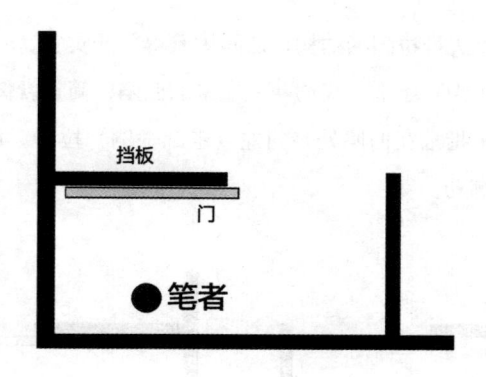

```
            挡板
             门
          ●笔者
```

入间　怎么样，有什么发现吗？

笔者　……没有呢。

入间　里面都是灰吧？既然什么也没有，还是赶快出来吧。

笔者　不，还有没看到的地方。

我站在里面，关上了门。

门彻底关上的时候，手电的光照亮了某个东西。

那是刻在挡板内侧的小小的四方形凹陷。

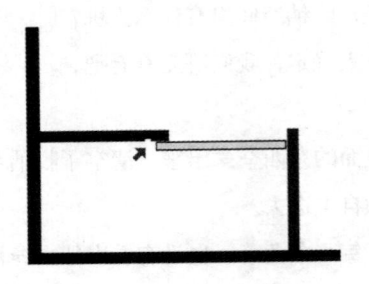

利用单边推拉门的结构，凹陷被藏得严严实实。

这个宽约一厘米、深约两三毫米的凹陷，简直就像暗门的拉手。

我将手指放在凹陷处，向左（走廊一侧）拉动。伴着一阵窸窣，挡板略微挪动。

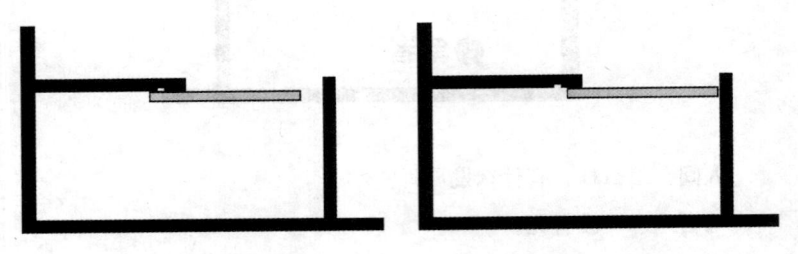

只要门打开一点，凹陷便被门藏起。　　　若门完全关闭，人就看不到内部。

笔者　入间！你看到了吗？

入间　欸？看到什么？

笔者　挡板啊，挡板是不是朝走廊的方向滑动了一厘米？

入间　我一直盯着看呢，根本没有动啊。

笔者　怎么会？我再挪一次，你看好了。

我再次把手指放在凹陷处，感受着沉甸甸的重量，又将挡板向走廊挪动了约一厘米。

笔者 怎么样？
入间 我听到了"沙沙"的声音，但没看到有东西移动。
笔者 不应该啊……

挡板确实朝左滑了，但外面没有变化。

既然如此，不排除有这种可能：挡板是由"被固定的外侧门板"和"可滑动的内侧门板"重叠而成的——也就是双重构造。

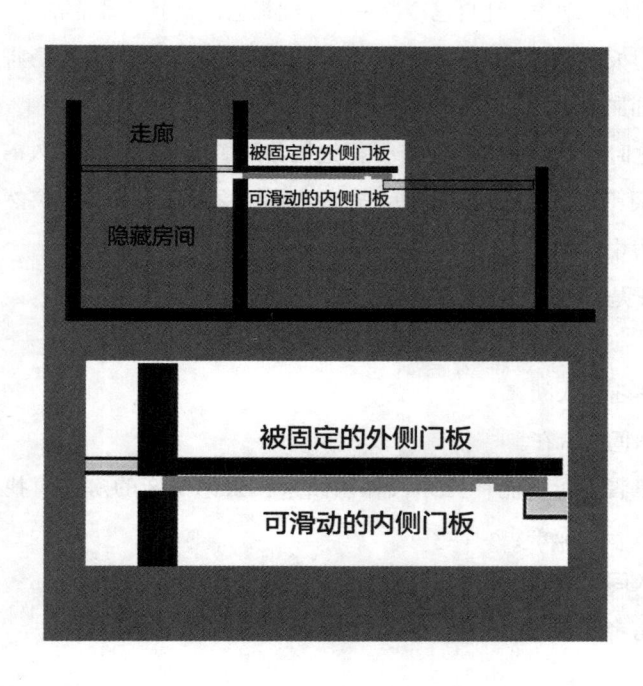

"内侧门板"向走廊的方向滑动，意味着隔开客厅和走廊的那堵墙有缝隙。缝隙里面就是隐藏房间。

莫非将"内侧门板"向走廊的方向滑动到底，隐藏房间的门才会打开？虽然不知道这机关是怎样设计的，但只要门能打开，谜底自然会揭开。

我又一次将手指放在凹陷处，用力把门板拽向走廊的方向。有"沙沙沙沙"的声音响起。

不知道为什么，听到这声音，我忽然担心起来。

这样做，门真的会开吗？

我停下动作，让自己冷静……仔细想想，此事不同寻常。

门板太重了。既然内侧的门板是木制的，又怎么会重到将门板挪动几厘米手指都会痛的地步呢？

这时，脑海的角落里有一抹记忆苏醒了过来。那是不久前，我和入间不经意间的对话。想到这段对话，之前所有的信息突然在我的脑海中产生了关联。

于是，我得出一个结论。

笔者　入间。

入间　我在。

笔者　能不能拜托你找样东西来？去你父亲的房间，找一块磁铁。

入间　磁铁？

笔者　我估计在房间的某个地方，会有一块很大的磁铁。

※※※

几分钟后,入间一脸困惑地回到客厅,手里攥着一块直径十厘米左右的大磁铁。

入间　在父亲房间的抽屉里。不过,你怎么知道我家有这么大一块磁铁?
笔者　我想了半天,隐藏房间的门要通过什么机关打开,最后想到了磁铁。磁铁能成为门的拉手。
　　　入间,拜托你一件事。你现在拿着这块磁铁到走廊上,把它按在走廊尽头的墙上,维持一段时间不动。
入间　欸?

我的结论如下。

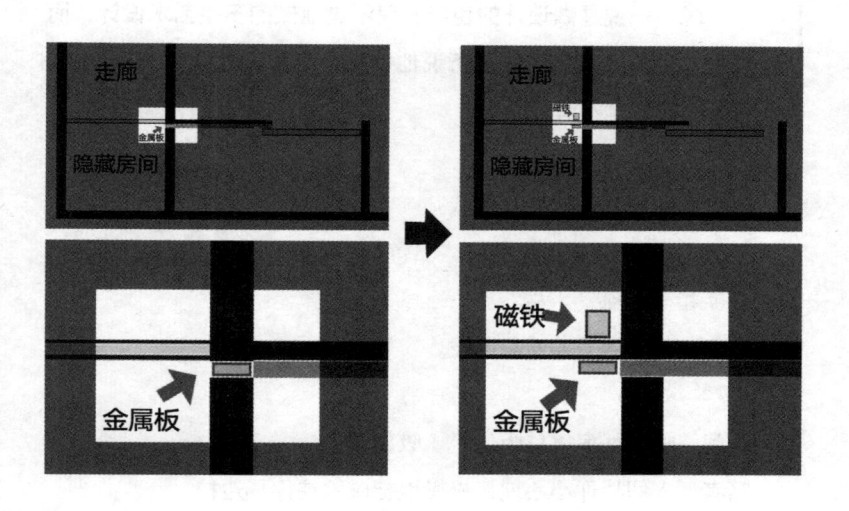

走廊和客厅共用的那堵墙里，恐怕夹着一块金属板。滑动内侧的门板时，金属板会被推到隐藏房间里面。

如果这时把磁铁贴在门外，磁铁就会吸住隐藏房间里的金属板，拉手就做好了。

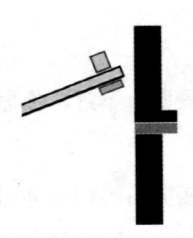

当然，大部分磁铁会在门开之前就因吸力不足而掉下来。但如果用的是钕磁铁，就另当别论了。钕磁铁号称"世上吸力最大的磁铁"，大块的钕磁铁即使隔着木材等物，也能保持很强的吸力。

另外，钕磁铁是一种稀土磁铁，其原材料为稀土金属。

> 嗯……说是做设计的也行，只不过他做的不是艺术设计，而是金属工厂的产品设计。听说他做的是与稀土金属有关的产品，更具体的我就不清楚了。

这可谓入间父亲的专业领域。

不久，走廊传来入间说着"准备好了"的声音。我将全部力气集中在手指上，挪动木板。

随即，我听到了入间的大喊。

入间 哇，好厉害！吸住了，吸住了啊！
笔者 入间！你小心地、慢慢地把磁铁往你那边拉。

终于，走廊一侧传来"吱——"的一声。我从收纳间跑出去，来到走廊上。门已经开了。

笔者　入间……我们终于做到了！
入间　……是的。

入间慢慢地走进房间。

这个房间几乎和他记忆中的如出一辙。白色的墙纸，正方形的地板，还有那只木盒。

他蹲下来，缓缓将手覆在木盒的盒盖上。即使离得很远，我也能看出他的手在小幅度地颤抖。紧张的他总算打开了木盒。

装在盒子里的是……

笔者　是……人偶吗？

那是一只小巧的木雕人偶，雕的是一个女人的模样。

女人赤裸的身体上裹着绢布，宛如天女的羽衣。她已不再年轻，但面庞秀美。

只不过，更加吸引我目光的，是她的身体。

木偶没有左臂和右腿。

我觉得自己像中邪了一般。
我认识她。我早就认识这女人了。
这时，入间小声喃喃自语。

217

入间　这只木偶……很像啊。

笔者　像什么？

入间　像……这栋房子的形状。

有那么一会儿，我没能理解这句话的意思。

但端详着他握在手中的木偶，我的脑海中忽然有几样东西连在了一起。我跑到客厅，拿着笔记本，回到入间身旁。

我将户型图竖过来，和木偶比对。

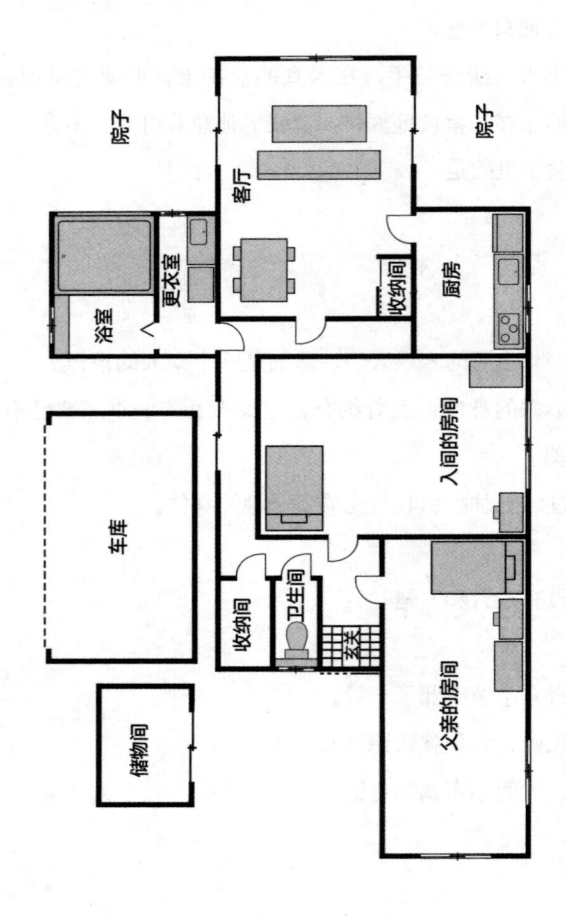

没错，就是这样。我终于想起来了。

之前偶然得到的一本旧杂志上，登有一篇记者潜入邪教组织的纪实报道。

那教团名叫重生集会……教徒们在模仿教主身体建造的宗教设施重生之馆中修行。

被奉为"圣母大人"的教主，没有左臂和右腿。

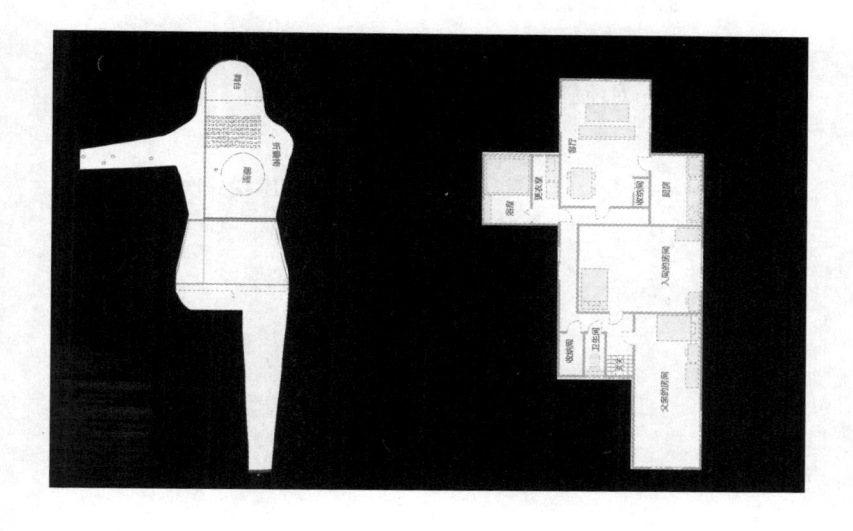

确实很像——人偶，圣母大人的身体，重生之馆，以及入间家。
实在没想到，这几样东西会产生关联。

入间将人偶放回木盒。

入间　……果然如此。
笔者　……你指什么？

入间　我从小就隐约察觉……他们俩——我的父母，信了什么诡异的宗教。

笔者　欸？

入间　这人偶，估计就是那种东西吧。宗教的……信物……之类的？

笔者　那个……

入间　这倒无所谓，我不想说有信仰的人的坏话。但是……我至今仍然会想，他们两个那时真的那样不幸吗？以至于不得不依附宗教，才有生活下去的勇气？

　　　……对他们来说，我不是幸福的象征吗？

资料 ⑪《仅出现一次的房间》完

栗原的推理

从梅之丘站步行二十分钟,我来到那栋公寓。

我单手拿着装有十一份资料的信封爬上楼梯。每登上一级台阶,生锈的铸铁楼梯都嘎吱作响。据说这栋公寓到今年已有四十五年的历史。真是有年头了。

二楼最里面的是"他"的房间。我按下门铃,门很快开了。

"恭候多时了。外面很冷吧?快请进。"

灰色的运动服,肥大的牛仔裤。短发,下巴上的胡楂儿浓淡不匀。他是我的朋友,设计师栗原。

走进房间,周身立刻被暖意包裹。空调和暖炉同时发出大功率的轰鸣。"我这人怕冷。"栗原说着,又把暖炉调高了几摄氏度。

房间里有一个小厨房,连着约八叠大的客厅。厅里凌乱地堆着大量书本,我找到一个勉强坐得下的地方,弯下身子。

栗原一面在厨房泡红茶,一面自言自语般说道:"好怀念呀。上一回,我们也这样聊过一场吧?"

之前,为解开某栋房屋的谜案,我曾拜访过这里。

栗原只看户型图就解开了谜题,告诉我那栋房子里发生了什么。自那以后,我屡屡仰仗他的推理能力。

笔者　那次承蒙你的关照。说起来，你今天不用上班吗？

栗原　是的，最近我总是闲着。这年月，要建房子的人本来就不多。

　　　不过比起工作，我更喜欢看书、玩游戏，所以感恩还来不及呢。

他将两杯红茶放在桌上，推开地上的书本，坐在我对面。

栗原　那就让我看看吧，你在电话里说的那些资料。

笔者　好的。

我从信封里取出十一份资料，每份资料里都有我迄今为止调查的情况总结。

资料 ①《被封死的走廊》

资料 ②《孕育黑暗的家》

资料 ③《林中的水车小屋》

资料 ④《捕鼠器之家》

资料 ⑤《凶宅就在眼前》

资料 ⑥《重生之馆》

资料 ⑦《叔叔的家》

资料 ⑧《连通房间的土电话》

资料 ⑨《通往杀人现场的脚步声》

资料 ⑩《无法逃脱的公寓》

资料 ⑪《仅出现一次的房间》

我在本书开头提到，之前的作品《怪屋谜案》出版后，我接到了许多读者来信，信中谈及他们和房屋有关的奇妙经历。其数量超过了一百件。

其中不乏玄机已被解开的案例，但多半都是未解决的……换个说法，都是些"没有结局的故事"。我想弄清真相，于是着手调查。

随着调查的推进，我收集到与这些故事相关的细枝末节。

回望这些细节，我偶然发现，从不同故事中得到的信息之间竟然存在奇妙的联系。我着眼于这些"联系"，做了进一步的调查。

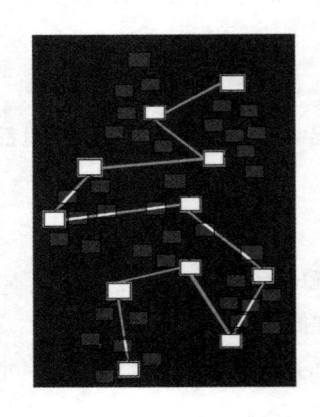

栗原　结果你发现，有十一个故事串成了一个谜案。对吧?

笔者　对。我觉得这十一个故事存在某种关联，但推理不出具体是怎样的关联。于是就又想请你助我一臂之力。

栗原　嗯……你等一下。我先把资料过一遍。

栗原拿起一份资料。

他的阅读方式和所谓的"速读"正相反——十分缓慢，一字一句地细细品读。我边喝红茶，边等他读完所有资料。

几小时后，栗原合上最后一份资料，把它放在桌上，然后抱起双臂，闭上双眼，不再动弹。就在我犹豫要不要和他说些什么的时候，栗原突然睁开眼睛，将早已凉透的红茶一饮而尽。

栗原　很有意思啊。
笔者　怎么样，你有什么发现？
栗原　虽然大部分发现只能靠推理得出，但仅凭目前掌握的信息，已经可以描绘出故事的轮廓了。
笔者　真的吗？！

核心

栗原　通读后我发现，这十一份资料中，有一份明显能成为故事的"核心"。你知道是哪个吗？
笔者　成为核心的故事……呃，在我看来，每份资料都很重要啊……
栗原　不用想得太复杂，把它们放在地图上看看就知道了。

栗原从桌上的笔记本中撕下一页，开始画日本地图。

栗原　资料①发生在富山县高冈市，资料②发生在静冈市葵区北部，资料③……

他一边嘟囔，一边在地图上做标记，应该是在记录每份资料发生的地点。十一个标记都出现在地图上的时候，我恍然大悟。

资料⑪《仅出现一次的房间》
资料④《捕鼠器之家》
资料①《被封死的走廊》
资料⑥《重生之馆》
资料⑩《无法逃脱的公寓》
资料②《孕育黑暗的家》
资料⑦《叔叔的家》　资料③《林中的水车小屋》
资料⑧《连通房间的土电话》　资料⑤《凶宅就在眼前》
资料⑨《通往杀人现场的脚步声》

笔者　啊……是这个意思啊……

栗原　你看出来了吗？

资料⑥《重生之馆》

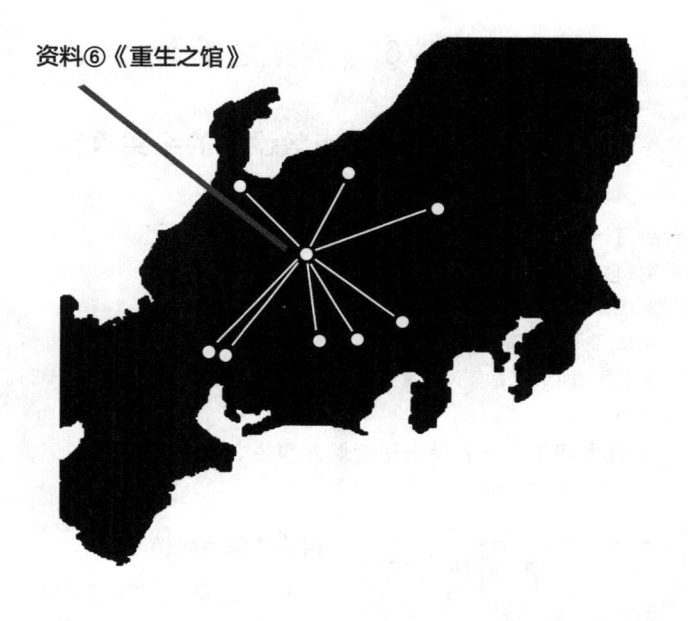

栗原　这些事件都是围绕着曾存在于长野县西部的宗教设施重生之馆发生的。也就是说，这座宗教设施应当是一切的根源……也就是故事的核心。

栗原拿起资料⑥《重生之馆》。

资料⑥《重生之馆》

杂志记者潜入神秘宗教设施的纪实报告

- 曾经有一个名叫重生集会的神秘邪教组织。
- 重生集会有几个不同寻常的特点。
    - ↳ 仅凭电话传教和口碑便收获大批信徒。
    - ↳ 让信徒购买数百万到数千万日元的高额"商品"。
    - ↳ 教团每个月在宗教设施重生之馆中召开数次集会,进行古怪的修行。

一九九四年,一名杂志记者潜入重生之馆探访内幕。

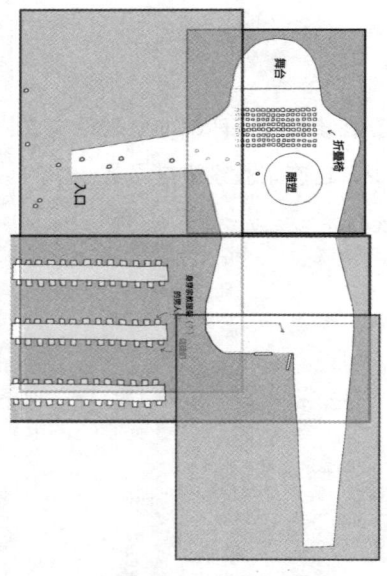

何为"重生之馆"?

位于长野县西部的宗教设施。
是一座庞大的建筑,模仿教主(通称"圣母大人")的身体构造而建。
上面的部分是集会场地,有舞台、折叠椅和雕塑(神殿)。
圣母大人在雕塑(神殿)里。
圣母大人是一位没有左臂和右腿的女性。

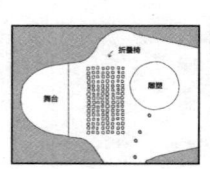

集会场地和雕塑(神殿)

记者潜入内部的经历

- 教团干部绯仓正彦先生在信徒面前演讲。
  - ↳ 绯仓先生是建筑公司 Hikura House 的社长←此人为何参与邪教活动？
  - ↳ 激情演说："你们罪孽深重，但在此修行，可净化罪孽。"
- 在雕塑（神殿）中，和圣母大人面对面。
- 出现一个对圣母大人口出狂言的信徒。
  - ↳ 喊出莫名其妙的话："你这个冒牌货！我要堵死你的心脏！"
  - ↳ 此人很快被驱赶出去。
- 来到修行房间。

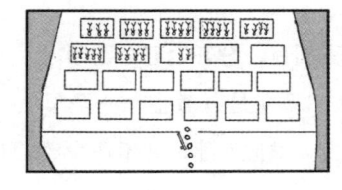

做了怎样的修行？

"沉睡"就是修行？！

修行房间是"卧室"。
信徒们只是在床上沉睡。这就是"修行"吗？

第二天早上的事

第二天早上，信徒和穿宗教服装的神秘男人们在场馆的院子里不知对着户型图谈论什么。

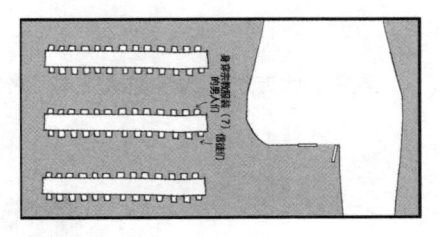

之后

- 记者将自己的经历写成前、后两篇。
- 杂志只登载了前篇，后篇出于某些原因未能登出。
- 重生集会于一九九九年解散。
- 第二年，重生之馆也被拆除。

栗原　很遗憾，揭秘的后篇没能发表。我们只能根据前篇的内容，靠自己的力量解开谜题。我先把前篇中尚未解开的谜团整理一下。

①为什么重生集会的修行是沉睡？
②教团卖给信徒的几百万到几千万日元的"商品"是什么？
③身穿白色宗教服装的男人们和信徒，在长桌前面对面地谈了什么？
④信徒们怀有的共同烦恼是什么？
⑤信徒们为何会被每月只进行几次的修行洗脑？

栗原　让我们逐步摸清重生之馆的真面目，解开这五个谜团。像文章中写的那样，重生之馆多半是以教主——圣母大人的身体为原型建的。实际上，类似的建筑并不在少数。

栗原　比方说，大多数天主教堂都以"被钉在十字架上的耶稣"

教会

为原型建造而成。"想进入自己信任的人的身体,即想要被其守护",这大概是许多人共同的愿望吧。仔细观察重生之馆的内部构造,会发现一件有趣的事:神殿在心脏的位置。

笔者 啊……的确如此。也就是说,圣母大人住在心脏里?
栗原 因为圣母大人是宗教组织的象征,所以一定要在身体的

关键部位,也就是心脏的位置。另外,一般认为"人的心脏在胸口中央偏左的地方",这大概也就是神殿略微偏离建筑中线的原因吧。

由此可以看出,重生之馆的布局不仅模仿了圣母大人的外形,还模仿了她的内在。理解了这一点后,我们再来看看信徒们呼呼大睡的"卧室"。

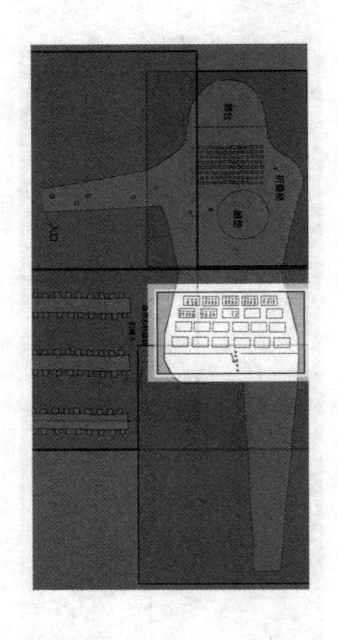

栗原　"卧室"位于圣母大人的下腹部。"在女性下腹位置沉睡的人",你明白这象征着什么吧?

笔者　……胎儿吗?

栗原　正是如此。

栗原　信徒从下身的门（阴道）进入卧室（子宫）沉睡，再通过那扇门（阴道）离开，很明显是隐喻"怀孕"和"分娩"。这样，第一个谜团就解开了。

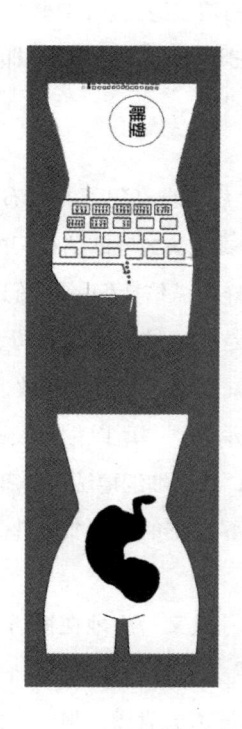

①为什么重生集会的修行是沉睡？

栗原　答案是"为了成为圣母大人的孩子"。

可以认为，信徒们的修行是通过在圣母大人的子宫中沉睡，模拟转生为她子女的体验。

笔者　转生……再次出生……这就是重生集会这个名字的由来吧？

栗原　现在，我引用一段教团干部绯仓正彦先生演讲中的话。

> "诸位恐怕已经对自己犯下的可怖罪行有所认知。这罪行，会过继到你们可怜的孩子身上。（中略）很遗憾，这污秽绝不会消失。但有办法将它淡化。反复修行，即可将其净化。诸位先在本场馆洗刷污秽吧。"

栗原　"诸位恐怕已经对自己犯下的可怖罪行有所认知"这句话告诉我们，"重生集会"的信徒们内心都怀有某种罪恶感。绯仓先生这样告诫信徒们："你们背负罪孽，因此会变得不幸。""但是，如果转生为圣母大人的孩子，你们的罪孽就会淡化一点儿。""但这样做，罪孽只能淡化一点儿，并不会全部消失。""所以你们要一次又一次地来到这里（重生之馆），仔仔细细地洗刷罪孽。"
　　　关键是将有罪恶感的人聚集起来，告诉大家洗刷罪孽的方法。

笔者　方法就是"一次又一次地在模仿圣母大人的子宫建造的卧室里沉睡"……

栗原　虽然听上去就不太靠谱，但"投胎转世清除罪孽"的说法和佛教也有相近之处，日本人对此也许相对容易接受。唯独将孩子卷进来这一点，让人觉得不可思议。

> "这罪行，会过继到你们可怜的孩子身上。你们的孩子是罪孽之子，因父母所犯之罪降生。（中略）明天一早，身上的污秽将稍稍轻减。到时请诸位回去，为你们的孩子做修行的启蒙。"

栗原 "做修行的启蒙"……绯仓先生的意思是,"回家后,请让你们的孩子在圣母大人的子宫里沉睡"……这是不可能的吧?普通人家里,不可能有仿照圣母大人的身体建造的房屋,也不会有象征子宫的卧室。那么,信徒们如何让自己的孩子"修行"呢?

这时,我的脑海中浮现出一张户型图。

笔者 把自己家的房子……改建成重生之馆。
栗原 没错。实际上,在这十一份资料中,就有人将自己的住宅改建成了重生之馆。
笔者 ……入间的父母吗?
栗原 是的。

栗原拿起资料⑪《仅出现一次的房间》。

资料⑪ 《仅出现一次的房间》

探寻老家的"隐藏房间"

- 自由设计师入间说，自己小时候在家里走进过一间"神秘的小屋"，这样的事只发生过一次。

笔者为找寻那个房间的位置，来到入间的老家。

- 入间的老家是一座位于新潟县的独栋房屋。
- 这栋房子是他的父母结婚那年购入的新房，于八年后改建。

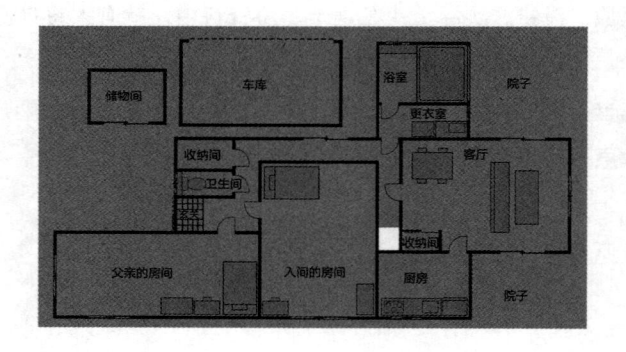

（房屋平面图：储物间、车库、浴室、更衣室、院子、收纳间、卫生间、客厅、父亲的房间、入间的房间、厨房、收纳间、院子）

- 笔者觉得走廊尽头有蹊跷，寻找打开隐藏门的方法。
- 发现机关藏在客厅的收纳间里。

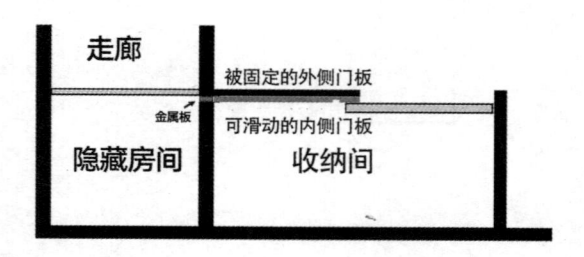

（示意图：走廊、被固定的外侧门板、金属板、可滑动的内侧门板、隐藏房间、收纳间）

236

暗门的打开方式

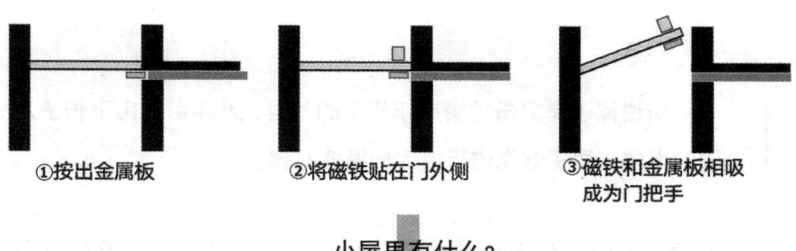

①按出金属板　②将磁铁贴在门外侧　③磁铁和金属板相吸成为门把手

小屋里有什么？

・装在木盒里的女性人偶。
・人偶没有左臂和右腿。
・入间说："这人偶和房子的形状很像。"

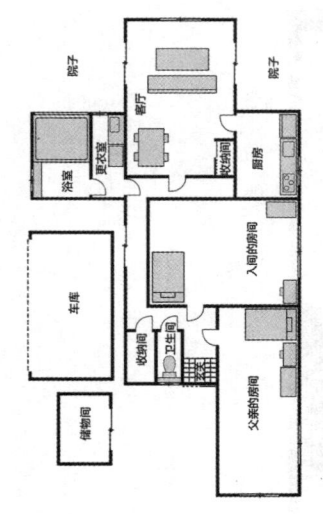

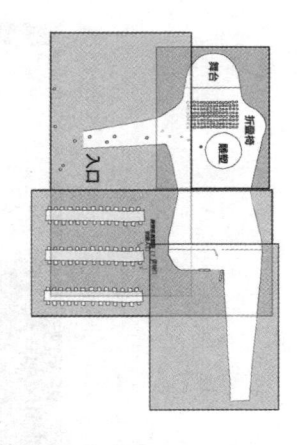

仿照没有左臂和右腿的女人的建筑和重生之馆有什么关系？

入间怎么看？

"我从小就隐约察觉……他们俩——我的父母，信了什么诡异的宗教。"

仿制品

听说房子是父母结婚那年买下的新居,八年后,由于长子入间的出生,房子好像进行过大规模的改建。

栗原　入间夫妇大概是在第一个孩子出生时,加入重生集会的吧。
笔者　于是……为了让自家的房子接近重生之馆的形状,他们对房屋进行了大规模的改建……

栗原　我估计，入间家原本是一栋普通的房屋。恐怕是通过缩建工程让房型再现圣母大人身体构造的。当然，改建再现的不只是外观。

那是一只小巧的木雕人偶，雕的是一个女人的模样。
女人赤裸的身体上裹着绢布，宛如天女的羽衣。她已不再年轻，但面庞秀美。
只不过，更加吸引我目光的，是她的身体。木偶没有左臂和右腿。

栗原　人偶出现的地方……请注意隐藏房间的位置。

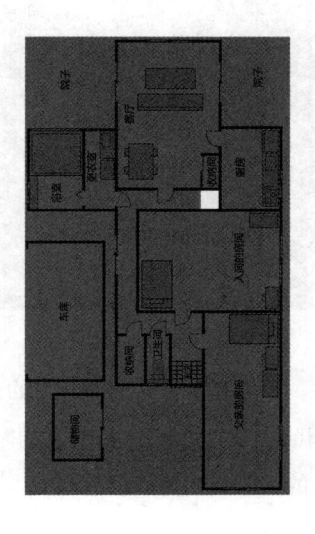

栗原　如果将房子看作人的身体，隐藏房间就在稍微偏离胸口中央的地方吧。

笔者　心脏……和重生之馆的神殿一样呢。

栗原　这说明，隐藏房间实际上等同于"神殿"。真正的重生之馆的神殿中有圣母大人，入间家的神殿里则放着人偶。也就是说，人偶是圣母大人的象征……就是礼拜的对象。这和在神龛中摆放七福神像是一个意思。

笔者　因为不能把本尊请到屋里，就用人偶代替，是这个意思吧？

栗原　是的。下面我们再看看入间的床。

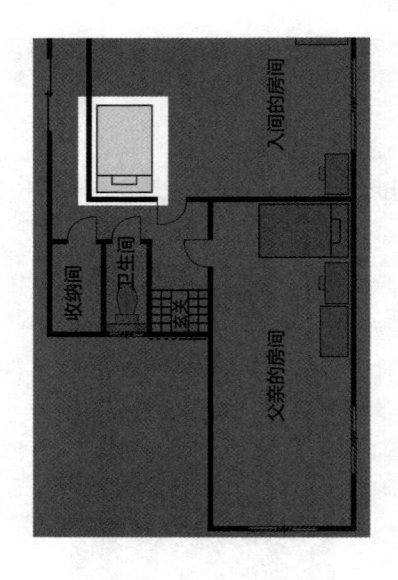

栗原　这个地方，很明显是"子宫"所在的位置吧。

按照教团的说法，入间住在老家的时候，每天都会成为圣母大人的孩子，获得新生。

入间的父母是第一个孩子出生时加入重生集会的，这说明他们当时怀有某种罪恶感。

"这罪行，会过继到你们可怜的孩子身上。"两人听信教团的说法并感到畏惧，为了净化过继到儿子身上的罪孽，将自己的住宅改建为重生之馆。

笔者　不过，又是把房间整个去掉，又是建神秘的隐藏房间的……这种毫无意义的改建工程，在现实中可以实现吗？
栗原　若是请普通的建筑公司来做，多半会被拒绝吧。正因如此，教团才能牟取暴利。

②教团卖给信徒的几百万到几千万日元的"商品"是什么？

栗原　房屋……准确地说，是"房屋的改建工程"。教团干部绯仓先生是占据中部地区巨大市场份额的建筑公司 Hikura House 的社长。借助他的力量，即使是不太合理的改造要求也能实现。

邪教组织重生集会在中部地区设置据点，劝信徒改建房屋。以及，建筑公司 Hikura House 同样在中部地区具有影响力。这是否意味着存在双赢关系的双方携手合作？

栗原　明白了这一点，下一个谜团也就不攻自破。

③身穿白色宗教服装的男人们和信徒，在长桌前面对面地谈了什么？

栗原　简单来说，就是在谈生意。身穿白色宗教服装的男人们估计是 Hikura House 的销售员吧。

宽敞的空地上摆了几张长桌，昨晚和我一起在房间里睡觉的信徒们和身穿白色宗教服装的男人们正在面对面地交谈。

我走近长桌，发现桌上有很多张户型图。

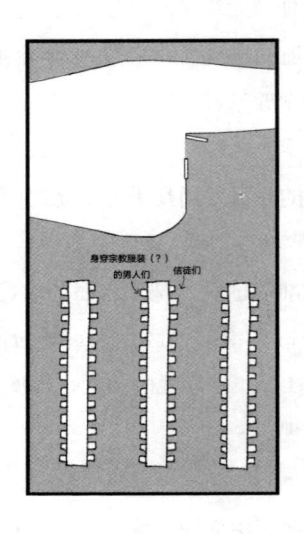

栗原　既然桌上放着户型图，双方也许是在商量如何改建房屋并做工程报价。目的是将信徒们的房子改建为重生之馆。宗教服装是为了蒙骗信徒穿的。销售员要是穿上西服，牟利的意图不就彻底暴露了嘛。

好了，入间的父母是信徒这件事，现在已经确认无疑了。不过，十一份资料中，还有被教团洗脑的人。

栗原指着资料⑦《叔叔的家》。

资料⑦《叔叔的家》

遭受虐待而死的男孩的日记

- 三桥成贵（九岁）和母亲一起住在公寓里。
- 成贵平时总是吃不饱饭，经常遭受母亲的虐待。
- 一次，一个神秘的"叔叔"来到公寓，请成贵和母亲去他家中做客。
- "叔叔"给成贵吃好吃的，对他很温柔。
- 自那以后，"叔叔"隔几个月便会请成贵去他家玩。
- 一次，"叔叔"发现成贵遭受虐待，将他从母亲的身边带回自己家，保护他的安全。
- 几天后，母亲和一个"金发男人"一起来到"叔叔家"，将成贵接走。
- 成贵和母亲一起，被带到"金发男人"家。
- 成贵遭受"金发男人"残酷的虐待，于几星期后死亡。
- 成贵死后，他记录到生命最后一刻的日记结集出版，书名为《少年的独白：三桥成贵君最后的手记》。

※※※

栗原　真是一起令人痛心的案子，光是读那些日记就让人难受。不过，已故的三桥成贵留下了好几条重要的信息。让我们根据他的日记，推测一下叔叔家的户型。

栗原开始在笔记本上画图。

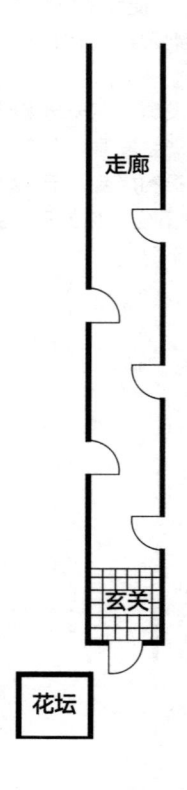

```
                    │ │
                    │ │ 走廊
                    │ │
                    │ ╯
                    │
                    │ ╮
                    │ ╯
                    │
                    │ ╮
                    │ ╯
                    │
                    │ ╮
                    │ ╯
                   ┌─┤
                   │玄│
                   │关│
                   └─┘

        ┌──┐
        │花坛│
        └──┘
```

> 门的左边有一座大花坛，好棒啊！走进屋里，中间是一条走廊，走廊上有许多扇门。

栗原　大门左侧有花坛。打开门，中间是一条走廊，走廊上有许多扇门。

　　我们走进右手边最近的那扇门里，屋里有一台大电视，还有一张桌子。窗外能看到花坛和房子的大门。另一侧窗外有汽车疾驰而过……

栗原　"右手边最近的那扇门"，指的就是户型图中"最靠前的右侧的门"吧。从前后内容来看，那里应该是客厅。重要的是，通过客厅的窗户能看到房子大门这一点。

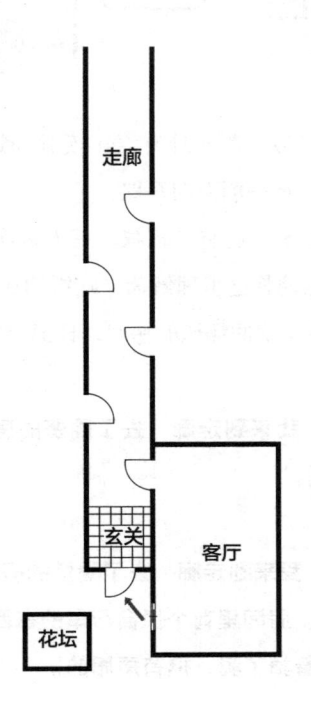

走廊

玄关　客厅

花坛

245

栗原　恐怕客厅朝前面的院子凸出了一块。

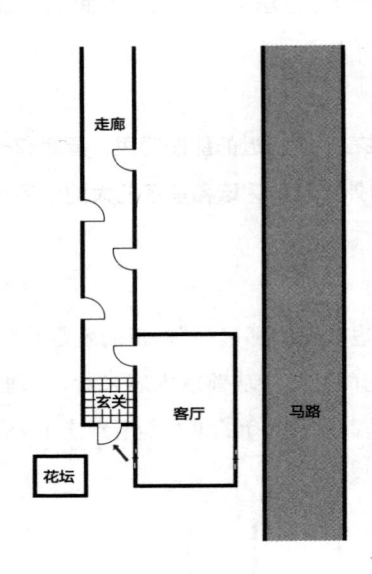

栗原　再根据"另一侧窗外有汽车疾驰而过"的描述，可以推测出客厅有一侧面向马路。

成贵和母亲，还有"叔叔"三人每次都在这个房间吃饭。成贵自然地将这里理解为"吃饭的房间"。

而有关这个房间隔壁的房间，日记中出现了两种记述。

①吃完饭，我来到走廊，去了隔壁的房间。叔叔说："这是成贵你的房间哟。"

②吃完饭，我来到走廊，去了隔壁的房间。那里有一扇大窗户，能看到花坛。房间里有个像自行车的东西。叔叔说，那是"健身单车"。我试着骑了骑，挺有意思的。

这个房间里还有一扇门,打开后,里面是一个空荡荡的房间。从这里也能透过窗户看见花坛,还有一扇窗能看见河。

栗原　这两处都提到了"吃饭的房间隔壁的房间",但根据日记的描述,它们不可能是同一个房间。

　　　"隔壁的房间"应该有两个。那么,它们的位置关系分别是怎样的呢?

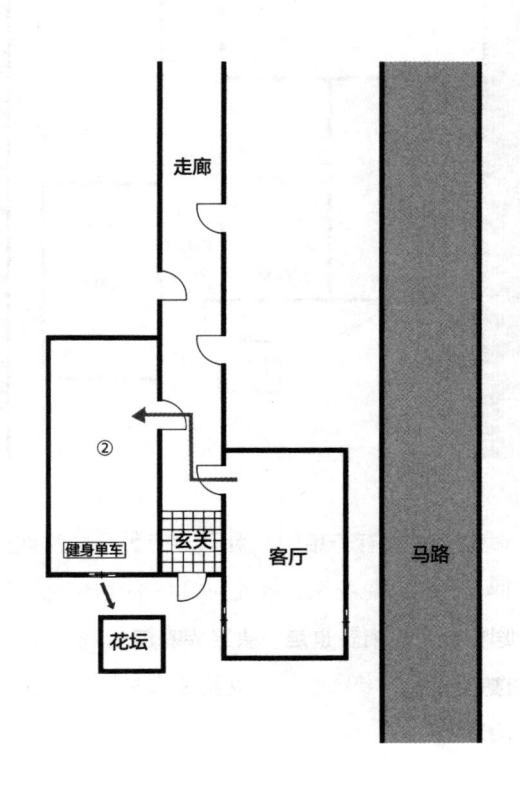

栗原　成贵从客厅到②号房间,需要经过走廊。日记里还写道,在那个房间里"能看见花坛"。由此可以推测,②号房间

应该隔着走廊，在客厅的对面。年幼的成贵也许不知道"对面"这个说法。

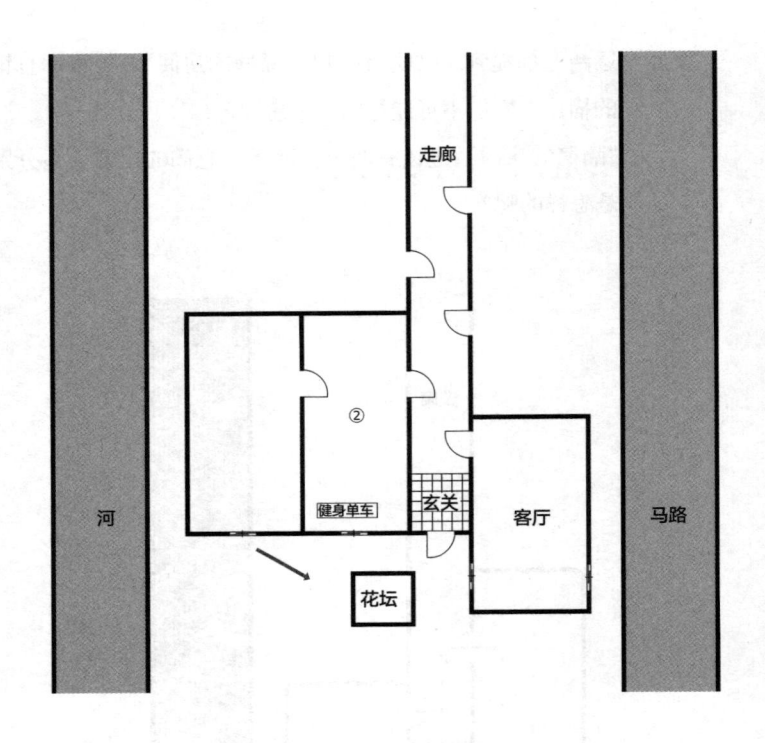

（平面图：河 / 走廊 / ② / 健身单车 / 玄关 / 客厅 / 花坛 / 马路）

栗原　②号房间里有一扇门，可以通向另一个房间。在那个房间里也能看见花坛，因此应该在平面图的左侧。"还有一扇窗能看见河"也是一条重要的信息。

这样一来，①号房……也就是成贵房间的位置，自然就确定了。

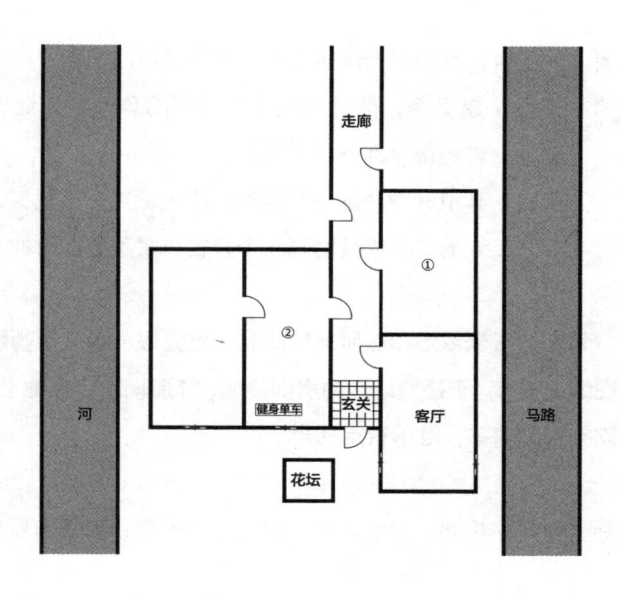

栗原 到这里，房子的全貌基本上出来了。

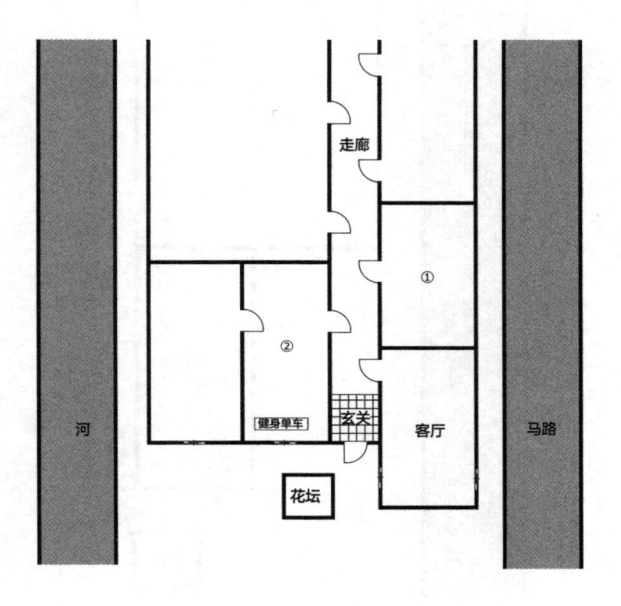

笔者 好厉害，竟能根据这样有限的信息画出户型图。

栗原 多亏了成贵啊。他肯定是个很聪明的孩子。日记里没有废话，讲的都是准确的事实。

不过，其中有一处奇怪的描写，让人感觉并不现实。

二月二十七日。成贵时隔三个月去叔叔家做客时的日记。

> 早饭的玉米浓汤和煎蛋非常好吃。吃完饭，我又想骑那辆固定在地上的车，于是到吃饭的房间隔壁，骑那辆固定在地上的车。刚吃完饭就骑车，肚子有点儿疼。

栗原 日记中提到了健身单车，因此可以确定，那是②号房间。

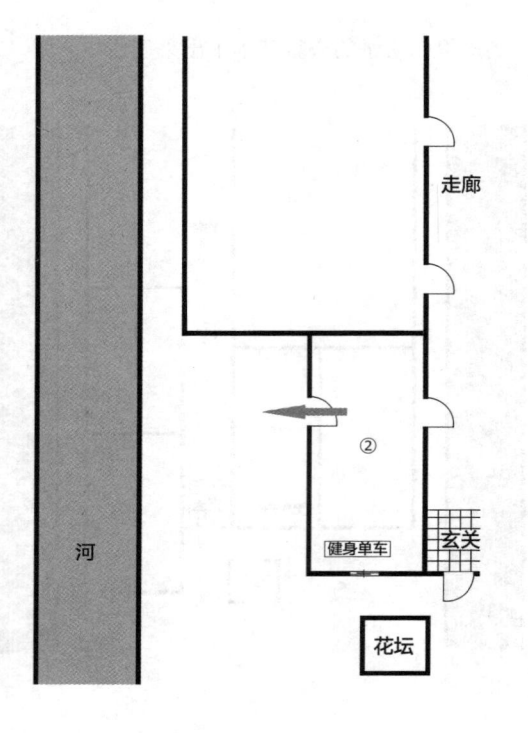

然后我打开另一扇门，之前的那个房间不见了，只有河水哗哗地流过。真奇怪。

栗原　"另一扇门"指的应该是通往里面那个房间的门吧。但不知道为什么，成贵打开那扇门后，就直接到了户外。
笔者　也就是说，那个房间消失了？
栗原　一般来说，如果不是魔术表演，这种事是不可能发生的。可是，假如成贵看到的一切是真的，就只有一种可能。

叔叔在这三个月里，进行了缩建工程。

也就是说，这次缩建拆掉了一个房间。这样一来，这栋房子应该就变成了这样。

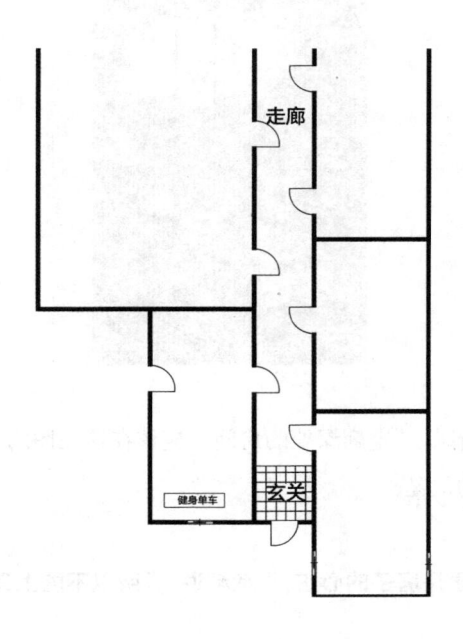

栗原　你不觉得这和入间的家很像吗？

笔者　难道说，叔叔改建房屋，是为了让自己的房子接近重生之馆？

栗原　有一段文字可以证明他曾是重生集会的信徒。

> 后来，叔叔把我带到走廊深处的房间。那个小房间里有一只褐色的人偶，我很害怕。

栗原　虽然不知道这个房间的具体位置，但通过"走廊深处"的表述，可以推测出它的大概位置。

成贵在叔叔家时，总是待在靠近大门的地方。既然如此，对他来说，远离大门的地方应该就是"走廊深处"。

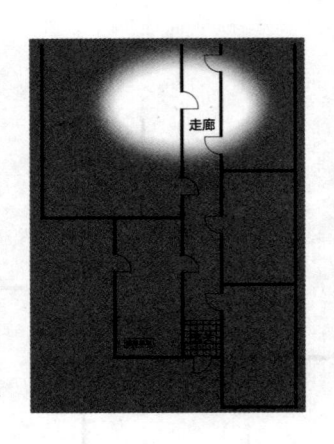

栗原　所以，"走廊深处的房间"应该在这张图的上方。在心脏的位置。

> "这里是房子的心脏，"叔叔说，"所以不能上锁哟。"

笔者 在心脏位置的小房间……房间里有人偶。这里是"神殿"吗？

栗原 "这里是房子的心脏"，从叔叔这句话就可以看出，这个理解应该没错。

笔者 不过，叔叔接着说的"不能上锁"又是什么意思呢？

栗原 "这是房子的心脏，所以不能上锁"……乍看上去，这句话显得莫名其妙。但如果把它看作教团的教诲，就能隐约感受到它的意思。

笔者 教团的教诲？

栗原 模仿教主的身体建造宗教设施，把神殿设在心脏的位置……重生集会很喜欢把建筑比作人体。"房子不是死物，而是有生命的"……这就是他们的思想吧。想到这一点，也就大概能明白叔叔话里的意思了。

心脏连着血管，是向全身供血的器官。如果心脏停止跳动，周边的血管堵塞，血液就无法被运送到四肢、大脑，最坏的情况可能会导致人死亡。

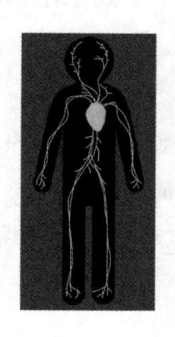

栗原 "给神殿上锁"的行为，大概和"堵死心脏"意思相同吧？这样一来，整个房子都会失去能量供给……

笔者　房子就会死亡……？

栗原　教团灌输给信徒的，就是这种思想。如此想来，叔叔的话便不难理解了。这也能解释，入间家的隐藏房间为什么没有上锁。

"堵死心脏"……这句话让我想起某份资料中的一段话。

那是潜入重生之馆的纪实报道中，记者拜见过圣母大人之后发生的一幕情景。

> 神殿里突然传来响动。我花了几秒时间，意识到那是一个男人的怒吼。仔细聆听，我听清了那个男人的呐喊："圣母大人！您怎么能说谎呢？您不是说过，会拯救我和儿子吗？！"
>
> 几名教会成员立刻冲进神殿。不到一分钟，他们便将一个男人反剪着双手带了出来。是刚才那个走在队尾，双眼灼灼的男人。他约莫四十岁，双眼皮，高鼻梁，长相算得上英俊。
>
> "你这个冒牌货！如果你真的是神，我的儿子……Naruki 为什么会死？！我要杀了你！我要堵死你的心脏！"英俊的男人嘶吼着，被拉了出去。

笔者　在重生之馆的神殿里引起骚乱的男人喊了一句"我要堵死你的心脏"，那意思难道是……

栗原　他想说的，一定是"我要给神殿上锁"吧。

笔者　原来如此……

栗原　而这个英俊的男人后来怎么样了呢？这份资料里有写。

栗原打开资料⑧《连通房间的土电话》。

资料⑧《连通房间的土电话》

怀疑亡父犯罪的女人

- 笠原千惠的父亲工作赚了大钱。
- 但他不肯养家,而是在外面找乐子,是"人渣父亲"。
- 笠原曾和父亲玩过土电话的游戏。

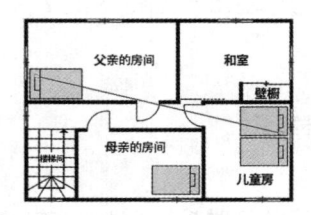

"连通房间的土电话",这是父亲想出来的游戏。
玩法是用土电话连通笠原和父亲的房间,两人躺在床上聊天。

这时,发生了命案。

- 一天晚上,笠原和父亲用土电话聊天。
- 不知道为什么,父亲的状态很不对劲,说话前言不搭后语。
- 没过多久,隔壁松江家就发生了火灾。
- 松江家的独生子 Hiroki 平安无事,但他的父母葬身火海。
- 后来,笠原从新闻中得知了火灾的真相。
  ↳ Hiroki 的母亲在二楼和室自焚,导致火灾发生。

松江家的火灾对笠原家有什么影响?

- 火灾后,笠原的父亲变得性格阴郁。
- 一天,他留下离婚申请书和分手费,离家出走了。

· 几个月后，笠原想念父亲，用很久没用的土电话连通了两个房间。

她发现了什么真相？

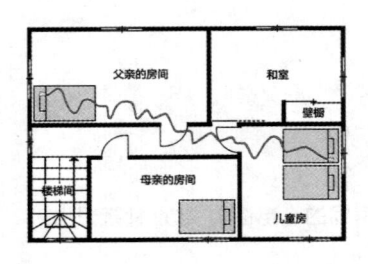

电话线松脱的原因是线太长了。
这样是听不到对方声音的。
那么，父亲是怎么和笠原对话的？

笠原给出的答案是？

火灾当晚，父亲潜入松江家的和室，在打土电话时杀害了 Hiroki 的母亲
→之后纵火

　↳ 给女儿打土电话，是为了制造不在场证明。
　↳ 罪恶感令父亲性情大变（？）。

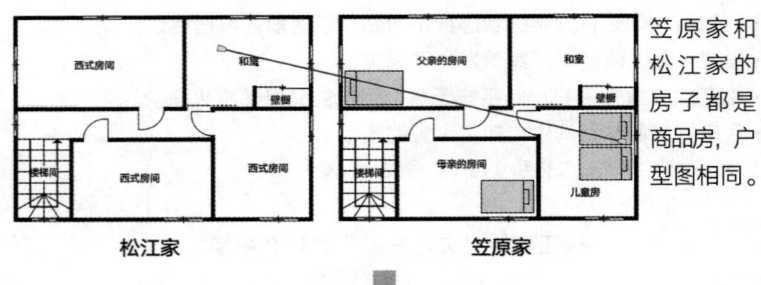

笠原家和松江家的房子都是商品房，户型图相同。

松江家　　　笠原家

后来，父亲怎么样了？

· 搬到新家，在其中的一个房间自杀。
· 听邻居说，父亲直到去世都在进行房屋改造。
· 不知道为什么，父亲的遗物中有三桥成贵的照片。

三个男人

　　直到有一天，笠原收到了父亲去世的通知。那是松江家发生火灾两年后的一九九四年。

　　笠原　他好像是自杀的——将自己反锁在家中的一个房间里，用胶带封住门窗的缝隙，服下大量的安眠药。听说遗体旁边有一只奇怪的人偶……我真是搞不懂他了。我想，爸爸的精神可能出了问题。
　　笔者　"家中"是指令尊的新住处吗？
　　笠原　是的。离婚后，他好像在爱知县的一宫市买了一套二手房。给他办葬礼时，我第一次去那里看了看，是一套很大的平房，大门口有一个花坛。听邻居说，爸爸去世前不久，还做了房屋改建。
　　笔者　房屋改建？
　　笠原　嗯，而且是让人摸不着头脑的改建。好像是叫……缩建工程吧。听说他拆掉了一整间房子。（中略）啊，对了。在爸爸的住处，我还有一个不可思议的发现。整理遗物的时候，我发现了一张照片。照片上是一个小男孩在爸爸的新住处吃蛋包饭的情景。那孩子很瘦，身上有很多瘀伤。
　　笔者　瘀伤……？
　　笠原　看着很让人心疼。这孩子不是亲戚家的，我之前也没见过他。但我对那张脸有印象。
　　事后我想起来，我在电视新闻里看到过他的照片。他叫

三桥成贵①，因遭父母虐待而死。

我这才意识到，这两件事果然存在关联。

栗原　笠原千惠的父亲自杀、成贵遭虐待而死、记者潜入重生之馆，都发生在一九九四年。这没什么疑问了吧？

"笠原的父亲""叔叔""在重生之馆作乱的男人"，这三个**男人是同一个人**。让我们将三份资料整合起来，回顾一下笠原先生的一生。

笠原先生住在岐阜县羽岛市，是进口车经销商的金牌销售。他有妻子和两个孩子（笠原千惠和她的哥哥），但从不将赚来的钱用在家人身上，而是每天晚上在外面找乐子的"人渣父亲"。

然而，自从邻居发生火灾后，他的性格变得阴郁。不久便留下离婚申请书和分手费，离家出走。

后来，笠原先生搬到爱知县一宫市，买下一套二手房。至少在那个时候，他应该已经加入了重生集会。他遵从教团的教诲，为使这套房子接近重生之馆，对房子进行了改建。

他多次招待三桥母子去自己的住处，也就是让成贵在那里"修行"。但有一天，一个金发男人突然出现，抢走了成贵。成贵被该男子虐待身亡。随后，笠原先生闯入重生集会的宗教活动现场，直接向圣母大人抗议："你这个冒牌货！如果你真的是神，我的儿子……Naruki 为什么

---

① 在日语中，"成贵"的发音为"Naruki"。

会死？！我要杀了你！我要堵死你的心脏！"

他的抗议无人理会。被驱逐出重生之馆后，愤怒的他……

笠原　他好像是自杀的——将自己反锁在家中的一个房间里，用胶带封住门窗的缝隙，服下大量的安眠药。听说遗体旁边有一只奇怪的人偶……我真是搞不懂他了。我想，爸爸的精神可能出了问题。

栗原　笠原先生将家中的"神殿"上锁，想要杀掉这栋房子。为什么呢？因为房子是圣母大人的化身。

　　　笠原先生相信圣母大人的教诲，改建房屋，让成贵修行，然而成贵还是死了。在笠原先生看来，圣母大人无疑是背叛了自己。

　　　他大概是想杀掉房子，向圣母大人复仇吧。真是可悲啊！就算做了这些，他也无法动圣母大人一根汗毛。

"杀掉房子，圣母大人也会死。"笠原先生感受到背叛，却直到生命的最后一刻，都没能从教团的洗脑中清醒。

笔者　但是，笠原先生和成贵又是什么关系呢？
栗原　想知道他们的关系，首先需要弄清松江家火灾的真相。

栗原将资料⑨《通往杀人现场的脚步声》放在资料⑧旁边。

资料⑨《通往杀人现场的脚步声》

松江家长子弘树口中的火灾真相

弘树怎么看待这起火灾？

⬇

"父亲为了杀母亲纵火。"

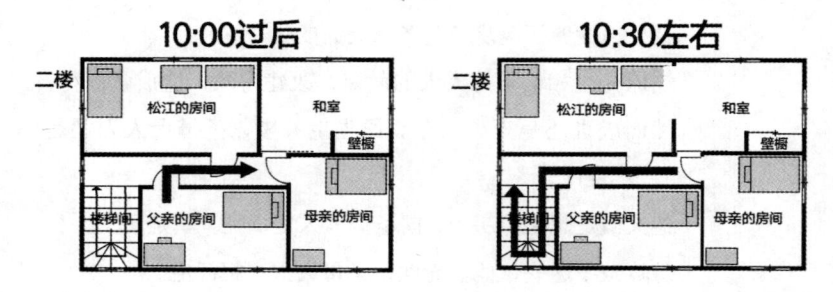

理由是？

⬇

10:00过后

二楼
- 松江的房间
- 和室
- 壁橱
- 楼梯间
- 父亲的房间
- 母亲的房间

10:30左右

二楼
- 松江的房间
- 和室
- 壁橱
- 楼梯间
- 父亲的房间
- 母亲的房间

· 火灾当晚，父亲从自己的房间来到母亲的房间。
· 三十分钟后，父亲跑下楼喊道"着火了！"将在客厅的儿子弘树带到户外。

父亲给了弘树一百日元硬币和十字架，对他说：

⬇

"你去对面街角的公用电话亭打火警电话。……
"爸爸现在回去找妈妈。
"你妈妈不知怎的，不在她的房间。"

· 父亲返回家里救母亲。

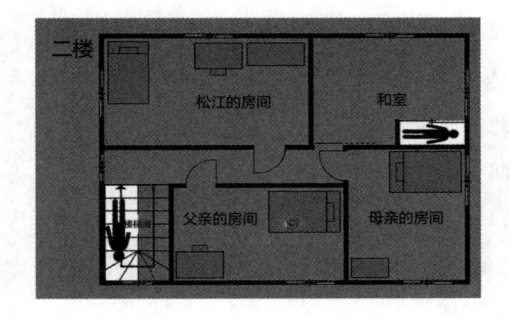

几天后，警方发现了两人的尸体。弘树的父亲倒在楼梯间，母亲在二楼和室的壁橱里。由于母亲的尸体旁边有煤油罐，警方判断"弘树的母亲死于自焚"。

弘树的推理
⬇

- 十点后，父亲去了母亲的房间，给母亲服下安眠药。
- 之后，父亲带弘树到户外避难。
- 父亲返回家中，将母亲搬到和室的壁橱里，纵火。
- 父亲在逃亡途中力竭身亡。

为什么要将母亲搬进壁橱里？
⬇

为了在儿子质疑"父亲你为什么没能救出母亲"时找借口。

借口是？
⬇

"当时你妈妈待在那种地方（壁橱里），找不到她也是没办法的事。"

栗原　松江家的长子弘树和笠原家的长女千惠都认为自己的父亲是凶手。两人的父亲在火灾当晚的行为确实叫人难以理解。既然如此，认定其中一方是凶手的看法就很荒谬。应该认为两人都与火灾有关。

笔者　也就是说，他们是共犯？

栗原　不，事情没有那么单纯。不管怎么说，我们先将需要弄清的要点汇总一下吧。

· 笠原先生和松江先生的离奇行为背后，有什么理由？
· 松江弘树的母亲真的死于谋杀吗？如果是，凶手是谁？
· 尸体为什么出现在和室的壁橱里？
· 如果有人蓄意纵火，纵火人是谁？理由是什么？

我们先来分析笠原先生的怪异行为。他的女儿千惠是这样说的。

笠原　一天晚上，大概是快十点的时候吧，我和爸爸打着土电话聊天。可是呢，他那天的状态似乎和往常不同——声音颤抖，说的话也支离破碎。他虽然回应了我的话，但怎么说呢……他的回答前言不搭后语，根本和我的话对不上。通话过程中还有杂音……不知道那算不算杂音，总之嘎沙嘎沙的，听起来很怪。这毫无意义的对话持续了几分钟后，他突然来了一句"你快睡吧，晚安"，就擅自中断了通话。

栗原　根据电话线的长度可知，笠原先生这时的确在松江家的二楼。问题在于，他在二楼的什么位置。

笠原千惠似乎认为他在和室，但我不这样认为。

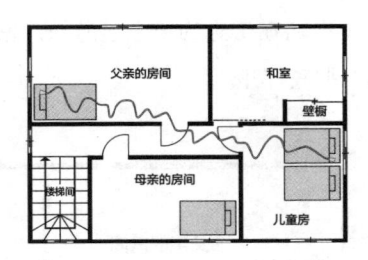

笔者　嗯？

栗原　请看这段文字——

栗原　晚上睡不着的时候，房门忽然打开一条小缝，一侧的纸杯"骨碌"一下被扔进我的房间。我捡起纸杯，钻进被窝，把它贴在耳朵上。

栗原　笠原父女打土电话的时候，房门总是只开一条小缝。你不觉得奇怪吗？

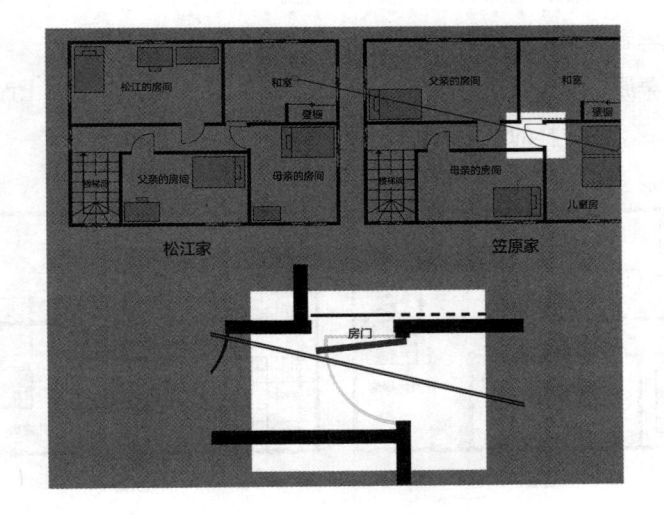

263

栗原　若要用土电话在千惠的床上连通松江家的和室，千惠的房门需要彻底打开。

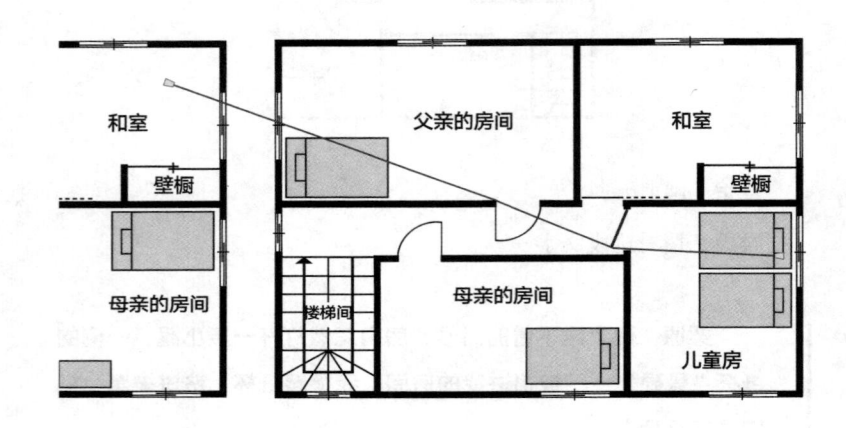

栗原　若是房门半开，电话线会在中途被挡住，导致通话者听不到对方的声音。这说明在火灾当天……不，不仅是火灾当天，笠原父女每次打土电话的时候，笠原先生都不在自己的房间，也不在松江家的和室。

笔者　……那他在哪里？

栗原　他在即使房门半开也能连通土电话的地方。就图上而言，这样的地方只有一个。

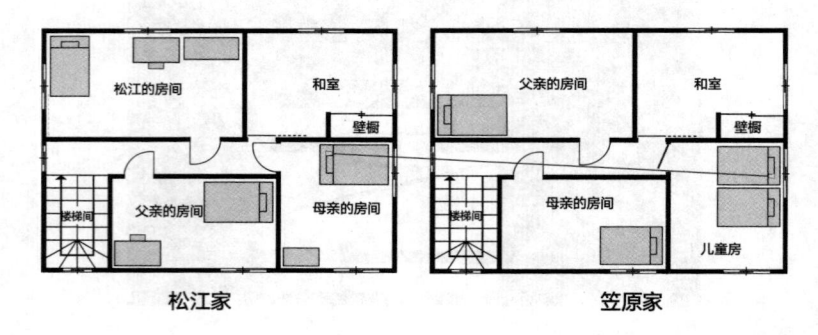

松江家　　　　　笠原家

栗原　弘树母亲的床上。
　　　　﹒﹒﹒﹒﹒﹒﹒

秘密

笔者　但是……笠原先生在那里做什么……？
栗原　这只是我的臆测——笠原先生那时，也许和弘树的母亲有不伦关系吧？

> 笠原　爸爸年纪不大，却很有男子气概。他为人轻佻，偶尔却有温柔的一面。年轻时是所谓的花花公子。

> 笠原　爸爸却不知在哪里找乐子，每天晚上都很晚才回来，浑身酒气熏天，倒头便睡，鼾声如雷。他可会享福了。

栗原　笠原先生有男子气概、为人轻佻、游手好闲，而且很能赚钱，那时想必很受欢迎。
　　　从资料中也不难看出，笠原家和松江家的夫妻关系都不和睦。

> 笠原　妈妈没法直接数落爸爸，就总是对我们兄妹发牢骚。她说："我就不该和那样的男人结婚。"

> 松江　我父母关系不好，他们在一起时根本不和彼此说话，甚至不想看到对方。两人之间大概也没有性生活吧。

栗原　并且两家人之前曾有往来。笠原家的丈夫和松江家的妻子之间发生些什么，也不奇怪。

渐渐地，他们不再满足于"单纯的不伦"，开始追求更刺激的东西……于是，笠原先生也许就发明了"边和自己的女儿聊天边做爱"的新奇玩法。虽然我完全搞不懂这样做有什么乐趣，但每个人都有自己的性癖嘛。

我一直以为，笠原先生制作土电话的初衷是替怕黑的女儿着想，源于一片父母心。

原来并非如此？他只是为了追求性快感，将女儿作为玩具利用？

笠原　爸爸的声音在我耳边响起，似乎比平时更宠溺、更温柔……我还对他说了许多秘密。

想起笠原千惠的话，我的心情变得暗淡。

栗原　发生火灾那天，笠原先生照样拿着土电话，从窗户跳到出轨对象的房间。然而，他眼前出现了可怕的东西：她的尸体。

笔者　尸体？！

这说明，弘树的母亲那时候已经死了？

栗原　是的。依我看，笠原先生不是能狠下心来杀人的人。如果他是这种人，恐怕就会直接袭击圣母大人了。他不是凶手，只是发现了尸体，因此感到惊吓、恐惧，和千惠的对话也变得支离破碎。

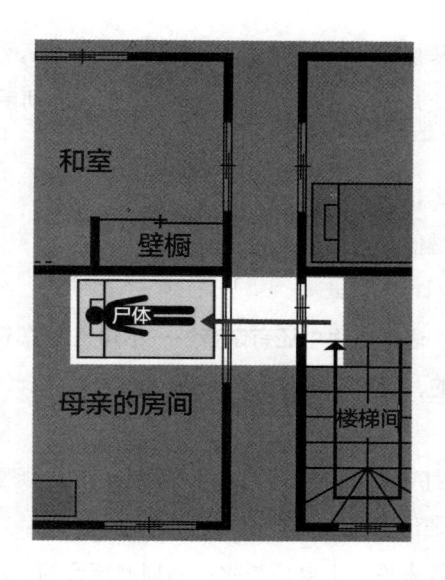

笠原　可是呢，他那天的状态似乎和往常不同——声音颤抖，说的话也支离破碎。

笔者　这么说来，凶手是松江弘树的父亲……？
栗原　不，不是。因为他的父亲是天主教信徒。

松江从胸前的口袋中取出一条银色的项链。
是那条钉着基督的十字架项链。

松江　父亲是虔诚的天主教徒。（中略）我的家被烧毁了，这条项链是我唯一的念想。

栗原　钉有基督的十字架，普通人往往对这种设计不太熟悉。
　　　其实这项链是天主教徒的十字架。

在基督教中，天主教属于尤其严格的一派，严禁教徒杀人。想让儿子接受洗礼的虔诚教徒，不可能动手杀人。

笔者　那么，凶手是谁？

栗原　关键信息藏在千惠的证词里。

笠原　通话过程中还有杂音……不知道那算不算杂音，总之嘎沙嘎沙的，听起来很怪。

栗原　在打土电话的过程中，她听到了"嘎沙嘎沙"的声音。那是什么呢？

一般来说，土电话是收不到周遭声音的。这就可以推测，那是笠原先生在纸杯旁边弄出的声音。请想象一下。

他一手拿着纸杯，一手碰到某个东西，发出了"嘎沙嘎沙"的声音……那东西多半是纸吧。

笔者　纸……？

栗原　尸体旁边放着一个纸信封。笠原先生拿起信封，拆开了里面的信。说到这里，你应该明白了吧？

笔者　莫非……是遗书？

栗原　对。弘树的母亲，是死于自杀。

遗言

栗原　笠原先生读了遗书的内容后受到冲击，惊恐地逃回了自己家。

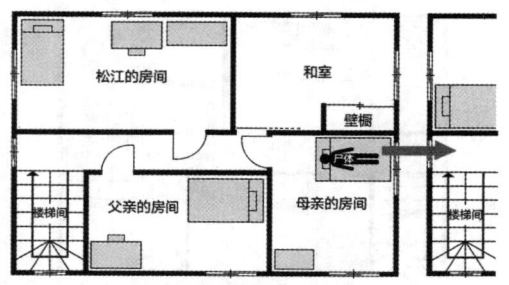

笠原先生逃回自己家

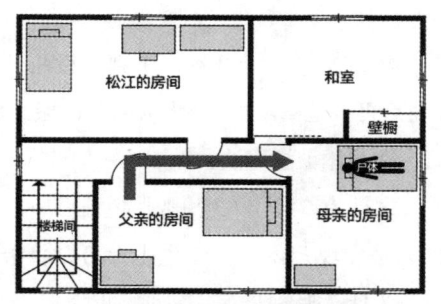

松江先生去妻子的房间查看状况

栗原　笠原先生逃跑时手忙脚乱，也许弄出了什么声响。松江先生听到响动感到可疑，便去太太的房间查看状况。

就这样，他发现了妻子的尸体。这时，他做出了一个令人费解的行为。

让弘树去外面避难　　　　　　**返回妻子的房间**

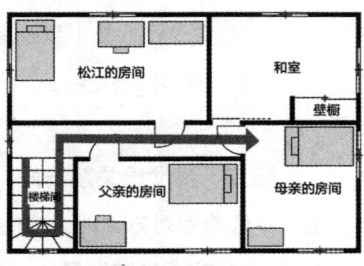

269

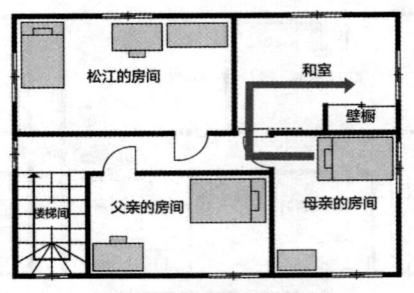

将妻子的尸体搬进壁橱

栗原　松江先生沉默了三十分钟，来到一楼将儿子弘树带到户外，随后再次返回家中，将太太的尸体搬到和室的壁橱里。接着，在尸体上浇煤油、纵火。

笔者　呃……这行为着实让人费解啊。

栗原　如果只是发现尸体，松江先生大可以报警。但他没有这样做。为什么呢？
　　　恐怕他也读了那封遗书，由此得知了某个真相。这导致他犯下纵火的罪行。那么，遗书里写了什么呢？

栗原握着圆珠笔，在笔记本上画了一个巨大的十字。

栗原　这也跟他是天主教徒有很深的关系。
　　　其实，天主教不仅严禁教徒杀人，还禁止教徒发生生育目的以外的性生活，尤其禁止教徒偷情。

　　松江　我父母关系不好，他们在一起时根本不和彼此说话，甚至不想看到对方。两人之间大概也没有性生活吧。母亲没有经济能力，父亲不会做家务。因此两人只是维持着表面夫妻的状态，

| 不离婚，凑合过日子罢了。

栗原　松江先生的太太也许因为丈夫的禁欲而欲求不满。她和笠原先生发生不伦关系，说不定和这一点有关。
　　　而更重要的内容还在后头——或许松江太太不小心怀上了笠原先生的孩子。
笔者　欸？
栗原　既然夫妻之间没有性生活，一旦松江太太被发现怀孕，外遇的事自然会露出马脚。丈夫是严格的天主教徒，不可能原谅自己。
　　　倘若妊娠未满二十二周，还可以选择人工流产。但若是松江太太在犹豫不决的过程中错过了流产的时机……她就无路可走了。

所以说……松江太太精神上走投无路，于是留下遗书，自杀身亡？

栗原　松江先生一定很受伤。但对他来说，还有更重要的问题需要解决。

| 松江　父亲是虔诚的天主教徒。听说他还曾想让我也接受洗礼，但在母亲的反对下，似乎未能如愿。

栗原　希望儿子也成为天主教徒的他，读过遗书后一定会想：再这样下去，弘树往后就会变成偷情的女人的孩子。
　　　对天主教徒来说，这想必很不光彩。因此他决定对外隐

瞒妻子外遇的事实。

笔者 隐瞒外遇事实？

栗原 遗书可以扔掉，但肚子里的孩子不能平白无故地消失。自杀的人，尸体会由警方做司法解剖。这样一来，妻子怀孕的事实就会轻而易举地暴露。因此他为了毁灭证据，决定烧掉尸体。

笔者 也就是……连妻子腹中的胎儿也一起烧死？

栗原 对。但他肯定也想到，仅仅点燃尸体，可能无法彻底抹掉肚子里的孩子存在的痕迹。

松江先生冥思苦想了三十分钟，决定使用一样东西——壁橱。

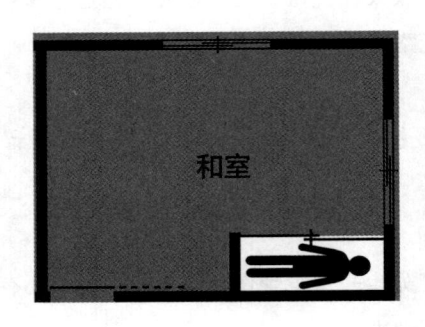

栗原 他打算让尸体在狭窄密闭的壁橱中烧个彻底，以至于无法司法解剖。

笔者 也就是用壁橱代替棺材？

栗原 "用壁橱代替棺材"的说法很妙。但松江家跟火葬场不同，是普通的民房，不能只点燃壁橱。如果放火，整座房子都会烧着。松江先生大概是觉得这样也无所谓吧。

笔者 天哪……对小孩子来说，失去自己的家一定比成为偷情

栗原　人有时会为了信念做出愚蠢的选择。若是跟宗教扯上关系，就更是如此。

笔者　是吗……

栗原　那么，引发这场大乱的出轨者笠原先生，后来怎么样了呢？

笠原　后来不知道为什么，爸爸变得很奇怪。原本轻佻、开朗的他像变了个人似的，阴沉沉的。

栗原　原来这个为人轻佻、游手好闲的男人，其实是一个胆小怕事的人。

外遇对象因为自己而自杀、肚子里的孩子也因此丧命——他大概承受不住这两重罪恶的折磨，转而在宗教中寻找救赎。

笔者　所以笠原先生加入了重生集会……

栗原　这样一来，我们也终于看清教团的真面目了。

罪孽之亲，罪孽之子

④信徒们怀有的共同烦恼是什么？

栗原　现在，让我们再看一遍教团干部绯仓正彦先生的演讲内容。

"诸位恐怕已经对自己犯下的可怖罪行有所认知。这罪行，会过继到你们可怜的孩子身上。你们的孩子是罪孽之子，因父母所犯之罪降生。罪孽之污秽会召唤种种不幸，将诸位拉向地狱的泥沼。

"很遗憾，这污秽绝不会消失。但有办法将它淡化。反复修行，即可将其净化。诸位先在本场馆洗刷污秽吧。明天一早，身上的污秽将稍稍轻减。到时请诸位回去，为你们的孩子做修行的启蒙。"

栗原　"这罪行，会过继到你们可怜的孩子身上。"他首先要假定听众有孩子，才能这样说。

也就是说，重生集会的信徒全都有小孩……换句话说，如果没有孩子，便无法加入这个教团。而且这些孩子的来历还不普通。

笔者　"因父母所犯之罪降生的孩子"……也就是外遇生下的孩子，对吗？

栗原　正是如此。这样的孩子似乎比我们想象的还要多，据说他们的父母怀抱的苦恼无法向他人诉说，每天都苦不堪言。重生集会就瞄准了这些人的孤独和罪恶感，对他们洗脑。

⑤信徒们为何会被每月只进行几次的修行洗脑？

栗原　洗脑的关键是"植入罪恶感"，并"掌握对方的弱点"。重生集会的信徒从一开始就怀着巨大的罪恶感，有致命的弱点，很容易受到威胁、劝诱，被思想控制。

笔者　原来如此……

栗原　巧合的是，失去外遇对象和小孩的笠原先生的情况很符合教团的教诲。

"你们的孩子是罪孽之子，因父母所犯之罪降生。罪孽之污秽会召唤种种不幸，将诸位拉向地狱的泥沼。"

笔者　也就是说，笠原先生相信，松江太太自杀是因为罪孽唤来了不幸。

栗原　是的。与此同时，笠原先生心里恐怕又生出了新的不安，因为他还和另一位外遇对象有一个私生子。

笔者　私生子……难道是成贵……

栗原　对。被重生集会的教诲感染的他，担心不幸会降临到私生子成贵身上。于是他扔下家人，决心为成贵买下一栋房屋，将它改建为重生之馆。
　　他屡屡将成贵叫到家中过夜，大概就是想净化罪孽。然而就在这时，"金发男人"现身，将成贵从他身边夺走。那个男人的真实身份……应该是成贵的母亲新交往的恋人、抓住她把柄的小混混吧。

"你这个冒牌货！如果你真的是神，我的儿子……Naruki 为什么会死？！我要杀了你！我要堵死你的心脏！"

笔者　明明遵从了教诲，成贵却还是死了。笠原先生大受打击，于是将愤怒发泄在圣母大人身上。

栗原　嗯。接着，他将房间锁死，在毫无意义的复仇后，断绝了自己的性命。真是个可悲的男人。但他或许也尽他所能地反省了过去的错误，试图拼尽全力做出补偿。

笠原先生拆掉二手房的房间,想将房子改造为重生之馆。
"拆掉房间"这个说法让我想到了什么。

笔者 栗原,难道根岸家也……
栗原 毫无疑问,根岸家也和重生集会有关。

资料①《被封死的走廊》

母亲的态度和老家的诡异布局

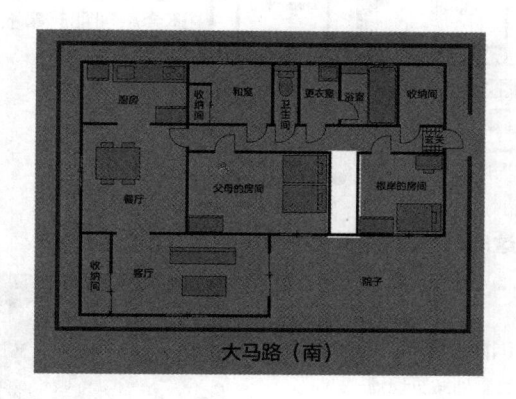

[户型图：标注有 厨房、收纳间、和室、更衣室、卫生间、浴室、收纳间、玄关、餐厅、父母的房间、根岸的房间、收纳间、餐厅、院子、大马路（南）]

・根岸弥生的老家有一段用途不明的走廊。

线索是母亲对女儿不同寻常的过度保护？
⬇

・母亲经常严厉地告诫根岸："不要到大马路上去，那里很危险。"

推导出的结论是？
⬇

・这栋房子是在根岸出生那年由名叫"House Maker 美崎"的建筑公司建造的。
・户型图是"美崎"的员工和根岸的父母商量着设计的。
・起初，房屋的入户门准备建在南侧。
・但施工中，"美崎"的卡车司机在大门口的马路上轧死了邻居家的孩子。

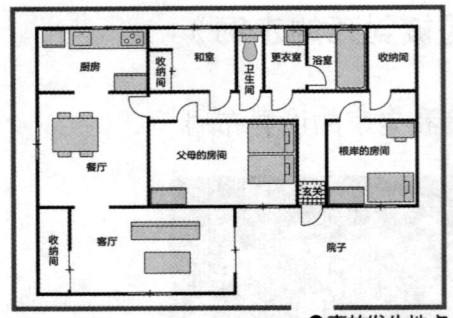

这样，根岸家就会成为"大门口发生过死亡事故的房子"。不仅不吉利，每次经过门口还会想到那起事故。

● 事故发生地点

这时，根岸的母亲向"美崎"提出的建议是？

· "改变入户门的位置"。
  ↳从家中不会看到案发现场。

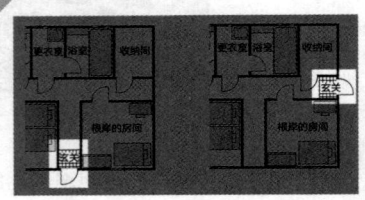

由此揭开的两个真相

· "被封死的走廊"尽头原本应该是房子的入户门。
· 母亲要根岸"不要到大马路上去"，是害怕自己的女儿遭遇同样的事故。

就在以为问题已经解决的时候……

根岸得知，房子建成几年后，母亲曾试图请"美崎"缩小住宅面积，拆掉女儿的房间。
由于工程开始前母亲已去世，个中原因至今无人知晓。

根岸的母亲生前曾向建筑公司咨询，想进行缩建工程，拆掉女儿的房间。刚得知这件事时，我感到不可思议。但如今，了解重生集会的事后，我能理解她的意图了。

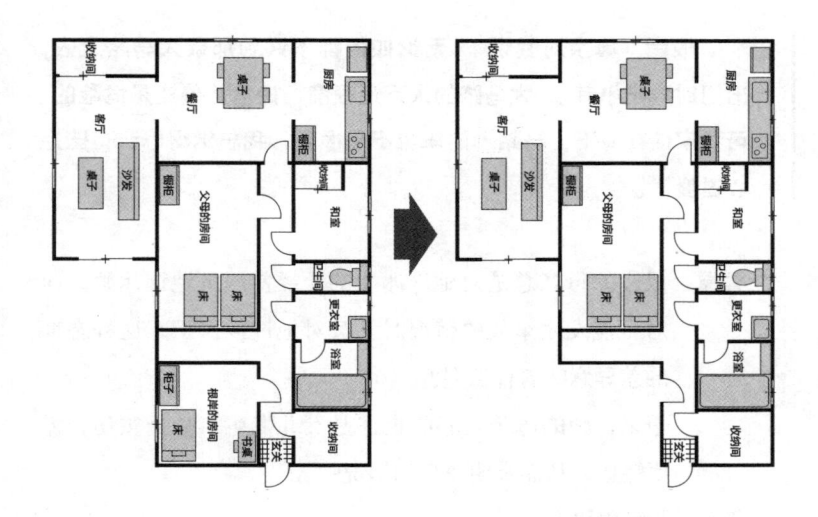

拆除根岸的房间后，房子的形状就接近圣母大人的身体构造了。可以说，根岸的母亲希望的缩建工程，是砍掉房子的"右腿"。

笔者　这么说来，根岸的母亲也和人发生不伦关系，有了私生子？

栗原　大概是吧。她决定将那个孩子当成自己和丈夫的结晶，抚养其长大。

笔者　欸，等一下……难道说……？

栗原　没错。根岸弥生，是她的母亲与人外遇生下的小孩。

过度保护

栗原　最让我感到蹊跷的，是房子门口的那条大马路。

> 根岸　母亲对我说："无论如何都不许到那条大马路上去，出门时要走小巷。"大马路的人行道很窄，说危险确实是危险的。可我家住在乡下，马路上的车也不是很多，我总觉得母亲有些担心过度了。

栗原　根岸的母亲总是对她冷冰冰的，经常严厉地训斥她。面对可能发生事故的情况时，又对她过度保护。这种态度的差异意味着什么呢？

想来，她的母亲担心的也许是女儿发生事故受重伤，需要输血，从而查明血型的情况吧。

笔者　此话怎讲？

栗原　很多不伦恋，都是因为孩子的血型败露的。

夫　　　妻　　　　　夫　　　妻
O型―O型　　　O型―O型
　　｜　　　　　　　　｜
　子女　　　　　　　子女
　O型　　　　　　　~~A型~~

栗原　打个比方，O型血的丈夫和O型血的妻子不可能生出A型血的子女。

O型（夫）—O型（妻）　外遇对象

子女 A型

栗原　如果出现了这种情况，就说明妻子和 A 型血或 AB 型血的男人有外遇。以前，每家医院的妇产科都会检查新生儿的血型，所以也有孩子刚出生，夫妻就因婚外情败露而离婚的情况。

笔者　所以，你认为根岸的母亲担心输血时查出女儿的血型，被丈夫发现自己曾经有外遇……嗯？但是，以前不是每家医院都会检查新生儿的血型吗，那时没有露馅吗？

栗原　恐怕根岸出于某些原因，没能接受血型检查。

　　根岸　刚刚也说过，我是早产儿，比预产期提前两个月出生，而且是剖宫产。分娩时，大人和孩子一定都很危险。

栗原　早产意味着婴儿还未发育完全便离开了母体。这样的婴儿就是所谓的早产儿。早产儿体格娇小，血量自然也少，没办法充分采血，出生时可能也就没有检查血型。当然，根岸应该是偶然成为早产儿的。但这偶然对她的母亲而言，毫无疑问是一种幸运。好了，让我们按时间顺序整理一下。

外遇怀孕 ➡ **隐瞒事实，决定生下孩子** ➡ **加入重生集会**

栗原　根岸的母亲外遇怀上了孩子。她决定隐瞒这件事，将孩子生下来，假装孩子是她和丈夫的小孩。不过，常年独守秘密一定是件辛苦的事。她在痛苦中得知重生集会的存在，对其教义产生了共鸣。

　　　根岸的母亲像隐匿的基督徒[①]一样，瞒着丈夫信仰圣母大人。日子一天天过去，发生了一件意想不到的事——那起死亡事故。

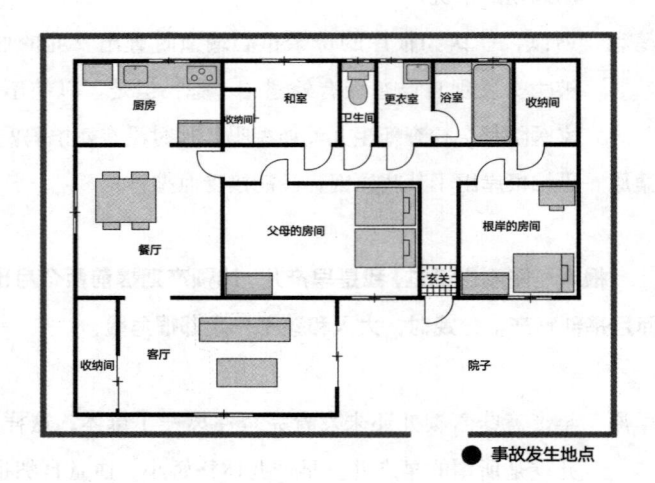

●事故发生地点

栗原　House Maker 美崎的工人在根岸家的建筑工地附近——即将成为大门口的位置轧死了一个孩子。这时，根岸的母亲发现一件事。

---

① 江户幕府时期，日本政府禁止民众信仰基督教。

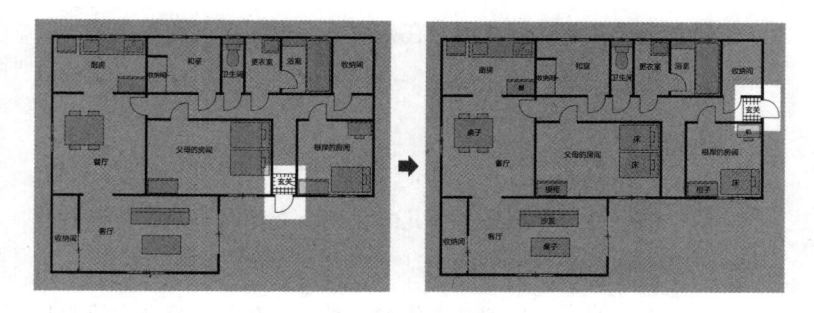

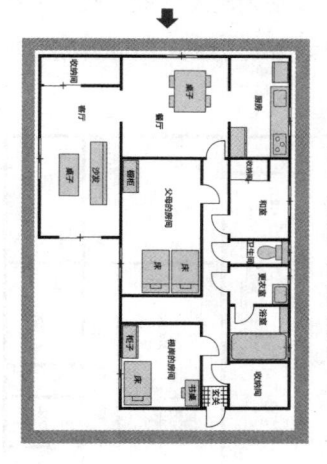

栗原　改变大门的位置，房子就会接近重生之馆的样子……对她来说，这是偶然造访的幸运。

于是，她决定建议丈夫这样做。

听说根岸的父亲对公司发了一顿脾气。

平息根岸父亲怒火的是她母亲。不过她提出了一个要求。

希望把入户门的位置改一下——这便是根岸的母亲向建筑公司提出的条件。

栗原　后来，幸运再次降临在她身上。由于女儿是早产儿，医院没有查验孩子的血型。只不过，这幸运又带来了新的苦恼。

对母亲而言，根岸的存在无异于潘多拉魔盒。事故、生病、献血……她不知道女儿的血型会在何时辨明，自己的罪孽又会在何时被发现。

内心的不安使她越发依赖宗教。她在重生集会中陷得越来越深。渐渐地，她有了新的惦念。

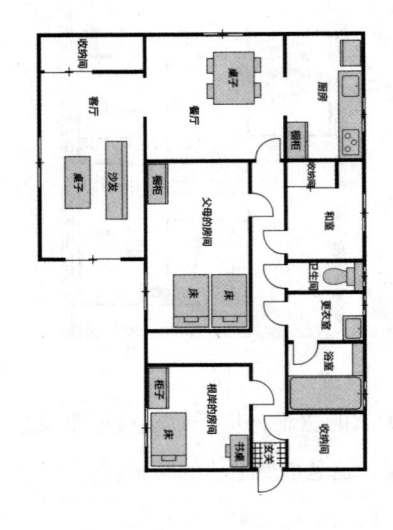

栗原　作为重生之馆，这栋房子还不够完备……她也许产生了这样的想法。现在的房子，和圣母大人的身体还是存在很大差距。于是她开始为改建工程存钱。

根岸　母亲的抽屉里有个信封，里面装着六十八张一万元纸钞。（中略）母亲身体健康的时候在便当店打工……

栗原　但是，以便当店的时薪来看，就算再努力，顶多只能攒几十万日元。

他们推销的是动辄数百万，甚至上千万日元的昂贵商品。

栗原　教团索要的费用少说也要上百万日元，在便当店打工根本没法拿到这么大一笔钱。于是根岸的母亲放弃请重生集会做缩建工程，转而向 House Maker 美崎求援。

　　池田　其实，大概在这栋房子竣工五年后，令堂独自来过敝社。那时，她问了我一个不可思议的问题："能否请你们把东南角的房间拆掉？"

栗原　毕竟过去发生过那样的事，根岸的母亲也许抱着一丝希望：House Maker 美崎也许愿意以低廉的价格接受缩建工程的委托。

然而美崎终究没有大发善心，接下这个莫名其妙的项目。根岸的母亲没能解除心头之患就结束了短暂的一生。大概就是这样。

笔者　也许不该问你这个问题……根岸的母亲究竟爱不爱她呢？

栗原　重生集会的理念是"拯救偷情所生的孩子"，所以她应该是爱自己的女儿的吧。

　　……只不过，从房屋布局来看，也不排除有另一种可能。

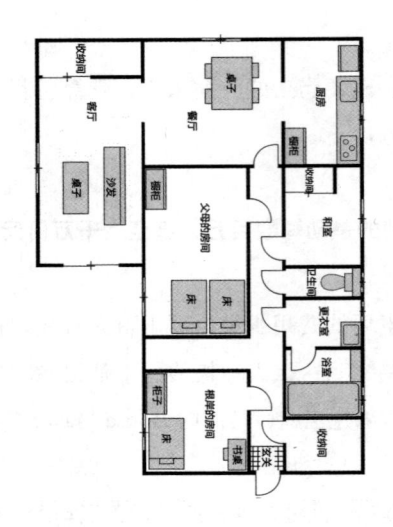

栗原　一般来说，将孩子的房间放在"子宫"的位置才是最理想的。

可根岸的房间，怎么看也不可能对应那个位置。她的房间更像是对应"脚"的位置，反倒是母亲的房间离"子宫"更近。

或许比起女儿，根岸的母亲更迫切地渴望拯救自己。不过，这只是我的想象。

休息

栗原　这样一来，想必你已经明白了——根岸的老家、笠原先生家和入间家都和重生集会有关系。

笔者　入间的父母之前也有外遇吗？

栗原　肯定和根岸的情况一样吧。

笠原先生家 **入间家** **根岸的老家**

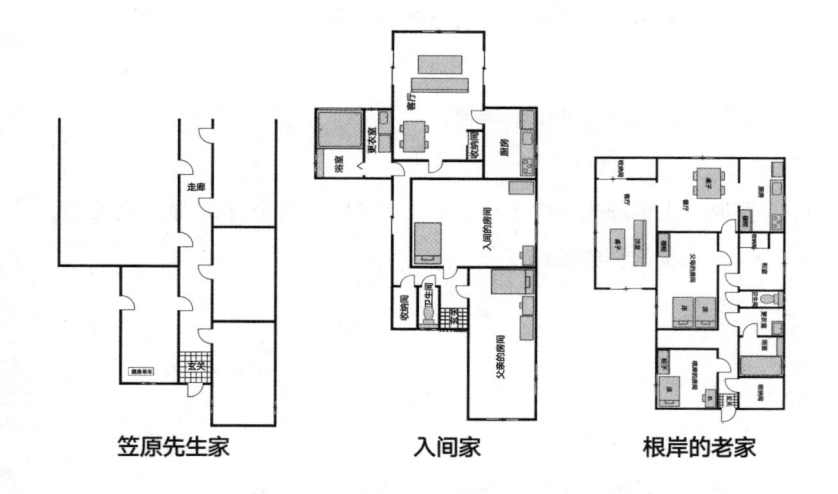

笔者　意思是……入间是他母亲外遇生下的……？
栗原　我觉得是。只不过，入间家的特别之处在于，他父亲也参与了改建。大概是在知晓妻子外遇的情况下，两人一起加入了教团吧。
笔者　怎么说呢……真是一位宽容的好父亲啊……
栗原　也许这一切都是为了孩子。不过，如果硬要不负责任地瞎猜，也不是没有其他可能。

听说房子是父母结婚那年买下的新居，八年后，由于长子入间的出生，房子好像进行过大规模的改建。

栗原　入间先生在父母结婚八年后才出生，有点儿晚呢。
　　　我只是提出一种可能：或许他的父亲无法生育？
笔者　是无精症吗？
栗原　对。但是，夫妻俩无论如何都想要一个孩子。于是……哎，我也太能乱猜了。就点到为止吧。

栗原坐在原地,伸了个懒腰。

栗原　上半场战斗终于结束了。下半场开始前,我们歇一会儿吧。再泡杯红茶好了。

诞生

热水注入杯中。不知不觉间,窗外天色已经暗了下来。

栗原　前面我们考察了重生集会这一邪教团体的真面目。下面我想聚焦以下两个问题:教团是怎样诞生的?又是怎样解散的?
提到重生集会,就不能不提它的教主——圣母大人。她为何会成为教主?让我们追溯这段历史。

栗原打开了资料⑩《无法逃脱的公寓》。

资料⑩《无法逃脱的公寓》

被关在卖淫场所"置栋"的母子

・居酒屋的"金字招牌"西春明美年轻时,是很受欢迎的夜店女郎。
・她上了一个有家室的男客人的当,怀孕后做了单亲妈妈。
・她为未来做打算,开了一家店,结果经营失败,债台高筑。
・二十七岁时,她申请破产。和当时七岁的儿子满一起被带到"置栋"。

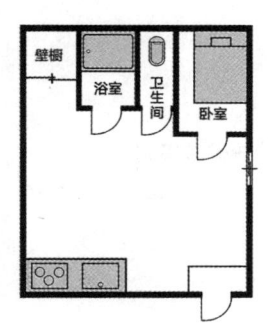

"置栋"是什么?

过去由黑社会势力经营的卖淫场所。让卖淫女住在改造的公寓里,客人到房间与她们进行性交易,所得收入的一部分用于还债。欠款还清之前不得离开房间。

为防止住在里面的女性逃跑,黑社会采取了某种防范措施。

两个房间中间有一扇推拉窗,形成住户间相互监视的制度。

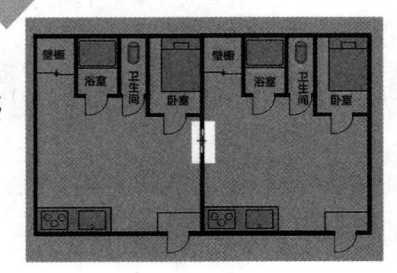

・明美的隔壁,住着和她有同样遭遇的女子 Yaeko。
・Yaeko 也因欠下债务,和十一岁的女儿一起被关进了置栋。
・邻居 Yaeko 没有左臂。

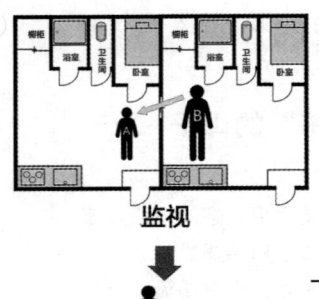

一般来说，置栋禁止住户外出，除非满足某种条件。

条件是"带上隔壁的孩子一起"。出门时，留在房间的孩子由隔壁屋的母亲监视。

明美和 Yaeko 经常利用这一制度外出。

一天，悲剧发生了。

- 明美的儿子满说"想去市里"，Yaeko 便带他出门了。
- 外出当天，满看错了信号灯，闯入机动车道，险些被车撞到。
- 多亏 Yaeko 挺身而出，满保住了性命，只受了一点儿小伤。但 Yaeko 的右腿被截肢。

后来，Yaeko 怎么样了？

- 一个常来的男客人还清了 Yaeko 的债务，将母女俩从置栋中解救出来。

这名常客是谁？

- 建筑公司"Hikura House"的公子哥。
- Yaeko 应该是被迫嫁给了他。

栗原　在置栋中，西春明美的隔壁住着Yaeko。

Yaeko没有左臂，又为了救明美的儿子满失去了右腿。没有左臂和右腿的女人……从资料后半部分的描述可以看出，Yaeko和圣母大人明显是同一个人。

明美　当时，有个男人频繁光顾Yaeko的房间。

那男人好像是名叫"Hikura"的建筑公司的公子哥。他迷恋上了Yaeko，迷她迷得一塌糊涂，听说把Yaeko的欠债全还清了。当然，他做这些并不是为了发善心。他把Yaeko母女都带走了。（中略）如此糟糕的男人也仗着自己是社长的儿子继承了公司，现在成了公司的会长。这社会简直是不可救药。

栗原　"现在成了公司的会长"，这说明那位常客就是绯仓正彦先生。也就是说，绯仓先生和圣母大人从那个时候就有了联系。

现在请回忆一下，圣母大人在重生之馆的神殿中对信徒们说的话。

"众所周知，我生为罪孽之子，被罪孽之母夺去左臂，又为救罪孽之子失去右腿。我愿用所剩之身躯，拯救诸位和诸位之子。来吧，重生吧，千千万万次。"

栗原　"为救罪孽之子失去右腿"这句话指的应该是那场交通事故。她确实曾挺身保护满，导致右腿被截肢。那么，为什么满是"罪孽之子"呢？资料中有这样一段记述。

十九岁时，明美怀上了男客人的孩子。对方自称开了一家小公司，经常一本正经地对明美说："我想和你组成幸福的家庭。"明美也被他的真诚吸引，认真地考虑起婚事来。

　　然而，她说出自己怀孕的事后，对方再也没来过店里。没过多久，明美就听到了难以置信的传闻：对方根本不是什么公司老板，而是有老婆孩子的上班族。

栗原　明美被有老婆孩子的上班族欺骗，怀了孕。也就是说，满也是偷情所生的孩子，是"因罪孽降生的罪孽之子"。

明美　这个嘛……孩子们不在的时候，我们倾诉过各自的身世。那女人的经历好像十分复杂。

栗原　圣母大人在置栋和明美讲过她的身世。她大概就是在那时得知了满出生的秘密。
笔者　这么看来，圣母大人并非随意说些宗教意味浓厚的话，而是在陈述事实。
栗原　是的……那么问题来了——

　　"我生为罪孽之子，被罪孽之母夺去左臂，又为救罪孽之子失去右腿。"

栗原　"生为罪孽之子""被罪孽之母夺去左臂"，应该也是事实。那么当年究竟发生了什么呢？

明美　她说，她是被捡来的弃婴。似乎还说到"小屋"什么的。

她好像是在林子里的一间小屋里被捡到的。

　　也就是说,她一直以为是父母的人,其实是她的养父母……呃,这种情况其实挺常见的。她说得知真相后受了刺激,夺门而出。她还说:"我至今都恨我的养父母。"

栗原　"林子里的一间小屋",这个描述似乎有些熟悉呢。

栗原拿起资料③《林中的水车小屋》。

资料③《林中的水车小屋》

水车小屋的巧妙机关

- 昭和十三年,财团千金水无宇季在叔父家小住时到附近的林子里散步,发现了水车小屋。

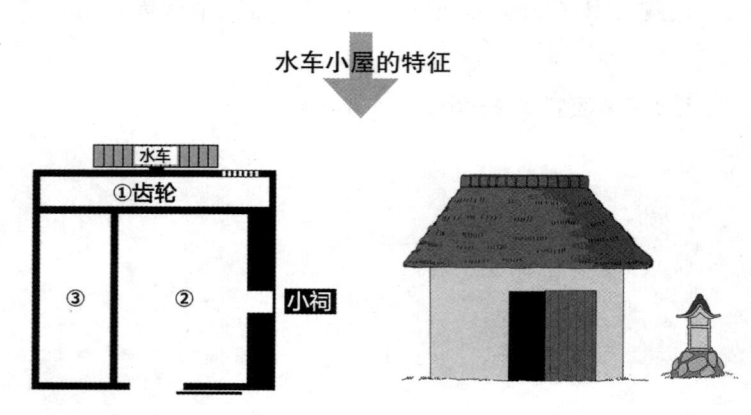

水车小屋的特征

- 小屋附近有一座小祠,里面有一座"单手拿着水果的女神石像"。
- 小屋有三个房间:
  - ①放齿轮的房间　②有门的房间　③打不开的房间
- 房间②的墙上有一处凹槽。

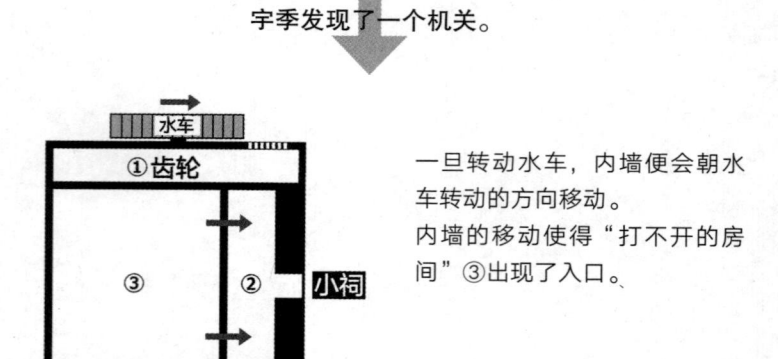

宇季发现了一个机关。

一旦转动水车,内墙便会朝水车转动的方向移动。
内墙的移动使得"打不开的房间"③出现了入口。

房间③里有什么？

⬇

宇季说，她看见了"白鹭的尸体"。
因此宇季逃走了。

当晚，宇季本想问叔父、叔母水车小屋的事……

⬇

叔父叔母家的小婴儿病情恶化。
"听说婴儿术后恢复得不好，左臂的根部化脓了。"
就这样，宇季错过了提问的机会。

后来，宇季有了怎样的想法？

⬇

· 水车小屋也许类似于忏悔室。
· 将不肯认罪的人关在房间②中，转动水车。
· 面对逼近的墙壁，罪人为了逃命，蜷身于凹槽中。
· 对面是神明的小祠→罪人的姿态有如向神明下跪。

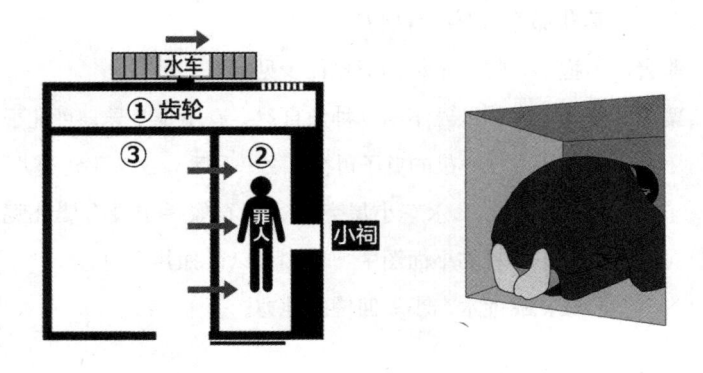

栗原　财团千金水无宇季在林中发现的这座水车小屋，究竟是做什么用的？下面这段描述值得关注。

　　我四下张望，看到小屋左侧有一个好像小祠的东西，便走过去细瞧。
　　那座小巧的小祠由漂亮的白色木头搭建而成，有三角形屋顶，看上去刚盖好不久。小祠里有一座石像，是一尊单手拿着圆形水果的女神像。

栗原　"单手拿着圆形水果的女神像"，熟悉佛教的人，想必仅凭这一句就知道这是哪一尊神了——鬼子母神。
笔者　鬼子母神……光说名字的话，我好像是听说过的……
栗原　鬼子母神起源于印度，传说会保佑孩子的平安。多数情况下，其神像单手拿一"吉祥果"，另一只手怀抱婴儿。
笔者　是守护孩童的神啊。
栗原　是的。但引起我注意的是，宇季的描述中只提到了"水果"，莫非那尊石像没有抱着婴儿？
笔者　不抱婴儿的鬼子母神形象很少见吗？
栗原　地区不同、工匠不同，神像自然会有不少差异，可几乎所有单手拿吉祥果的鬼子母神，另一只手一定会手托婴儿。那么，为什么水车小屋旁的这尊石像手中没有婴儿呢？从水车小屋的平面图中，我们可以得知其缘由。
　　　石像在靠近水车小屋凹槽的地方。

　　说是洞，其实并没有和外面贯通。因此用"凹槽"来形容它或许更加贴切。

如果我蜷缩身体，大概刚好能钻进这个在墙中间挖出的四方形"凹槽"中。

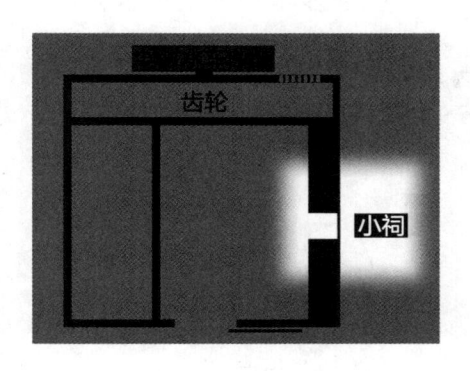

栗原　这个凹槽，是不是用来放婴儿的呢？
笔者　放婴儿？
栗原　对。读这份资料的时候，我想到了这种可能。

他指着资料⑤《凶宅就在眼前》。

资料⑤《凶宅就在眼前》

八十多年前发现的女尸

· 公司职员平内健司在长野县购入一套二手房。
· 追溯这套房子的历史,他得出一个恐怖的真相。

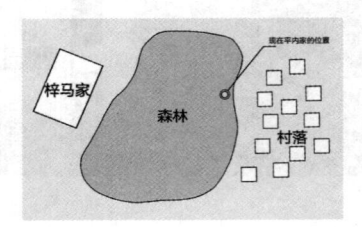

现在平内家的位置
梓马家 森林 村落

· 现在平内家所在的位置曾经被森林覆盖。
· 森林西侧有一名门望族——梓马家的宅邸。

梓马家发生了什么?
⬇

· 家主清亲和女佣阿娟偷情。
· 两人偷情之事败露,清亲的妻子震怒→打算杀掉阿娟。
· 阿娟跑出宅邸,逃进森林。

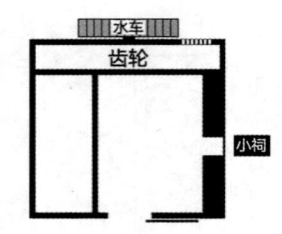

阿娟去了哪里?
⬇

水车 / 齿轮 / 小祠

她决定在林中的水车小屋躲避风雨。

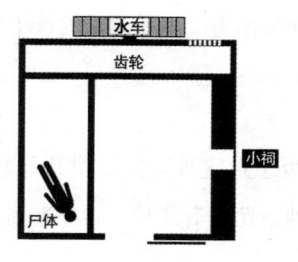

・然而，由于没有食物，阿娟饿死在小屋中。
・水无宇季看到的"白鹭的尸体"应该是指阿娟（？）。

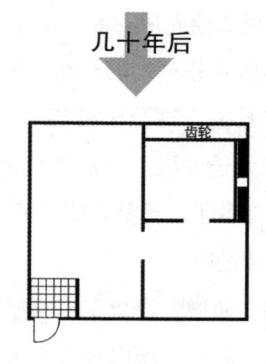

几十年后

・有人出于某种缘由，扩建水车小屋，把其变为没有窗户的"仓库"。

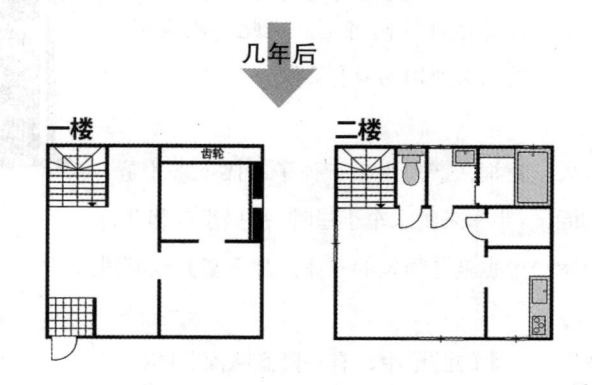

几年后

・又继续扩建了二楼，将其作为房产出售。

栗原　也许阿娟那时怀上了梓马清亲的孩子吧?
笔者　欸？！

在此之前，我从没想过这种可能。但这并非无稽之谈。梓马清亲爱阿娟，阿娟也爱他。两人有了孩子也不奇怪。

栗原　阿娟大着肚子，从宅邸逃了出去。清亲决定在林中偷偷为无路可去的她建一座产房（为女性生产准备的小屋）。应该是请家里长期雇用的木工建造的吧。
　　　不过，这小屋并非单纯的产房。阿娟产下的是清亲的孩子……也就是说，这孩子可能会成为梓马家的继承人。孩子若是被妻子发现，一定会被杀掉。为以防万一，清亲在产房中准备了一处婴儿的"紧急避难所"。
笔者　也就是那处凹槽吗……
栗原　嗯。清亲还在凹槽附近放了一座鬼子母神的石像。石像之所以没有抱着婴儿，是为了用那只手保护婴儿……也许是这样的寓意吧。由此不难看出，清亲对阿娟的爱有多深。

小祠

不久，阿娟在产房中生下孩子。接下来才是真正的问题：宇季来到水车小屋时，那里没有婴儿，只有白鹭……也就是阿娟的尸体。那么婴儿到哪里去了？

栗原　宇季的游记中，有一段意味深长的描述。

当天晚上，和叔父、叔母用过晚餐后，我打算向二位询问水车小屋的事。那小屋应该不是他们的财产，但既然它离叔父家不远，我想他们也许知道些什么。

　　可我刚要开口，小婴儿就在里屋哭了起来。叔父、叔母匆忙离开了饭桌。听说婴儿术后恢复得不好，左臂的根部化脓了。

　　那之后的几天，叔父和叔母都忙着照料住院的孩子。到头来，直到我回东京，也没机会问他们有关水车小屋的事。

栗原　当年宇季二十一岁，她的叔父叔母应当有一定年纪了。从时代背景来看，这样年纪的两个人刚刚生下一个小孩，似乎不太寻常吧。也许是他们捡到了阿娟的孩子呢？

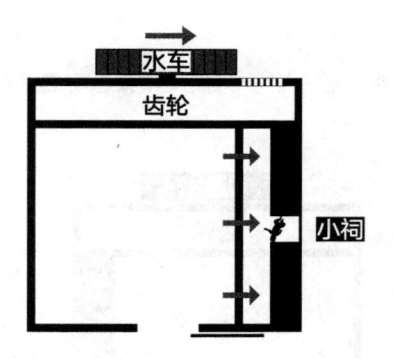

栗原　在水车小屋生下孩子后，阿娟油尽灯枯，自知死期将近。不管怎样，也要在死前将婴儿藏起来——她竭尽最后的力量，转动水车，移动墙壁。

　　但那时，有件事她大概没发现。

栗原　寻找母亲的婴儿左手被两面墙壁夹住，手臂受到压迫。

神

栗原　阿娟咽气后，宇季的叔父和叔母将婴儿救了出来。

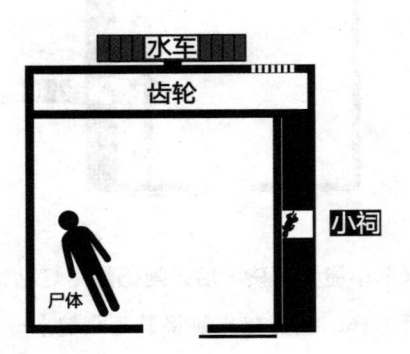

栗原　一天，两人走进森林，偶然发现了水车小屋。他们和宇季一样发现了水车的机关，找到了阿娟的尸体和凹槽中的婴儿。婴儿的左臂由于长时间受压，已经坏死。

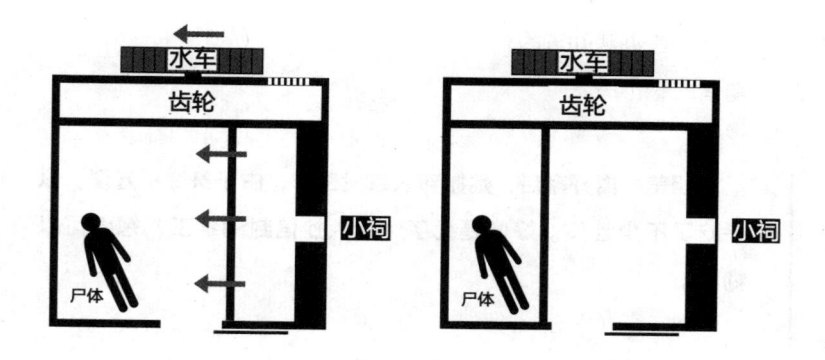

[图：水车／齿轮／小祠／尸体 示意图 两幅]

栗原　两人移动墙壁，使阿娟的尸体不致暴露在外，算作最起码的吊唁，并将婴儿带回家。婴儿坏死的左臂经手术切除。就这样，阿娟的孩子被两人收养。两人为孩子取名"Yaeko"。

> 明美说，Yaeko 在长野县一户富裕的人家长大。
> 但十八岁时，她从父母口中得知一件事。
>
> 明美　她说，她是被捡来的弃婴。似乎还说到"小屋"什么的。她好像是在林子里的一间小屋里被捡到的。
> 　　也就是说，她一直以为是父母的人，其实是她的养父母……呃，这种情况其实挺常见的。她说得知真相后受了刺激，夺门而出。她还说："我至今都恨我的养父母。"

栗原　"这件事"，大概就是我前面说的身世秘密。Yaeko 受了刺激，离家出走。
笔者　她为什么要恨抚养自己长大的两个人呢？
栗原　这我就不知道了。也许和家庭内部的事有关吧，旁人是

303

没办法知道的。

笔者　嗯……

明美　离开家后，她搬到东京找工作，由于身体不方便，似乎吃了不少苦头。好像是找了个给人抄信封的零工，勉强可以糊口。

然而在某一刻，情况出现了转机。
Yaeko 二十一岁时，和打工的那家公司的社长恋爱，对方向她求婚了。

明美　她一下子就成了社长夫人，太厉害了。
Yaeko 很快生了小孩，本以为就要过上幸福安稳的人生……但人生真是艰辛啊，生命中的陷阱往往就藏在这样的时刻。
听说公司受股市低迷的影响而倒闭，听说 Yaeko 的老公拖欠一大笔债务，扔下一对可怜的母女自杀了。黑社会的人没法向二人讨债，便将她们一起带到了置栋。

栗原　Yaeko 离家出走后，结婚、生子，遭遇丈夫自杀的变故，背上巨额欠款，被关进置栋。

明美　当时，有个男人频繁光顾 Yaeko 的房间。
那男人好像是名叫"Hikura"的建筑公司的公子哥。他迷恋上了 Yaeko，迷她迷得一塌糊涂，听说把 Yaeko 的欠债全还清了。

栗原　就这样，Yaeko 成了 Hikura House 下一任社长绯仓正彦先生的妻子。真不知道这对她来说到底是幸福还是不幸。但至少,她得到了足以安稳度过一生的地位和金钱……本该如此才对。但故事到这里还没有结束。

栗原打开资料②《孕育黑暗的家》。

资料②《孕育黑暗的家》

Hikura House 的商品房

- 二〇二〇年，发生了一起少年杀害家人的凶案。
- 有传言称，凶案的发生和少年家的户型有关。

户型的问题在哪里？

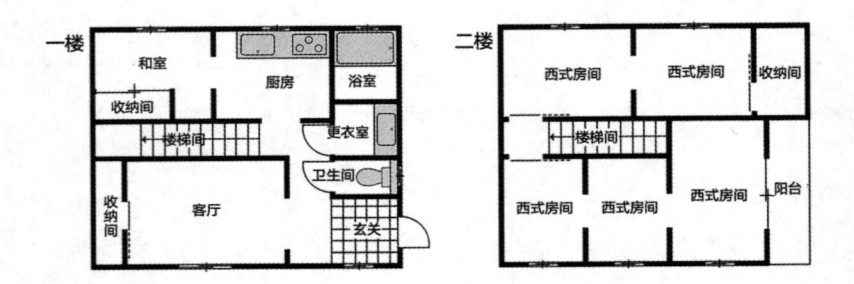

⬇

一楼：和室、收纳间、厨房、浴室、楼梯间、更衣室、卫生间、收纳间、客厅、玄关

二楼：西式房间、西式房间、收纳间、楼梯间、西式房间、西式房间、西式房间、阳台

- 房间太多
  ↳原本需要的走廊等"留白"空间被砍掉，导致空间逼仄，住得不舒服。
- 几乎没有安门
  ↳没有个人空间，无法保证个人隐私。
- 有几处地方的生活动线过于集中
  ↳家人之间可能产生矛盾。

这些琐事逐渐累积……

⬇

放大了少年内心的阴影？

Hikura House 如何应对?

⬇

· 做各路媒体的工作,以免户型图流出。

为何要做到这种地步?

⬇

· 曾有媒体散布与 Hikura 的社长绯仓正彦先生有关的、毫无根据的传闻,导致公司信用和股价暴跌。
· 竞争对手 House Maker 美崎瞄准机会拉大差距,往后的十年里,Hikura 都未能翻盘。

Hikura 从这一教训中学到了什么?

⬇

· 做足媒体的工作。
· 积极利用媒体的力量,掩盖对公司盖的劣质房屋的差评。

现在领导 Hikura 的是?

⬇

| 社长绯仓明永 | 父子? | 会长绯仓正彦 |

饭村　那时候……我还是个实习木工，所以那大概是二十世纪八十年代末的事吧。

　　Hikura 的社长不知怎的陷入舆论风波，有传闻称他"年轻时曾虐待幼女"。

　　虽然那消息最后好像被证明是假的，但当时的电视台、杂志社都对此津津乐道，传闻也引起了普通百姓的讨论。用今天的话来说，就是"翻车"吧。

　　口碑这东西是很可怕的，Hikura 的股价暴跌。在这一点上，只能说他们太惨了。

　　与此同时，Hikura 在中部地区的竞争对手、一家叫"House Maker 美崎"的建筑公司抓住了可乘之机，扩大了市场份额。那之后，Hikura 有十多年都没能翻盘。

　　这惨痛的经历大概让他们明白了一个道理：在媒体面前，事实往往苍白无力。

　　栗原　二十世纪八十年代末，Hikura House 的信用和股价因谣传暴跌，几乎难以为继。当时的社长绯仓正彦先生迫切地需要渡过这一难关。于是他决定利用宗教。

　　那时候，日本正在经历空前的宗教热潮，邪教一度盛行。就连奥姆真理教[①]的麻原彰晃都参加娱乐节目，受到明星般的待遇。放在今天，这简直是不可想象的。一九九五年，奥姆真理教发动无差别恐怖袭击之后，社会才加强了对邪教的谴责。但至少在那之前，人们对邪教的印象仍停留在"流行于前卫的年轻人之间，有些古怪但很酷"的

---

①　奥姆真理教：鼓吹世界末日论的日本新兴宗教团体，教主为麻原彰晃。1995 年制造东京地铁沙林毒气事件，造成十三人死亡及六千余人受伤。

层面。

　　绯仓先生为提升品牌形象、发展客户而成立邪教教团，作为公司的幕后事业。

笔者　欸？！……那就是说，重生集会是绯仓先生亲自成立的了？

栗原　这种推断在诸多层面更加符合逻辑。

　　不久，一个人走上台。不是教主御堂阳华璃，而是一个身穿西装，四十五六岁的男人。看似不悦的眉间皱纹、凹陷的双眼、有特点的鹰钩鼻——我在哪里见过这个男人。此人正是中部地区屈指可数的建筑公司 Hikura House 的社长，绯仓正彦先生。我事先有所耳闻，邪教重生集会和 Hikura House 的社长关系颇深，公司向教团提供庞大的资金支持……

栗原　不要被这篇文章蒙骗。如果仅仅是一个提供资金援助的人，不可能被允许站上舞台给信徒演讲。那样的话，教团就颜面扫地了。

　　绯仓先生为何能毫不客气地站上舞台？因为他本人就是教团的创立者——这样想才合理。

笔者　原来如此……

栗原　所以说，绯仓先生创建教团时，利用了自己的妻子 Yaeko，让她做教主。自古以来，日本人就有敬残障者为神的习俗。

笔者　报道里也是这样写的，当真如此吗？

栗原　嗯。日本各地都留有不少古人敬仰有独眼、独臂、独腿等特征之神的遗迹。这是为什么呢？据许多民俗学者分析，是因为古人认为生来有残障的孩子被赋予了神的职责。

笔者　是这样啊……
栗原　还有其他案例，诸如古人根据"患侏儒症者能振兴家业"的传说做出的福助人偶[①]。人们在异于常人、特殊的身体上找到了某种神秘感。
　　　从这个角度来看，Yaeko很适合扮演神的角色。

> 听说圣母大人已经年过半百，可她脸上鲜有皱纹，蓄着一头黑亮的长发，肌肤滑嫩紧致，看上去比实际年龄年轻十岁。
> 她的右腿从根部截断，身体以修长的左腿作为支撑。她一动不动地坐在一把普普通通的椅子上，浑身只着白色的绸缎，可以说几乎是半裸的。不知用"神圣"一词形容是否合适，总之她有一股异样的美，足以锁住见者的目光。

栗原　绯仓先生根据Yaeko的身体特征和她的生平，臆造出重生集会的理念。
　　　让偷情所生的孩子在教主的子宫中沉睡，得以重获新生的教团——比起经营企业，我看绯仓先生更适合做小说家或艺术家。
笔者　被迫扮演教主的Yaeko，是怎样的心情？
栗原　不知道。不过她和绯仓先生之间本就是交易关系，绯仓先生为她还清了欠款，她付出的代价便是被带到教团里。既然如此自然可以想象，她无论怎样都没有说不的权利。Yaeko只得坐进神殿，说出事先为她准备好的台词。

---

① 福助人偶：被认为能带来幸福的人偶。有说法认为其原型为身高不足两尺、大头的长寿残障者佐太郎。

"众所周知，我生为罪孽之子，被罪孽之母夺去左臂，又为救罪孽之子失去右腿。我愿用所剩之身躯，拯救诸位和诸位之子。来吧，重生吧，千千万万次。"

栗原　"罪孽之母"指的应该是阿娟。阿娟身为女佣，却与有妻室的梓马清亲偷情。圣母大人便是二人的结晶。而她也确实因母亲的不慎失去了左臂。

据说重生集会于一九九九年解散，重生之馆也于第二年被拆除。

栗原　教团得到了一定的拥护，却没能长久。原因恐怕有很多。奥姆真理教引发恐怖事件后，社会对邪教的谴责加剧了。以笠原先生为首，得不到救赎的信徒纷纷开始控诉教团是"冒牌货"。
　　　二十世纪九十年代后半期，日本经济衰退，没有多少付得起改建房屋费用的有钱人。但我认为，最重要的原因是 Hikura House 已经不需要重生集会了。

笔者　为什么呢？

栗原　你看资料②《孕育黑暗的家》。

饭村　口碑这东西是很可怕的，Hikura 的股价暴跌。（中略）Hikura 在中部地区的竞争对手、一家叫"House Maker 美崎"的建筑公司抓住了可乘之机，扩大了市场份额。那之后，Hikura 有十多年都没能翻盘。

栗原 "Hikura 有十多年都没能翻盘",反过来说就意味着,Hikura 后来又渐渐重振雄风。它为什么能够东山再起?资料①《被封死的走廊》提到了个中缘由。

> 昨日下午（二十九日）四时许，富山县高冈市发生了一起致人死亡的车祸。死者是住在该市的小学生春日裕之介（八岁）。警方称,裕之介过马路时被一辆从建筑工地倒车出来的卡车撞倒。车祸发生时,涉事卡车正在运送建材。司机是一名男子,供述称"视野受限,没注意到那个小男孩"。该男子是 House Maker 美崎的员工……

栗原 员工在客户的建筑工地前轧死了一个小孩,此事非同小可。恐怕 House Maker 美崎的信用自此一落千丈。美崎是 Hikura House 在中部地区的最大竞争对手。
笔者 也就是说,竞争对手的业绩下滑,使 Hikura House 的市场份额回升?
栗原 那时候,有关 Hikura House 的谣传大概也已被人们淡忘。而且 Hikura House 吸取过去的教训,掌握了巧妙的媒体战略,东山再起只是时间问题。
随着主营业务的恢复,重生集会在公司内部的存在价值逐渐降低,最终解散。
那么,教团解散后,圣母大人如何了呢?

栗原拿起资料④《捕鼠器之家》。

资料④《捕鼠器之家》

祖母为何滚下楼梯？

- 早坂诗织小时候曾受邀去一位名叫 Mitsuko 的朋友家小住。
- Mitsuko 是 Hikura House 社长的女儿。

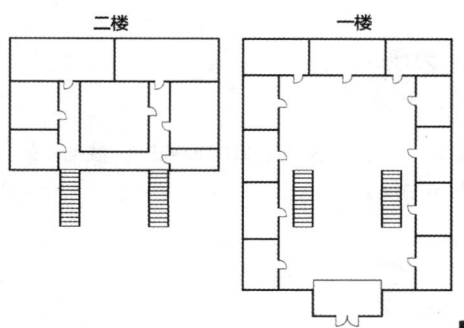

那栋房子是 Mitsuko 的父亲（社长）为了她和祖母而建的豪宅。

Mitsuko 的房间里有一个大书柜。

Mitsuko 去卫生间时，早坂偷看了书柜内部。

不知道为什么，书柜里没有两人都喜欢的漫画，早坂觉得很奇怪。

那天晚上，Mitsuko 睡着后，早坂试图再次窥看书柜，柜门却不知为何上了锁。

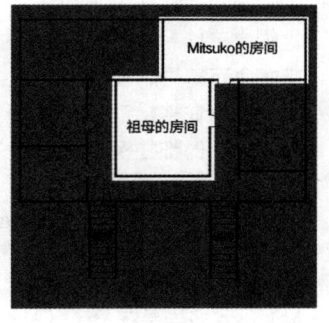

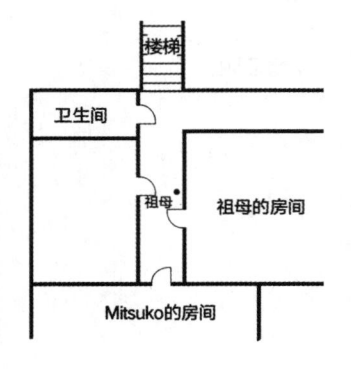

第二天早上，早坂去卫生间时，看到 Mitsuko 的祖母在走廊上。祖母似乎腿脚不便，手扶着右侧墙壁，踉跄着前行。早坂想扶她，却被她拒绝了。于是早坂先去了卫生间。

早坂上完厕所洗手时，祖母从楼梯上滚了下去。

早坂的推理

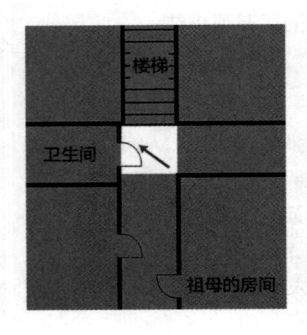

楼梯跟前有一段路没有东西可扶。
祖母在这里失去平衡，从楼梯上滚了下去。

为什么?

因为 Mitsuko 在夜里将祖母的拐杖藏到了她的书柜里。

结论

- 这栋房子是 Hikura House 的社长看不惯祖母在公司内部的权力，为取其性命而建的。
- 社长故意在楼梯跟前设置危险的空间。
- 但祖母平时都拄拐杖，不曾"中招"。

启动"陷阱"的是 Mitsuko。

- Mitsuko 多半是在父亲（社长）的怂恿下，藏起拐杖的。
  ↳社长利用自己的女儿行凶？
- Mitsuko 叫早坂到家中小住，是为了制造不在场证明。

祖母

栗原　根据早坂诗织的年龄，可以倒推出这件事发生在二〇〇一年。
是教团解散大约两年后。

> 早坂　门一开，一股甜甜的味道扑面而来。也许是有人经常焚香吧。房间里摆着家具和装饰画，一位年轻貌美的女性正坐在椅子上读书，这人正是 Mitsuko 的祖母。"祖母"这一称呼用在她身上直让人感到突兀。
> 她穿一条完全盖住双脚的长裙，裹一件带花纹的开襟衫，戴着一双白手套。

栗原　早坂在 Mitsuko 家中见到的那位温文尔雅的老妇人，她穿一条遮住双腿的长裙，两只手上戴着白手套。很明显，这种装扮是为了掩盖手脚。为什么要这样做呢？难道她装有义肢？

笔者　如此说来，这位老妇人就是圣母大人喽？

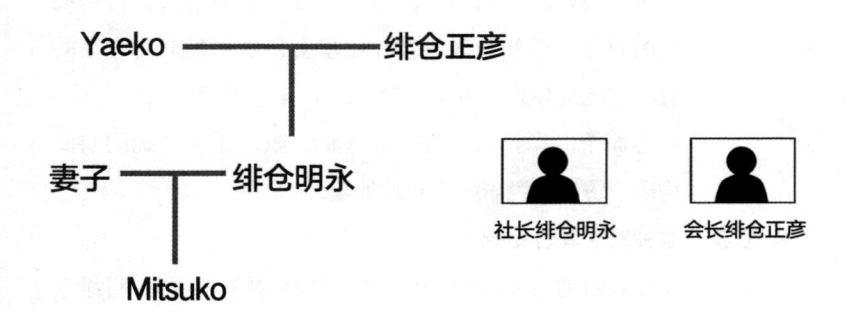

```
Yaeko ─────┬──── 绯仓正彦
           │
妻子 ──────┼──── 绯仓明永
           │
        Mitsuko
```

社长绯仓明永　　会长绯仓正彦

栗原 绯仓先生与 Yaeko 所生的孩子叫明永。明永是 Hikura House 的现任社长，他的女儿是 Mitsuko。对 Mitsuko 来说，Yaeko 是她的祖母。这样一来，逻辑就通顺了吧？

现在需要厘清的是，Yaeko 对绯仓一家来说是怎样的存在。

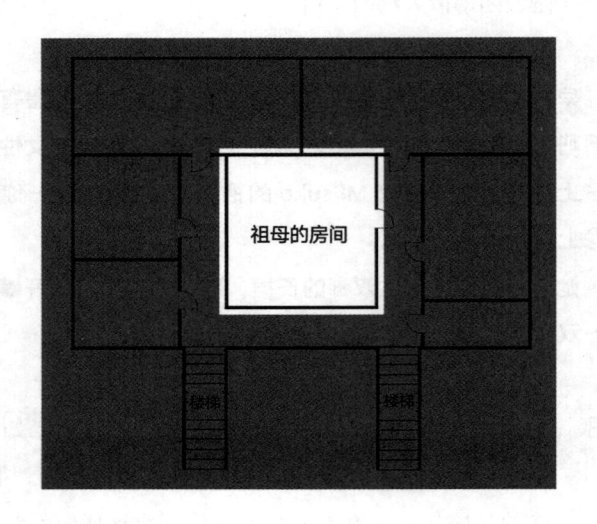

[户型图：中央为"祖母的房间"，四周为其他房间，下方有两处"楼梯"]

栗原 从户型图可以看出，Yaeko 的房间不对外。也就是说，她的房间没有窗户。

那时，奥姆真理教事件刚发生几年，邪教是人们打击批判的对象。前邪教教主住在家里会影响外界对绯仓家的看法。饶是如此，也不能对 Yaeko 弃之不顾。

一方面予以厚待，一方面让 Yaeko 隐匿于世。她的房间构造，仿佛诉说着她当年的处境。

笔者 这种做法真自私啊……

栗原 在糟糕的境遇下，Yaeko 仍努力过着安稳的生活。可绯仓一家连这都不允许。

Yaeko 摔下楼梯身亡一事,早坂是这样推测的。

> **Mitsuko 半夜潜入祖母的房间,偷出拐杖藏进书柜。第二天早上,祖母因尿意醒来,要找拐杖去卫生间,却不知为何找不到。这时,她是怎么做的呢?卫生间离房间不远,不拄拐杖也能去——她也许产生了这种草率的想法。**

栗原　她的推理很不错,但有一个地方错了。
　　　Mitsuko 藏在书柜中的不是拐杖,而是右腿的义肢。
笔者　啊……原来是这样……
栗原　那天早上,Yaeko 因尿意醒来,打算装上义肢去厕所,右腿的义肢却不知为何不见了。
　　　她只好用一条腿走向卫生间。

```
        ┌──────┐
        │ 楼梯 │
        │      │
┌───────┤      ├──────────────┐
│卫生间 │      │              │
│       ↑      │              │
│       │      │  祖母的房间  │
│       │      │              │
│       │      │              │
└───────┤      ├──────────────┘
        │      │
┌───────┴──────┴──────┐
│                     │
│   Mitsuko的房间     │
│                     │
└─────────────────────┘
```

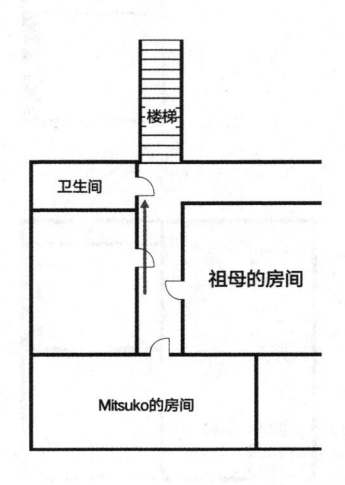

栗原　沿着走廊左侧走,就不会经过那段危险的区域,但 Yaeko 刻意沿着右侧走——她不得不这样做。

　　　　因为她的左手是义肢，也许她到底还是认为用义肢支撑身体不踏实。接下来发生的事，相信你已经知道了。
笔者　果然是……明永唆使女儿Mitsuko杀掉了碍眼的Yaeko吗？
栗原　虽然我也不愿相信，但所谓的家族企业，确实容易滋生阴暗。

假说

栗原　好了，我基本说完了。你有什么疑问吗？
笔者　关于平内家的房子……

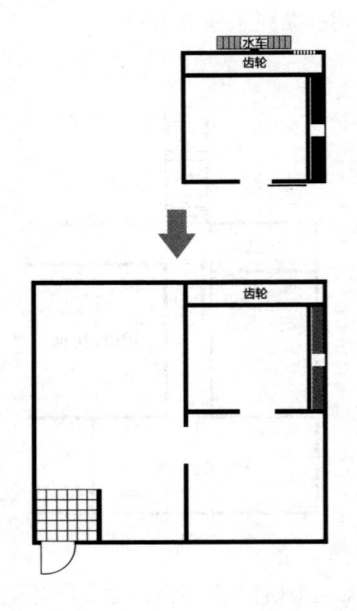

笔者　这房子显然就是从水车小屋扩建的。这究竟是谁干的，

又为何要这样做呢?

栗原　可能是教团想将它改造成景点吧,比方说"圣母大人诞生之地"什么的。
　　　水车小屋太狭小了,于是教团将它扩建,以便容纳更多观光客……我想大致是这样吧。

女人　大概在二十年前吧,有过一次大工程。喏,那栋房子不是两层的吗?我刚搬来的时候,它只有一层。施工结束后多出一层来,我记得自己当时还挺惊讶的,感叹:欸,那栋房子竟然扩建了。

栗原　然而,建筑还未投入使用,教团就解散了。由于这处建筑没了用处,Hikura House 的人便给它加上卫生间、厨房、浴室,当作房产出售了吧。Hikura House 真是会做生意啊。

后来,栗原请我吃了晚饭,我离开了他的公寓。天色已经暗了下来。
我一边朝车站走,一边在脑海中整理栗原的推理。仅仅阅读资料,就能整合出逻辑如此通顺的故事,我对他的聪明才智只有佩服的份。

但是……

说不清为什么,我心里还是存有疑惑。
我不觉得栗原的推理有问题,但我直觉,他似乎漏掉了某些很重要的信息……

思索之间，车站已经出现在眼前。我走进闸机口外面的一家咖啡厅，决定将资料重读一遍。没想到，我在某份资料的某个地方，发现了一处之前从未意识到的、小小的矛盾点。

为什么会这样？
为什么会出现矛盾点？
印象中，做这则采访的时候……

我反复思量，得到一种假说。
我将这假说放在心里，重新阅读资料。奇妙的是，有几个原以为已经解决了的谜团，竟然呈现出另一种样貌。

这些谜团相互关联，在不知不觉间拼凑出一个全新的故事。

儿子

二〇二三年二月二十八日　东京都中目黑

我在一家饭馆的包间等候某人的到来——此人恐怕掌握着探明一系列事件真相的关键信息。
不多时，包间的门开了，他走了进来。厚卫衣配宽松的黑色长裤，当然，这和我们上次见面时的穿着完全不同。

西春满……西春明美的独生子，曾经住在置栋的人。

笔者　不好意思，百忙之中将您叫到这里。
西春　没事，昨天和今天店里都不营业。
笔者　欸？你们不是年中无休的吗？
西春　原本是这样的，但母亲最近身体不好，店就经常歇业。因为客人都是冲着母亲来的。
笔者　但您做菜的水平可是一流的啊。应该也会有不少人为吃您做的料理而光顾吧？
西春　没那回事。母亲只是随口说说罢了，我的手艺很一般。我没接受过专业培训，菜的做法都是跟市面上卖的菜谱学的。再说，为了母亲的身体，我已经打算关掉这家店了。
笔者　不干了吗？
西春　是的。不过我也一把年纪了，就算不干这一行，估计也找不到其他工作……

满说着，微微一笑。
上次到店时我没发觉，他一头短发中有许多白发，面容也很憔悴。

西春　说起来，您今天找我是为了……？
笔者　啊，失礼了。有一样东西我想请您过目。
　　　这是上次去店里叨扰时，我将令堂说的内容整理而成的资料。也许大部分内容您当时都听到了，但能否请您再过一遍？

满哗啦啦地翻阅资料⑩《无法逃脱的公寓》，面无表情地将它读完。

笔者　怎么样？有没有您觉得有疑问的地方，或者与事实不符的内容？

西春　……你这人，到底想怎么样？这样问我，就意味着你认为其中有可疑的地方吧？

笔者　对，是这个地方。

> 明美　这个嘛……孩子们不在的时候，我们倾诉过各自的身世。那女人的经历好像十分复杂。

笔者　"孩子们不在的时候"……没记错的话，令堂是这样说的。但这很奇怪。一般来说，置栋禁止住户离开房间，得到外出许可时，大人和孩子必须跟隔壁的住户互换。

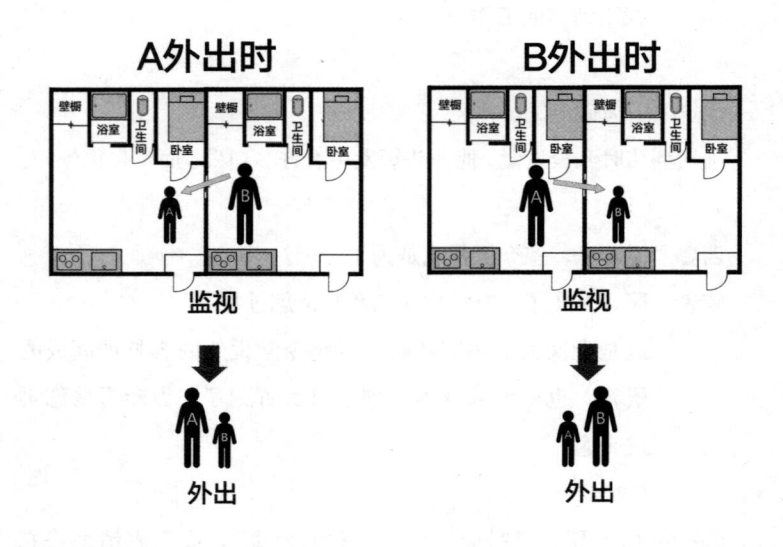

A外出时　　　　　B外出时

监视　　　　　　　监视

外出　　　　　　　外出

笔者　这说明，您外出的时候，必须由 Yaeko 陪同。相反，Yaeko 的女儿外出时，明美一定要跟她一起。

照理说，两个孩子不应该有那么长的时间——足够两个大人倾诉身世——不在房间里才对。

西春 也可能是去厕所或去洗澡了啊。

笔者 会出现两个孩子同时去厕所，且长时间不出来的情况吗？洗澡也是一样。令堂是这样说的。

> **明美** 现在他也能独当一面啦。上初中的时候，没有我跟着还没法洗澡呢。

笔者 您是九岁时和令堂一起离开置栋的。这说明，您二位住在置栋的时候，都是一起洗的澡。

西春 ……

笔者 那么，明美和 Yaeko 倾诉身世的时候，两个孩子去了哪里、做了什么呢？左思右想后，我得出一个结论。如果我的想法有误，真是万分抱歉。莫非，在置栋被迫卖身的……不是明美女士，而是满先生您？

满的脸上露出苦涩的神情，过了一会儿，开始抽鼻子，然后喃喃低语。

西春 母亲……并没有错。

谎话

翌日，我再次前往梅丘的公寓。

323

栗原边泡绿茶，边同我说话。

栗原 原来如此，置栋是为有恋童癖的人提供的卖淫场所啊。

明美 客人每天深夜到访，个个都坐着高档轿车过来。因为置栋做的是有钱人的生意。听说每次向客人收取的费用是十万日元。

笔者 一次十万日元的价格，放到现在也高得惊人。让客人支付如此高昂的费用，必然有其理由。

客人每天半夜到访，不仅因为卖淫违法，更重要的是"花钱和孩子做那种事"的事实一旦被曝光，后果不堪设想。

明美她们原则上不被允许离开各自的房间。但她说，只要满足某个条件，就能得到外出许可。条件是"交换小孩"。

笔者 设立外出制度对黑社会来说没有任何好处，我猜他们这样做是为了让孩子们身心"健康"。因为这些孩子是他们做生意的工具。

栗原 明美为什么要说谎呢？

笔者 满是这样对我说的——

"母亲……并没有错。如果拒绝做那种事，我们母子都会被杀。她也是迫于无奈……

"母亲在店里为了客人装得活泼开朗，其实她不是那样的人。直到现在，每天晚上只剩下我们两个的时候，她还会哭着对我道歉，一遍遍地道歉。'满,那时候对不起啊。我不是个好妈妈,对不起啊。'母亲的道歉已经持续了好几十年。

"请原谅她采访时说了谎。她那么做,是为了我。她担心以前被迫卖身的事若是被人知道了,我会被人看不起。"

后来,满还对我说出了那起车祸的真相。

笔者　和Yaeko外出去市里那次,满是故意跑到机动车道上的。他说……每晚被迫与客人同房实在太痛苦,他那时打算自杀。
栗原　竟然是这样……
笔者　既然他们当年居住的置栋是儿童卖淫场所,下面这段话的意思也就变了。

> 明美　当时,有个男人频繁光顾Yaeko的房间。
> 　那男人好像是名叫"Hikura"的建筑公司的公子哥。他迷恋上了Yaeko,迷她迷得一塌糊涂,听说把Yaeko的欠债全还清了。当然,他做这些并不是为了发善心。他把Yaeko母女都带走了。

栗原　所以,绯仓正彦先生的目标不是Yaeko,而是她的女儿?
笔者　Yaeko的女儿当年十一岁。我在网上查到,绯仓先生现在好像是七十岁,也就是说他当年二十岁。两人相差九岁,结为夫妻并不稀奇。
　　　Yaeko的女儿肯定是长大成人后就和绯仓先生正式结婚了。

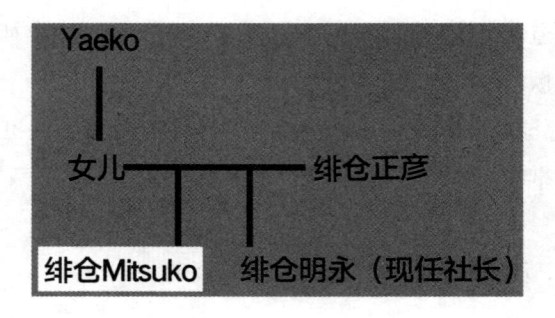

```
        Yaeko
          |
    女儿 ┬──── 绯仓正彦
        |
   绯仓Mitsuko   绯仓明永（现任社长）
```

笔者　资料④《捕鼠器之家》中的 Mitsuko，应该是绯仓正彦先生和 Yaeko 的女儿所生的孩子。现任社长明永，则是她的哥哥。

栗原　所以对 Mitsuko 来说，Yaeko 其实是她的外祖母？①

笔者　是的。这样一来我们便会发现，二十世纪八十年代末引起社会关注的传闻"Hikura House 的社长年轻时曾虐待幼女"，绝非谣言。

> 饭村　那时候……我还是个实习木工，所以大概是二十世纪八十年代末的事吧。Hikura 的社长不知怎的陷入舆论风波，有传闻称他"年轻时曾虐待幼女"。

笔者　他曾经玩弄幼童，后来又娶那名幼童为妻……也不知道这消息是怎么传出去的。

栗原　这就相当于绯仓先生竟敢将妻子的亲生母亲立为教主，成立邪教教团。他也冒了很大风险啊。

---

① 在日语中，不区分"祖母""外祖母"，统称为おばあさん。此处原文应为"所以对 Mitsuko 来说，Yaeko 仍然是她的おばあさん"，称呼未变。为方便理解，全书做出区分，此处转译为如上。

笔者　是啊……不，即使抛开谣言不谈，我也觉得一家企业通过邪教盈利是很不寻常的。

栗原　……嗯？

笔者　啊……当然，我没有要推翻你的推理的意思。实际上，绯仓先生也是重生集会的干部。

　　　只不过……怎么说呢……我觉得，他虽说是干部，但并不是教团的主宰者。

栗原　你的意思是……主宰者另有其人？

笔者　对。这不过是我的推测……创立重生集会的，或许是他的太太……也就是 Yaeko 的女儿吧？

栗原　……你为什么会这样想？

笔者　你再读一下这个地方。

我打开资料④《捕鼠器之家》。

　　早坂　她穿一条完全盖住双脚的长裙，裹一件带花纹的开襟衫，戴着一双白手套。

笔者　Yaeko 在家中仍然用长裙和手套掩盖着义肢。并且……

　　早坂　祖母正扶着右侧的墙朝楼梯走去，看样子好像随时会摔倒。她似乎腿脚不太方便，更何况她还拖着一条长裙。我担心她会被裙子绊倒，便跑过去想要帮忙。

　　"没关系的，我只是去一趟那边的厕所。"没想到，祖母拒绝了我。可我也不能说一句"那好吧"就撒手不管，于是打算搀她过去："我也要去厕所，我们一起去吧。"结果祖母对我说："不用管我啦，你先去吧。要是憋不住就糟糕了。"

笔者　早坂没发现 Yaeko 没有左臂，也没发现她装了义肢。说明当时 Yaeko 戴着义肢，而且用手套将它遮住了。
想去厕所却没有右腿义肢，只能凭一条腿过去——在如此窘迫的情况下，Yaeko 依然把隐瞒自己的残障放在第一位。
莫非她实际上对自己的身体感到自卑？

明美　住了一阵子我才发现，她……没有左臂。
好像是她出生后不久的一起事故导致的。

笔者　就连住在隔壁的明美，也花了一段时间才发现 Yaeko 没有左臂。想必她在竭力隐瞒此事。她就是如此为自己的身体感到羞耻。

她的右腿从根部截断，身体以修长的左腿作为支撑。她一动不动地坐在一把普普通通的椅子上，浑身只着白色的绸缎，可以说几乎是半裸的。

笔者　既然如此，在众人面前赤身裸体对她而言应当是莫大的屈辱。
而且，仿照她的身体而建的房屋还在全国各地不断增加……这无异于让她当众丢丑。所以我想，创建重生集会的真正目的，莫非是刻意让 Yaeko 难堪？

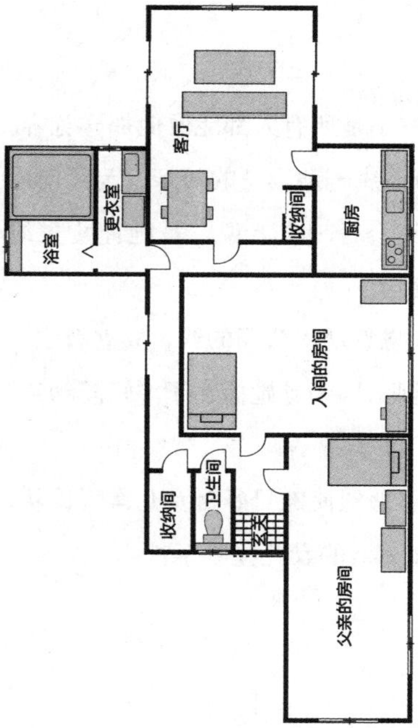
浴室
更衣室
客厅
收纳间
厨房
入间的房间
收纳间
卫生间
玄关
父亲的房间

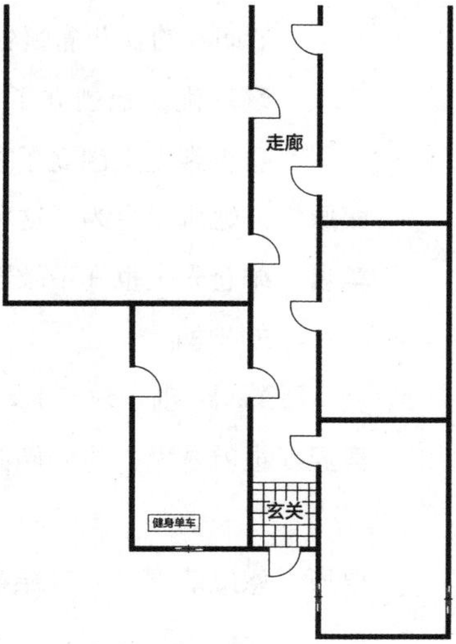
走廊
玄关
健身单车

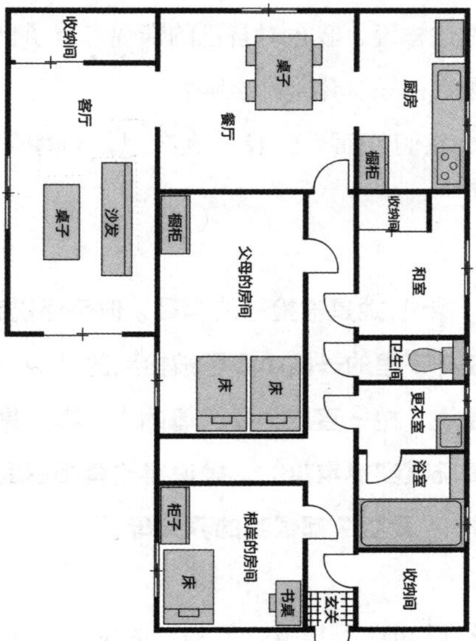
收纳间
客厅
桌子
沙发
桌子
餐厅
厨房
橱柜
橱柜
父母的房间
床
床
收纳间
和室
卫生间
更衣室
浴室
柜子
床
根岸的房间
书桌
玄关
收纳间

复仇

笔者　满说他不恨母亲。但我想,不是所有人都能像他那样宽容。Yaeko 的女儿痛恨曾让自己痛苦地卖身的母亲。为了向母亲复仇,她创立了重生集会……或者说,是她让丈夫绯仓正彦先生创立了重生集会。

栗原　但她居然会为了这种私人恩怨动用公司的钱,成立教团?

笔者　绯仓先生也许不敢违逆她吧,因为被她抓住了"奸淫幼童"的把柄。

Yaeko 也一样。对女儿的罪恶感使她只好对女儿言听计从。

栗原　也就是说,他们俩都被 Yaeko 的女儿控制了?

栗原慢悠悠地呷了一口绿茶。

栗原　听你这样说,我也对自己的新观点有了自信。

笔者　新观点……具体是什么呢?

栗原　上次我们见面后,我一直在想,Yaeko 为何要恨她的养父母。

明美　她说,她是被捡来的弃婴。似乎还说到"小屋"什么的。她好像是在林子里的一间小屋里被捡到的。

也就是说,她一直以为是父母的人,其实是她的养父母……呃,这种情况其实挺常见的。她说得知真相后受了刺激,夺门而出。她还说:"我至今都恨我的养父母。"

栗原　突然得知自己是被收养的,的确会受刺激。但做到夺门而出且怨恨养父母多年的份上，也着实有些过了。

也许养父母告诉 Yaeko 的，不仅仅是收养一事。这使我想到了某段描述。

你带了资料③《林中的水车小屋》吗？

笔者　嗯，为以防万一，我带来了。

> 是一只白鹭。那是一只死掉的雌性白鹭。肯定是有人恶作剧，将它关进来的。白鹭出不去，便饿死在这里。看样子，它已经死掉很久了。浑身羽毛脱落，一侧翅膀的前端缺失，身体腐烂，暗红色的液体浸渍到地板里。

栗原　"一侧翅膀的前端缺失"这句话写得不露声色，以至于我没有注意到它。但仔细想想，这处描写是很怪的。

照编辑所说，这只白鹭是女人的暗喻……我也有同感。这样一来，"一侧翅膀的前端缺失"就意味着"一侧手臂的前端缺失"。也就是说，这个女人的尸体没有手。

笔者　啊，的确如此。

栗原　宇季发现阿娟的尸体时，阿娟只有一只手。这是为什么呢？提示就在接下来的描写中。

> 当天晚上，和叔父、叔母用过晚餐后，我打算向二位询问水车小屋的事。那小屋应该不是他们的财产，但既然它离叔父家不远，我想他们也许知道些什么。
>
> 可我刚要开口，小婴儿就在里屋哭了起来。叔父叔母匆忙离开了饭桌。听说婴儿术后恢复得不好，左臂的根部化脓了。

栗原　没有人告诉宇季，婴儿是两人在水车小屋捡到的。叔父、叔母为什么不告诉宇季这件事呢？

笔者　呃……

栗原　也许，两人在收养婴儿的过程中，做了什么亏心事。

笔者　亏心事……？

栗原　比方说……叔父、叔母发现水车小屋的时候，阿娟还活着。

笔者　欸……

栗原　她抱着刚出生的婴儿，向两人求助。这时候，两人做了什么呢？

笔者　不会吧……

栗原　从宇季的描写中可以看出，两人没有子嗣，说不定是想要孩子，却一直未能如愿吧。发现濒死的女人和婴儿时，他们或许起了邪念。

一幅恐怖的图景在我眼前展开。

宇季的叔母试图抢走婴儿，阿娟用力攥住孩子的左臂不放。

婴儿大声哭喊。这时，叔父用手中的利器——比如砍伐林木的斧头，对着阿娟的手腕斩下。两人转动水车，将阿娟关进房间后离开。

栗原　婴儿的左臂为什么不得不经手术切除？……会不会是因为阿娟被斩断的手紧攥着婴儿的胳膊，长时间阻碍了血液流通？

安眠之地

栗原　这样一来，我对那栋房屋的看法也发生了变化。

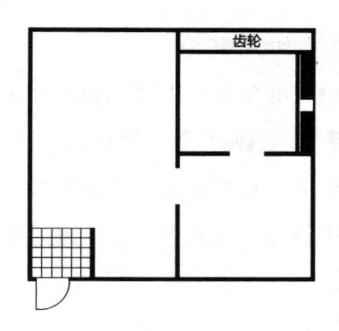

栗原　为何会对水车小屋施以这样的扩建？

我之前一直以为，是绯仓先生想将它改造成重生集会的观光景点。但真相或许不是这样。我现在觉得，下令扩建水车小屋的也许是圣母大人。你仔细看图——

栗原　扩建工程将水车小屋左侧的房间，也就是阿娟去世的房间包了起来。由此可以想象 Yaeko 的心情。或许她已经累了。

笔者　累了？

栗原　她的一生有如惊涛骇浪。

　　　从一贯信赖的父母口中得知极具冲击性的事实，拖着失去一条手臂的残障身躯，独自离家出走。

　　　结婚、生子，丈夫自杀，被关进深山老林，女儿每个晚上都被人侵犯，到头来，自己遭遇交通事故，又失去了一条腿。

　　　大公司的公子哥为女儿赎身，得到地位和钱财后，Yaeko 大概仍然无法感到幸福。对女儿的歉疚，一定让她日复一日如坐针毡。紧接着，重生集会的启动又开始了新一轮对她的折磨……那是来自女儿的复仇。

　　　被迫挑起教主大人的重担，不想被人看到的身体承受着众人的目光，不时还要蒙受"冒牌货"的骂名。尽管如此，为了向女儿赎罪，她还是默默地忍耐。

　　　好容易卸去重任，却又成了全家人的麻烦，被关在没有窗户的房间里。真不知道 Yaeko 究竟是怎样的心情。

笔者　这实在是……难以想象啊。

栗原　Yaeko 已经累了。回到母亲身边或许就是她的盼望。

　　女人　大概在二十年前吧，有过一次大工程。喏，那栋房子不是两层的吗？我刚搬来的时候，它只有一层。施工结束后多出一层来，我记得自己当时还挺惊讶的，感叹：欸，那栋房子竟然扩建了。

如果她说的是真的，就意味着平内的房子以前没有厨房、卫生间和浴室，根本不能住人。

　　栗原　　将母亲抱过自己的地方围成一座城堡，至少在生命的最后一刻，她想在不会被任何人看到的绝对黑暗中永眠。

这栋房屋，也许是 Yaeko 用来自杀的地方。

那一天，我在群马县高崎市的一个小站下车。

距那次和栗原在公寓里交流，已经过去两个多月。冬天结束了，吹到脸上的风柔和又温暖。

我在电车站前换乘公交车，约二十分钟后抵达此行的目的地——一座建在市区、闹中取静的老人院。

在门口等了两个小时，一个女人走了出来。她的短发拢在脑后，员工制服外面套了一件开衫毛衣。见我向她打招呼，她深深鞠了一躬。

我看到她胸前的名牌，上面印有"绯仓美津子"[①]的字样。

凶手

听了栗原的推理，我本以为和一系列案件相关的谜题已经全部

---

① 在日语中，"绯仓美津子"的发音为 Hikura Mitsuko。

335

解开了。但每次重新阅读那些资料,我都会被一个问题吸引——

究竟是谁杀了 Yaeko？
 ● ● ● ● ● ●

栗原和早坂诗织都认为,动手杀人的是受到父亲怂恿的 Mitsuko。但我仍然不太能接受。

一个十三岁的初中生,会听从父亲的唆使,帮忙杀人吗？我无论如何都想知道真相,于是直接找到了 Mitsuko 本人。

高中一毕业,绯仓美津子就从绯仓家独立出来,此后似乎和家人、与公司相关的人断绝了联系。我费了不少功夫才打听到她的下落。集众人之力找到的美津子,如今在群马县做看护士。这份工作背后仿佛有某种沉重的意义,不由得让我浮想联翩。

我通过邮件向她发出采访邀请,但她肯定觉得很别扭。一开始,她当然拒绝了我。但在某次联系中,我告诉她"我想知道 Yaeko 过世的真实原因",她便接受了采访,条件是"要在我工休的时间过来找我"。

美津子　不好意思,我来晚了。很难找到机会休息。
笔　者　没什么。该说抱歉的人是我,在您百忙之中打扰。
美津子　我们去那边聊吧？

她指着老人院对面的一座小小的儿童公园。也许因为当时正值工作日的午后,公园里一个孩子也没有。我们穿过马路,走进公园,坐在油漆斑驳的长椅上。我忽然发现,美津子的胳膊上有一大块瘀伤。

美津子　今天早上被一位患痴呆症的老爷子狠狠地攥了一下。

笔　者　不用贴膏药之类的吗？

美津子　这种事，可以说是家常便饭了。如果次次都要处理，就该变成绷带人啦。

美津子笑着说起玩笑话来。

身为绯仓家的长女，本该衣食无忧的她，为何会抛家舍业，兢兢业业地来这里工作呢？

记忆

美津子　上小学后，我开始意识到自己的处境与常人不同。身边的孩子们口中的"家人"和我所谓的"家人"之间，存在着某种根本性的不同。当时我住在长野县的一栋大房子里。除了父亲、母亲、外祖母和哥哥明永，家里还有很多用人。

父亲溺爱哥哥，工作时经常把他带在身边，带他去了各种各样的地方。哥哥聪明，又是长子，父亲也许是为了让他继承家业，让他多长见识吧。我是女孩，又不怎么优秀，家里人几乎当我不存在。

而母亲总是在她的房间里闭门不出，似乎避免与人交际。即便是在我这个做女儿的眼中，母亲也是个漂亮的人，她却不知道为什么，总是散发出一种令人难以接近的气场。对我来说，能和我交心的家人只有外祖母。

"Yaeko外婆"……我一直这样称呼她。每次去她的房间，她都会问我："怎么了，小美？"她会耐心地陪我玩好几个小时。

您也许知道，祖母装有义肢，所以她不能用双手做复杂的动作，但我们经常开心地笑着画画、做纸气球，享受那些单手也能做的游戏的乐趣。这是年幼的我唯一的情感慰藉。

美津子望着远方，轻轻叹了口气。

美津子 虽然我被家人排挤，但父亲有时会用甜甜的声音和我说话。这样的时候，他总会带着高档的礼物，一脸谄媚地向我走来，并且必然有求于我。

印象中，那是我六岁的时候。父亲抱着一只大大的布偶熊，对我说道："有件事拜托你。下个星期天会有扛着摄像机的大哥哥到家里来，你要告诉他们：'前不久，我们一家人出门旅行了。我们的关系非常好。'"实际上，我从没参加过家庭旅行，我的家人也并不和睦。但当时我被那只玩偶迷了心窍，答应下来。

下一个星期天，几个男人扛着摄像机来到我家。母亲也难得地打扮得漂漂亮亮，走出房间。父亲、母亲、哥哥和我四个人并排站在摄像机前。我履行和父亲的承诺，在摄像机前一本正经地说谎。

几天后，当地电视台的综艺节目中播出了那段影像。我以为那段话讲得很好，实际上还是像念台词一般不自然。但在大人们眼中，我大概像一个"因初次上镜而紧张的小女孩"吧。

"Hikura House 的千金是一位十分可爱的大家闺秀,虽然有点儿紧张,但她还是在最爱的家人的陪伴下,活泼地对着镜头讲了话。"在漫不经心的旁白的掩饰下,我成了 Hikura 的"吉祥物",为公司的品牌提升做了不少贡献。

那之后,父亲屡屡有求于我。每次我都在采访中说谎,在摄像机前绽开天真的笑容。说实话,我自觉做的不是什么好事,但这样做也不会伤害到谁,所以心里总算说得过去……直到那件事发生。

那一次,父亲来拜托我时,扯出一种难以言说的笑容。不知怎的,他要我做的事和往常不同。我不是很理解他的真意,但还是答应了。

下面的话有些跑题:当时,家里聘请了一位专属厨师,名叫新井。他性格冷淡,不会奉承雇主,是一位固执的大叔,但做饭无可挑剔。一天,我按照父亲教我的,在家人面前说道:"之前,新井叔叔脱了我的衣服,摸了我的身体。"

我至今仍然记得,说完这句话后,周遭安静得出奇……从第二天开始,新井就没再来过我家。我虽然年幼,但还是隐约明白,新井是因为我离开的。

是那句话,使新井蒙受了冤屈……想到这里,我后悔不迭,同时恨上了让我这样做的父亲。

那之后,大概过了半年,父亲又来求我,还是"在摄像机前说谎"这种老套的戏码。但那时的我因为新井的事对父亲起了逆反心理,打算先假装答应,再背叛他。记者来的那天,我在摄像机前揭露了真相:我们一家人根本不和睦,也压根儿没有一起旅行过。面对我的第一次反抗,父亲面色苍白,狼狈又慌张。看着他的模样,我心想"干得漂亮",觉得自己赢了。

但与此同时,我莫名感到一股冷意——有一道冷硬的目光打在我身上。那道目光来自母亲。

那天的晚饭有牛肉叉烧——我很爱吃的菜,那次却觉得味道有些奇怪,于是剩了一半。似乎也不是调味的问题,总之我的舌头火辣辣地发麻,有种奇怪的感觉。饭后刷牙时,我忽然感到一阵眩晕,躺倒在地,将吃的东西全部吐了出来。接着,我大概在床上躺了五天,高烧不退,不住地呕吐、腹泻,痛苦极了。

卧床不起的时候,祖母一直搓着我的手。意外的是,哥哥也来到我的床前看我了,父亲还为我叫了医生。但家人中,唯独母亲一次也没有露面。

事后回忆起来,晚饭时,为我盛牛肉叉烧的那个用人手在微微颤抖。其他用人也低着头,很不自在。一定是有人命令他们,在我的盘子里放了东西。

不会是父亲。不是我袒护他——我那软弱平庸的父亲,绝不可能干出给女儿投毒这等狂妄之事。

既然不是父亲,能给用人下这种命令的,就只有母亲了。

那时的我,还不知道母亲在暗中利用父亲操纵 Hikura,

却也能模模糊糊地感受到,全家上下只有在和母亲打交道时会战战兢兢、察言观色。唯一敢向母亲谏言的人,便是常年受雇于绯仓家的新井。

新井走后,大概再也没有人胆敢忤逆母亲了。

美津子说,自那以后,她总是惴惴不安地生活,不知道父亲的下一次"拜托"会在什么时候到来。

美津子　升初中时,我去了群马县的女校。是父亲为我选定的学校,他甚至建了一栋房子供我居住。得知外婆也会和我一起搬入新居时,我嘴上没说,心里却在想:这就是在甩掉拖油瓶吧。长大后的我,恐怕已经没有吉祥物的利用价值了,外婆也……那时候的她,已经卸去了身上的重任。

虽说远离了父母,但我对"拜托"的恐惧并不会因此消失。不过和长野家中那种令人窒息的生活相比,还是轻松了许多。

我也在学校交到了新朋友——一个叫诗织的女孩子。抛出橄榄枝的人是我,因为她让我觉得莫名的亲近。她总是一个人,神色孤寂。我大概将她和被家人排挤的我重叠在一起了吧。我们一起聊天,写交换日记……那是我人生中唯一的青春岁月。我曾经满怀憧憬,但愿这样的日子能一直延续下去。

但是,暑假即将到来的某一天,父亲来到了这栋房子。

他在我的房间，挤出我从未见过的僵硬笑容说道："美津子，爸爸有事拜托你。下个星期六的早上，能不能请你把外婆的右腿义肢藏起来？"

美津子说，父亲这时才告诉她这个家的秘密。
﹒﹒﹒﹒﹒﹒

美津子　起初，我以为那是一个糟糕的玩笑。但望着父亲那随时可能哭出来的……像在恳求我饶命的神情，我意识到了问题的严重性。我想，母亲一定已经告诉父亲，如果我拒绝合作会是怎样的下场。
"不想做！""做不到！"我在心中呐喊了无数次……可话到嘴边，之前在病床上尝到的痛苦滋味便卷土重来……我怎么也开不了口，感到深深的恐惧……如果再一次背叛父亲……不，背叛母亲，我或许真的会被她杀掉。

请把我看作人渣吧。怎样贬损我都没关系……我答应了他。我将自己的性命和外婆的性命放在天平的两端做了衡量。

赎罪

美津子　行动当天，我邀请诗织来家里住。因为我希望那时有人在我身边。把朋友卷进这种是非里，我真是太糟糕了。但我一个人实在承受不了。
晚上，确认诗织睡下后，我轻手轻脚地溜了出去，来到外婆的房间。外婆已经睡着了。

我拿起外婆放在床边那和肤色相近的橡胶制右腿义肢，试图尽量不发出声音地离开房间。就在这时，身后传来"嘎沙"的被子摩擦声。我吓了一跳，当场定住了，不敢回头，一动不动地站了一阵。由于之后再没有声音传来，我松了口气，心想刚才她肯定只是翻了个身。我返回了自己的房间。

我将义肢藏进书柜，锁上门躺下，渐渐平静下来。就这样……我终于直面了现实：我正试图杀掉外婆。意识到这个无可辩驳的事实后，眼泪抢在恐惧和罪恶感的前头夺眶而出。

那是我被家人排挤时，唯一对我温柔以待的外婆；是一起画画、做纸气球，和我相视而笑的外婆；是我难受时，一直揉搓着我的手的外婆。再这样下去，我将会失去亲爱的外婆……失去我唯一的家人。

我起身打开书柜，然后……将义肢放了回去。

笔　者　欸……？

美津子　我来到外婆的房间，将义肢放在床边后返回自己的房间。我感到不可思议。

我又一次背叛了母亲，不知道这次会受到怎样的惩罚，但不知怎的，我并不害怕。大概是为自己凭意愿保护了外婆而开心吧。

这是我第一次明知道危险，仍然选择保护他人。在觉得自己无所不能的成就感中，我渐渐沉入了睡眠。

美津子放在膝头的手紧紧地攥成了拳。

343

美津子　但您也知道的，意外还是发生了。外婆正中母亲的下怀，滚落楼梯过世了。不可思议的是，她没有戴义肢。

看到这一切时，我明白了：外婆是在保护我。

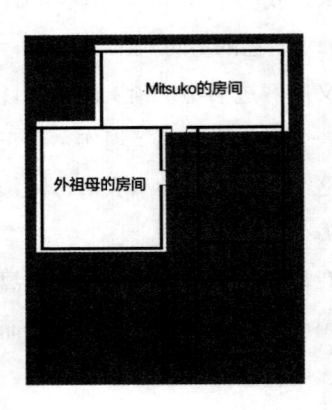

```
┌─────────────────────┐
│    ┌───────────┐    │
│    │Mitsuko的房间│    │
│ ┌──┴──┐        │    │
│ │外祖母 │        │    │
│ │的房间 ├────────┘    │
│ └─────┘             │
│                     │
└─────────────────────┘
```

美津子　我和外婆的房间挨着，共用一道墙壁。她一定听到了父亲对我说的话。不……应该说，父亲故意在我的房间说那些话，就是为了让外婆听见。父亲不是在恳求我，而是在恳求外婆：您若对这恳求视而不见或者计划执行失败，您的外孙女不知会遭遇什么。所以拜托您……离开这个世界吧。

我想……外婆是为了保护我，故意坠下楼梯的。

葬礼那天，直到捡骨完成，我在心中重复了无数次"对不起"。

从美津子的话里，我充分感受到了她对 Yaeko 的感情。

但说不清为什么，我总觉得她的语气未免太平静了。

美津子　葬礼结束后，我回到久违的家中，发现一件奇妙的事：义肢不在外婆的房间里。外婆死去的时候，腿上没有装义肢。既然如此，义肢一定还在她的房间里。我找了很久，却仍是没有找到。这时候，我的脑海中浮现出一种可怕的设想。

　　我匆忙来到自己的房间，试图打开书柜的门。可我打不开……门上了锁。我打开放在书桌抽屉里的铅笔盒，掏出钥匙，战战兢兢地开了门。门里有一具橡胶材质、和肌肤颜色相近的义肢。

　　我浑身发凉。只有我知道书柜的钥匙放在铅笔盒里。所以给柜门上锁的人……也就是说，除了我，不会再有其他人将义肢放进书柜。

笔　者　您这话是什么意思……？

美津子　我肯定没有将义肢放回外婆的房间。前面说的那些，不过是一场梦罢了。

> 　　我又一次背叛了母亲，不知道这次会受到怎样的惩罚，但不知怎的，我并不害怕。大概是为自己凭意愿保护了外婆而开心吧。
> 　　这是我第一次明知道危险，仍然选择保护他人。在觉得自己无所不能的成就感中，我渐渐沉入了睡眠。

美津子　也许……我因为接受不了那个贪生怕死、软弱无能、决心杀掉外婆的自己，便在梦中演练了诸如"要是能做到这样就好了""如果我是这样的人就好了"的场景。

我大概在不知不觉间将这些心愿和现实混为一谈了吧。

不知道您希望从我这里听到怎样的答案。

但是……杀掉外婆的人，就是我。

美津子站起身来，背对着我。

美津子 我逃出绯仓家，是因为不知道下一次"拜托"何时会来，无法继续忍受这种提心吊胆的生活。高中一毕业，我便离家出走，边打工边读专科学校。

选择看护士的工作……也许是因为我想得到宽恕吧。

她按住胳膊上的瘀伤。

美津子 今天特意请您在我工休的时间过来，是想让您看一看我作为看护者工作的样子。

我希望您会觉得：这个人后悔自己在父母的强迫下杀掉了祖母，为了赎罪，甘愿在这种艰辛的环境下奋不顾身地劳作。

但刚刚和您聊起过去，终于让我认清了一点：我假装自己是受害者，不过是想逃避罪责而已。

您怎么写都没关系。

美津子转身向老人院走去。我能做的，唯有目送她的背影。

文治

磨铁图书旗下子品牌

更 好 的 阅 读

监　　制　潘　良　于　北
产品经理　胡马丽花
文字编辑　朱韵鸧
版权支持　冷　婷　李孝秋　金丽娜
营销支持　金　颖　于　双　温宏蕾
装帧设计　别境lab
封面插图　许　诺

关注我们

官方微博：@文治图书
官方豆瓣：文治图书
联系我们：wenzhibooks@xiron.net.cn

北京市版权局著作合同登记号：图字 01-2025-0873

HENNA IE 2　11 NO MADORIZU
Copyright © Uketsu 2023
Chinese translation rights in simplified characters arranged with ASUKA SHINSHA, INC.
through Japan UNI Agency, Inc., Tokyo

图书在版编目（CIP）数据

怪屋谜案 . 2 /（日）雨穴著；烨伊译 . -- 北京：
台海出版社，2025.3.（2025.8 重印）-- ISBN 978-7-5168-4109-9
Ⅰ . I313.45
中国国家版本馆 CIP 数据核字第 2025QL8239 号

怪屋谜案 2

著　　者：〔日〕雨穴	译　　者：烨　伊

责任编辑：俞滟荣

出版发行：台海出版社
地　　址：北京市东城区景山东街 20 号　　邮政编码：100009
电　　话：010-64041652（发行，邮购）
传　　真：010-84045799（总编室）
网　　址：www.taimeng.org.cn/thcbs/default.htm
E - m a i l：thcbs@126.com

经　　销：全国各地新华书店
印　　刷：三河市中晟雅豪印务有限公司
本书如有破损、缺页、装订错误，请与本社联系调换

开　　本：880 毫米 ×1230 毫米	1/32
字　　数：268 千字	印　　张：11.125
版　　次：2025 年 3 月第 1 版	印　　次：2025 年 8 月第 9 次印刷

书　　号：ISBN 978-7-5168-4109-9

定　　价：59.00 元

版权所有　翻印必究